撮造山巷上空的月亮
CUOZAOSHAN XIANG SHANGKONG DE YUELIANG

　时代出版传媒股份有限公司
　　　　　　安徽文艺出版社

刘政屏,中国作家协会会员,安徽散文随笔学会副会长,安徽省报告文学学会理事。

出版有长篇纪实作品《就这样,我们赢了!》,散文随笔集《倾听合肥》《享受合肥方言》《就这么简单》《一包书的分量》等。其中,《就这样,我们赢了》繁体字本2014年在台湾出版。

编著作品集《阅读合肥》《五虎出列》《以书的名义聚会》(4种)、"合肥文字"系列丛书(4种)。

撮造山巷上空的月亮

CUOZAOSHAN XIANG
SHANGKONG DE YUELIANG

刘政屏 ◎ 著

时代出版传媒股份有限公司
安徽文艺出版社

图书在版编目（CIP）数据

撮造山巷上空的月亮/刘政屏著.—合肥：安徽文艺出版社，2018.10
ISBN 978-7-5396-6424-8

Ⅰ．①撮… Ⅱ．①刘… Ⅲ．①散文集－中国－当代 Ⅳ．①I267

中国版本图书馆 CIP 数据核字(2018)第 162464 号

出 版 人：朱寒冬
责任编辑：韩　露　　　　　　装帧设计：褚　琦

出版发行：时代出版传媒股份有限公司　www.press-mart.com
　　　　　安徽文艺出版社　www.awpub.com
地　　址：合肥市翡翠路 1118 号　　邮政编码：230071
营 销 部：(0551)63533889
印　　制：安徽新华印刷股份有限公司　　(0551)65859551

开本：700×1000　1/16　印张：17.5　字数：260 千字
版次：2018 年 10 月第 1 版　2018 年 10 月第 1 次印刷
定价：38.00 元(精装)

(如发现印装质量问题，影响阅读，请与出版社联系调换)
版权所有，侵权必究

目　　录

前面的话/001

·读　书

我们的莎士比亚/003

慈悲不是出于勉强——《威尼斯商人》读后/007

充满着喧哗和骚动——《麦克白》读后/010

从《白鹿原》版本说起/013

漫谈：杨绛先生作品版本/016

男人的挣扎与救赎——许春樵《男人立正》读后/019

人生这个圈/022

主要看气质——《西方将主宰多久》读后/025

·品　书

写出来的美好时光——"合肥姐妹丛书"侧记/031

自是另一番景致/035

在心中的大草原/038

丰富多彩的乡情——杨修文《远去的箫音》读后/043

眺望远方的村庄/046

幸福原来很简单/049

·伴 书

雪夜,全城寻找一本书/055

与书相伴的日子/058

我的泛方言写作/061

交通车上的微博/064

真不是滋味/066

去了增知书店/069

我们的旧书店/071

·沙 龙

理想主义者的浪漫情怀——天柱山上办沙龙/077

2015年读书沙龙微博记录/082

2016年读书沙龙微博记录/090

·街 巷

撮造山巷上空的月亮/099

小马场巷的前世今生/103

有关七桂塘的记忆/107

一条路,曲曲弯弯/111

青弋江路的格调/114

走过黄屯老街/117

寂寥的柘皋老街——桥西街/120

横街的诱惑/123

老街,是一种情结/126

・日　常

丙申年春节记趣/131

母亲住院纪事/139

写在这个不寻常的父亲节/148

完伯伯/151

清亮亮的嗓子嗨起来/155

西瓜送给我们的战士/158

初春下乡/161

其实我不懂酒/164

巢湖距离我们有多远/166

洪泽湖的记忆/169

桃花镇纪行/171

・随　想

蝴蝶与人/179

对自己负责/181

励志,谁都需要/183

没什么,生活就是这样/185

一周"优步"思绪/187

夏日乱弹/190

生活,有时就像一盘腊味糍粑/192

2016年微博思绪/193

前面的话

　　生活永远不会像自己预想的那样,因为你无法知道明天会发生什么。这样的话应该许多人都说过,说多了,也就没什么感觉了,日复一日,总是如此。

　　从 2015 年开始,我的生活进入了一种新状态,但这个新状态既没有自己预先想象的那么轻松自在,也没有别人想象的那么失落空虚,空出来那部分很快便被填满,甚至有过之而无不及。这真是让人有些始料不及。不过这似乎也正常,说不上是失还是得。

　　比如读的书似乎多了一些,但文章却没有多出多少;比如自己的书一本没有出,却主编了一套"合肥文字"系列丛书。还有,对于合肥这座城市的关注点从方言转向了街巷和家族,对于书店卖场的营销活动从一个卖场到更多的地方,着力于品牌的建立、影响与效益的扩大。

　　这本书里收录的文章就是在这样一种状态下写下的,包括了 2015—2016 年的大部分文字,合肥方言部分的稿件将会收入《合肥时尚方言》里,这里不再收录。

　　我在 2016 年还坚持写了一年的微博,每天 2 条共 280 字,一年下来居然也有 11 万字。其中有一半的内容是"微博思绪",尽管大多是一些碎片化的东西,但毕竟是一种思考和记录,所以也收进书里。为了让大家有个大概了解,抄几则 2016 年年底的"微博思绪"附在后面:

我时常提醒自己，一定要有耐心，一定要锻炼自己的承受力，所有的丑陋和不堪，如果你无力去改变，那么你可以冷眼旁观，看他们会有怎样的手段，又会有怎样的下场。的确，既然没有办法选择，又没有办法逃避，那么就做个看客吧，闹剧也好，荒诞剧也罢，权当是一场噩梦，醒来之时，一切都会改变，一片朗朗乾坤。

12月25日

　　守住自己的心，不为外界因素左右，至关重要。不同的经历，不同的高度，决定了一个人的判断水平和结果，这是太正常不过的事情，没有必要因此郁闷、生气。当然，一定是有正义和良知的，但也一定有很多人会偏离甚至与之背道而驰，因此，坚持自己的选择，朝着自己的方向，尽力做着自己的事情，就可以了。

12月26日

　　明白，其实是一个很高的境界。有的人终其一生，也没有活明白，有的人在某些方面明白了，在另一些方面始终糊涂着。我等凡人，做不到事事明白，但愿在基本的事理上不致偏差太大，尤其是对自己要有个清醒的判断和定位，也就是所谓自知之明。明白，实际上是对自己的理解和爱，也会让别人感觉舒服。

12月27日

读书

我们的莎士比亚

一

莎士比亚，一位生于452年前，逝世于400年前的英国人。翻看几本有关他的图书和辞典后，我发现有关他的资料真是很少，推断、猜测、不是很清楚的结果，是一连串的疑问和一些无稽的假设。而我则更愿意走一条比较时尚的路线，讲述一个励志的莎士比亚的故事。

1564年4月23日，在距离伦敦约100公里的斯特拉特福镇，威廉·莎士比亚诞生，他的父亲是镇上很有声望的人物，后来被推举为镇长，莎士比亚因此受到较好的教育。13岁的时候，家运不济，莎士比亚辍学，先后做过肉铺的小伙计，干一些手艺活，做一些小买卖，游走于街市和乡村，受到了另一种教育和滋养。

21岁的时候，已结婚3年，有了3个孩子的莎士比亚离开家乡去了伦敦。在那儿，他从最底层做起，伺候看戏的达官贵人，伺候上台演出的演员，渐渐地，他有了机会上台，成为一名演员。可以说，能够在伦敦的舞台上演出的莎士比亚，此时已经实现了他的梦想，他完全可以一直这么过下去，演演戏，享受享受生活。毕竟那时他还很年轻，繁华的伦敦一定有很多诱惑在等着他。

但是莎士比亚选择的显然是另外一条路，他要写剧本，而且还真的就写了出来。1590年,26岁的莎士比亚写出他的第一部剧本《亨利六世》(中),并从此一发不可收,3年间写出了5部剧本。然后,他又开始写诗,长诗,十四行诗,他都尝试过,也都获得了很高的评价。但是,莎士比亚的心显然还是在戏剧这块的,2年间,他又有4部剧本问世。

1595年,31岁的莎士比亚写出著名的《罗密欧与朱丽叶》《仲夏夜之梦》等3部剧本;1596年,32岁的莎士比亚写出著名的《威尼斯商人》等2部作品;1597年,33岁的莎士比亚写出最具代表性的历史剧《亨利四世》(上下)。

此后的3年里一共创作了6部剧本的莎士比亚可以说是年年都有佳作,《温莎的风流娘儿们》《皆大欢喜》《第十二夜》,各具特色,精彩纷呈。

1601年,随着著名的悲剧《哈姆雷特》的问世,莎士比亚的创作达到了巅峰。令人称奇的是,在这样的巅峰状态下,6年间莎士比亚写出了10部享有盛誉的作品,《终成眷属》《一报还一报》《奥赛罗》《李尔王》《麦克白》《安东妮与克莉奥佩特拉》《雅典的泰门》等,可以说每一部都是不可多得的精品。

43岁到48岁的6年间,莎士比亚只有5部作品存世,这应该与他的生活以及他对现实的态度有着很大关系,并直接导致了他做出离开剧院,回到家乡的决定。

1616年4月23日,52岁的莎士比亚在他生日那一天溘然长逝。

二

据资料介绍,莎士比亚的名字最初为中国人所知晓,是约160年前的清咸丰年间。之后的近50年间,严复、梁启超、鲁迅等,也都在其作品中对莎士比亚做过介绍。我们今天通用的"莎士比亚"这个译名,则是梁启超在其《饮冰室诗话》里第一次使用。

20世纪初,《莎士比亚故事集》由著名作家、翻译家林纾等用文言文翻译出版。

第一个将莎士比亚剧本翻译过来的,是我国著名剧作家田汉。1921年,田汉23岁,他翻译的莎士比亚作品是《哈姆雷特》。

梁实秋20世纪30年代初便开始翻译莎士比亚作品,并一直坚持了30多年,终于完成,1967年出版《莎士比亚戏剧全集》40册。

曹未风是我国最早一批计划翻译莎士比亚全集的翻译家之一。从1931年开始的10多年间,他一共翻译了11部莎士比亚戏剧作品,1949年后,又对这些译作进行了校改,加上新译的作品,一共12部。可惜的是,曹教授1963年因病去世,终年竟然也是52岁。

和曹未风同为嘉兴人的著名翻译家朱生豪,喜爱诗歌,精通英语。从1935年开始,他搜集莎士比亚作品的各种版本,进行比较研究,并开始他的翻译。10年间,无论是遭遇战乱,还是罹患疾病,他都没有放弃,高标准高质量地翻译了31部半莎翁的戏剧作品,直至其32岁生命的最后一刻。夙愿未了,英年早逝,扼腕思之,唏嘘不已。

1964年,为纪念莎士比亚400周年诞辰,人民文学出版社组织专家对朱生豪的译作进行修订增补,同时请人重译补译了6部剧本,并按牛津版莎翁全集的排序,编辑《莎士比亚全集》。1978年,全集正式出版,至今仍为莎翁作品中最为权威的版本。

2014年,上海译文出版社出版了由方平主编、主译的10卷本《莎士比亚全集》。据介绍,此套全集是第一次用诗体翻译的莎士比亚作品。莎士比亚戏剧的原貌是诗剧,是以素诗体(blankverse)为基本形式的诗剧,以诗体译诗体,尽量使译文在语气、语言节奏感上更接近莎剧原貌。这套《莎士比亚全集》还有一个看点:在传统的37部之外又收入《两贵亲》和《爱德华三世》2部戏剧,诗歌部分则收入20世纪八九十年代才确认为莎翁作品的长诗《悼亡》。

与莎士比亚作品翻译出版的同时,莎翁剧作的演出也一直在进行着。110多年来,话剧、川剧、越剧、秦腔、粤剧、京剧、豫剧、沪剧、昆剧、黄梅戏、徽剧等多种剧种,演出了大量莎士比亚的作品。1986年4月,在北京和上海两地举办的"首届中国莎士比亚戏剧节",更是将莎剧的演出推向一个高潮。14天,25个演出团体公演、展演和播放剧目 30 台,其中舞台演出 87 场,真可谓规模浩大,盛况空前。

早在 1623 年,莎士比亚第一部比较完整的戏剧集的扉页上,有这样一句题词:"他不属于一个时代,他属于所有的世纪。"

是的,莎士比亚属于所有的世纪。同样,莎士比亚也属于所有的国家和民族,他是英国的,也是我们的。

莎士比亚,我们的莎士比亚,4 月 23 日,他来到和离开这个世界的日子,成为全世界读书人的节日。

慈悲不是出于勉强
——《威尼斯商人》读后

《威尼斯商人》应该是莎士比亚最著名的作品之一,是其"四大喜剧"中的佼佼者。这不仅仅因为其比其他几部作品有着更为广阔的社会背景、更为深刻的现实意义,还因为时至今日,作品中所揭示的民族歧视及矛盾、人性中至真至纯的感受与真谛,依然能够指导和警醒我们的人生。

由于知识和眼界的局限,准确地说,关于犹太人和其他民族与宗教的人们之间的矛盾,我并没有完全弄清楚,但在我的心中,一直有一些不解和疑惑,为什么?有时我会这样暗自发问。但我也仅仅如此,没有认认真真地去探寻和思考。但是400多年前,莎士比亚不但没有回避这个问题,而且还通过犹太富商夏洛克之口,说出一些事实,让读者和观众能够有所触动和思考。

我不了解17世纪末的欧洲是怎样的情形,但我通过莎士比亚的剧作,能够感受到对犹太人那种公开和普遍的反感与歧视。因此,当我听到夏洛克说:"我恨他(安东尼奥),因为他是个基督徒,可是尤其因为他是个傻子,借钱给人不取利钱,把咱们在威尼斯城里干放债这一行的利息都压低了。要是我有一天抓住他的把柄,一定要痛痛快快地向他报复我的深仇宿怨。他憎恶我们神圣的民族,甚至在商人会集的地方当众辱骂我,辱骂我的交易,辱骂我辛辛苦苦赚下来的钱,说那些都是盘剥得来的腌臜钱。"我感受到的,是一个精明吝啬的商人的愤懑,一个犹太人心底的仇恨。这样的仇恨不单是由于安东尼奥"好多次"在交易所里骂夏洛克,说夏洛克"盘剥取利",而夏洛克"总是忍气吞声,耸耸肩膀",没有争辩,因为夏洛克觉得"忍受迫害本来是我们民族的特色"。与此同时,安东尼奥还会骂夏洛克是"异教徒,杀人的狗",把唾沫吐在夏洛克的犹太长袍上。

在这样的一种社会背景和氛围里,夏洛克逮到机会,用几近变态的方式寻求报复的快感就有了比较合理和可信的理由。他要安东尼奥身上的一磅肉,"即使他的肉不中吃,至少也可以出出我这一口气"。在夏洛克的记忆里,安东尼奥曾经多次羞辱过他,夺去他几十万块钱的生意,讥笑着他的亏蚀,挖苦着他的盈余,污蔑他的民族,破坏他的买卖,离间他的朋友,煽动他的仇敌。而安东尼奥之所以这样对他,就是因为他是一个犹太人。于是夏洛克一连串地发问:"难道犹太人没有眼睛吗?难道犹太人没有五官四肢、没有知觉、没有感情、没有血气吗?他不是吃着同样的食物,同样的武器可以伤害他,同样的医药可以疗治他,冬天同样会冷,夏天同样会热,就像一个基督徒一样吗?你们要是用刀剑刺我们,我们不是也会出血的吗?……那么要是你们欺侮了我们,我们难道不会复仇吗?"

我们姑且不去判断夏洛克的话是否狭隘偏激,夏洛克们所遭受到的,和他们的所作所为是否就肯定存在着因果关系,也不用去琢磨这样大篇幅的诘问是否会影响乐善好施的"一号人物"安东尼奥的形象,或者反而使其更加饱满、真实。我们只要设身处地地为莎士比亚想一想,就一定会从心底里敬佩他的胆量和勇气、境界和高度。

在莎士比亚的作品中,公众眼里的所谓名言警句很多,有些从生活的低处入手,虽然浅白易懂,却让人深以为然。

比如:"吃得太饱的人,跟挨饿不吃东西的人,一样是会害病的,所以中庸之道才是最大的幸福:富贵催人生白发,布衣蔬食易长年。"

比如:"谁在席终人散以后,他的食欲还像初入座时候那么强烈?哪一匹马在冗长的归途上,会像它起程时那样长驱疾驰?世间的任何事物,追求时候的兴致总要比享用时候的兴致浓烈。"

相比较平白温和的智者的语言,莎士比亚那种经典的、一针见血式的警句更会让人印象深刻。

"一个指着神圣的名字做证的恶人,就像一个脸带笑容的奸徒,又像一只外观美好、心中腐烂的苹果。唉,奸伪的表面是多么动人!"这样的语句,是满腔的愤懑,也是无奈的叹息。它让我们这些时常疑惑、迷茫的凡人,多一些提防和现实,因为这个复杂的世界"外观往往和事物本身完全不符,世人却容易为表面的装饰所欺骗"。

当然,在沙式的名言中,也不乏那种充满正能量、让人回味良久的长长短短的句子。关于付出与回报,《威尼斯商人》里一长一短的两句话就很经典。

"慈悲不是出于勉强,它是像甘霖一样从天上降下尘世;它不但给幸福于受施的人,也同样给幸福于施与的人。它有超乎一切的无上威力,比皇冠更足以显出一个帝王的高贵:御杖不过象征着俗世的威权,使人民对于君上的尊严凛然生畏;慈悲的力量却高出于权力,它深藏在帝王的内心,是一种属于上帝的德行,执法的人倘能把慈悲调剂着公道,人间的权力就和上帝的神力没有差别。"

"不但给幸福于受施的人,也同样给幸福于施与的人",这样的心态,同样体现出作者的境界和高度。而这样的话语,用"一个人做了心安理得的事,就是得到了最大的酬报"来表达,则似乎又多出了一些禅味来。

充满着喧哗和骚动
——《麦克白》读后

莎士比亚的四大悲剧中,我最熟悉、印象最深刻的,应该是《麦克白》。早年曾经在电视上看过它的话剧演出的现场录像,前几年又看了两遍由《麦克白》改编的徽剧《惊魂记》,大的框架和一些经典的情节不断加深着我对这部剧的认识和理解。今天再读原著,感叹之余,自然又多出许多直观的东西。

在我的感觉里,莎士比亚的喜剧与悲剧最突出的区别,是悲剧几乎是在一开始的时候就能够抓住读者的心,仿佛有一双手,牵着你的注意力和情绪,使你的情绪随着剧情的展开而变化。

剧情刚刚展开,麦克白因为女巫的第一个预言成为现实而欣喜不已,进而将贪婪的目光瞄准帝王的宝座的时候,同样身为大将军的班柯提醒他,不能够轻信女巫的话,因为"魔鬼为了要陷害我们起见,往往故意向我们说真话,在小事情上取得我们的信任,然后在重要的关头我们便会堕入他的圈套"。

但此时的麦克白已经走火入魔了,他把自己由于贪婪而引发的恐惧归咎于自己的胆怯,因为"想象中的恐怖远大于实际上的恐怖;……心灵在胡思乱想中丧失了作用,把虚无的幻影认为真实了"。其实话并没有说错,只是说话之人的判断出了问题。麦克白的悲剧由此展开。

与此同时,国王邓肯因考特爵士的背叛而感叹"世上还没有一种方法,可以从一个人的脸上探察他的居心"的时候,他并没有想到,他所倚重的麦克白,早已被邪恶攫去良知,一步步地走向深渊。

　　相比较于麦克白的犹豫不决,他的夫人则显得坚定和果断得多,由于她的坚持和怂恿,麦克白才横下心来,血溅王位。这个美丽而邪恶的女人,像一个巫婆,教唆着有勇无谋的麦克白:"您要欺骗世人,必须装出和世人同样的神气;让您的眼睛里、您的手上、您的舌尖,随处流露着欢迎;让人家瞧你像一朵纯洁的花朵,可是在花瓣底下却有一条毒蛇潜伏。"这样的语句,一切善良的人读起来,都会感觉到毛骨悚然。可怕的,不是说出它们的那张嘴,而是它们的源头——那危险阴毒的心灵。

　　当然,一定不是所有的人都是这样,还是那位大将军班柯,就明确无误地告诉麦克白:"为了觊觎富贵而丧失荣誉的事,我是不干的;要是您有什么见教,只要不毁坏我的清白我的忠诚,我都愿意接受。"尽管班柯因为正直与忠诚失去了他的生命,但他保全了他的荣誉和清白。

　　麦克白呢?他那一心想做王后的夫人呢?在成功实施了他们的计划之后,是不是就很开心、很满足了呢?显然没有。

　　她说:"费尽了一切,结果还是一无所得,我们的目的虽然达到,却一点不感觉满足。要是用毁灭他人的手段,使自己置身在充满着疑虑的欢娱里,那么还不如那被我们所害的人,倒落得无忧无虑。"

　　和他的女人如出一辙,麦克白也发出了心底的悲鸣:"我们为了希求自身的平安,把别人送下坟墓里去享受永久的平安,我们的心灵却把我们折磨得没有一刻平静的安息,使我们觉得还是跟已死的人在一起,倒要幸福得多了。"

　　于是,一个崩溃癫狂,一个精神恍惚,最终走上了他们的末路,结束了他们充满悲剧色彩的人生。

　　写到这里,我忽然发现,这样的人,这样的事,这样的悲剧,在我们周围,非但没有减少、消失,甚至变换着形式和场景,轮番上演。只不过他们的戏往往都不能长久,在见识过一场又一场悲剧之后,我不得不叹服莎翁借麦克白之口说出的那段话的精辟:"人生不过是一个行走的影子,一个在舞台上指手画脚的拙劣的伶人,登场片刻,就在无声无息中悄然退下;它是一个愚人所讲的故事,充满着喧哗和骚动,却找不到一点意义。"

当悲剧落下帷幕,回味着每一个场景每一段对话,感觉造成这一切的原因,无非是贪婪与挣扎。贪婪是因为想拥有更多的地位和财富,不管它们是不是应该属于自己,是否干净,是否道德;而挣扎则是由于事成之后的如影随形的恐惧、后悔、后怕,以及内心残存的那么一点点人性。

于是,我在叹息"这世上做了恶事才会被人恭维赞美,做了好事反会被人当作危险的傻瓜"的同时,也告诉自己,"最光明的天使也许会堕落,可是天使总是光明的;虽然小人全都貌似忠良,可是忠良的一定不失它的本色","黑夜无论怎样漫长,白昼总会到来的"。

所以,我时常会对自己说:把你的眼光放得远一些,做好自己的事,走好自己的路。因为莎士比亚曾经说过:"口头的猜测不过是一些悬空的希望,实际的行动才能够产生决定的结果。"

从《白鹿原》版本说起

这几天几乎每天都要做一件相同的事情:寻找《白鹿原》的初版本。记忆中我是肯定有人民文学出版社1993年出版的《白鹿原》的,因为它的封面给我很深的印象。而且我应该是在看完这本书之后决定买下的,这是我保持很多年的习惯:小说,特别是长篇小说,一定是自己读过并且喜欢的才会买回家来,即便是中外名著,也基本如此。

家里,新房子里,父母家里,都找了又找,没有。想着或许是这些年搬来搬去的,没有放到我认为该放的地方,或者让哪位亲戚朋友借去忘记还了,或者是自己不小心弄丢了。今天是送别陈忠实先生的日子,在外面转了一圈回来,又在两边找了一遍,还是没有。些许失落之余,我想,以后我不会再找了,如果在,迟早我能够见到它;如果没了,手头的和陆续收入的几个版本也足以让我的心渐渐地平静下来。

其实我从来没有想过要收《白鹿原》的版本,尽管4月29日之前我并不知道它竟然有那么多的版本,也不知道它的版本并不仅仅只是封面、装帧、版式和印刷时间的不同,尽管我明白这样的版本收起来会有意思得多,但我还是感觉到它的难度。

有一位陕西的女作家回忆说,有一次她请陈忠实先生为她收藏的一本《白鹿原》签名,陈先生发现那是一本人民文学出版社1993年第1版第1次印刷的,便说:"我自己都没有这个版本了,你把这本书送给我吧,我另外签一本给你。"可见,这个版本的《白鹿原》是多么的珍贵,没有这一本,即便拥有其他再多的版本,也是有缺憾的。

我是在4月29日上午10点左右得知陈忠实先生逝世的消息的,当时的感觉是心里很空,身子有些麻嗖嗖的。出于对陈先生的敬佩和职业的敏感,我立刻请同事将各门店和大库里陈先生作品的数据整理出来,同时在业务内网就陈先生作品的门市展示和补货提出意见。也就是这个时候,我才发现《白鹿原》的版本有好几种,查了一下业务资料,更多,超过了10种。中午的时候,看到一条人民文学出版社的微信,才知道,单单是人民文学社,就有至少12个版本。由此我推断,《白鹿原》的版本绝对是超过了20种,如果加上韩文、日文、越南文、法文版和中国港台繁体版、内蒙古的蒙文版,那就更多。

这就让我有些好奇了,一部作品,不过是23年的时间,竟然会有如此之多的版本,这在当代作家的作品里,是罕见的。因为出版社的不同,因为被编入各种名头的丛书里,而出现不同的版本,是一件很正常的事情,只不过《白鹿原》要稍多一些罢了。但是我注意到诸如"原版""1993年版"和"权威未删节版""'白嘉轩'重出江湖,1993版原版再现"这样的字样,于是不免又多琢磨了一番。

陈忠实先生历时6年写出《白鹿原》后,人民文学出版社1993年6月出版,第一次印刷数量是14850册。10月份第7次印刷的时候,就已经是564850本,可见当年此书的热度。5万、10万地加印,带来的不仅是可观的经济收入,更是一种迅速扩大的影响力和普遍充分的肯定。这对于他4年之后获得第4届茅盾文学奖无疑起到了显著的推进作用,而插曲(或者说"故事")也就在这个时候出现了。

1997年的某一天,负责评选第4届茅盾文学奖的召集人打电话给陈忠实先生,转达评委会的意见,请他对《白鹿原》做一些修改。谈话细节我们肯定是不知道的,据说陈先生当即表示,他本来就准备对《白鹿原》做适当修订,本来就已意识到这些需要修改的地方。于是,他又一次躲到西安市郊一个安静的地方,平心静气地对书稿进行修订:一些与情节和人物性格刻画没多大关系的、较直露的性行为被删去了,政治上可能引起误读的几个地方或者删除,或者加上了倾向性较鲜明的文字。据说此次修改仅仅涉及 1000 多字,11 月份修改的,12 月份便出了修订本。与此同时,陈先生获得了茅盾文学奖。

自此之后,"原版本"和"修订本"成了一种符号,反映出一个时期的特定环境和一些人的微妙心态,细细揣摩,蛮有些味道。

这几天,我还注意到一个很有意思的事情:陈忠实先生毕生只写过《白鹿原》这一部长篇小说,即便是所有的作品合在一起,也不过 10 卷,但就这么一部长篇不但大受欢迎,而且还获得了国家文学界的最高奖项,这在当今的文坛,不能不说是一个特例,给我们留下了很多的启发和思考,同时也从一个侧面为我们解释了为什么《白鹿原》会有那么多版本。因为陈忠实只有这么一部长篇小说,而这部长篇小说又写得那么好,所以各种名头的丛书都会选,也只能选《白鹿原》。

今天中午在长丰新华书店买了一本时代文艺版《白鹿原》,估计是因为属于"新课标"系列,所以是节选本。随后在回合肥的车上又与巢湖书店的同事联系,用微信支付的方式买了两种《白鹿原》的版本,其中一本就是前面提到的人民文学出版社 2012 年 10 月第一次印刷的"'白嘉轩'重出江湖,1993 版原版再现",从微信图片上看,它的封面与 19 年前初版几乎完全一样,我的心由此变得轻快了一些。版本收集或者是我们对作品喜爱的一种表现,或者是处于一种投资上的考虑,相对于阅读,它们注重看得见的实物,而真正能够让我们受益的,还是翻开书本,沉下心来,一个字一个字地读进去,然后,在某一个时刻,它们会以另外一种形式出现在你的言语和作品里,成为你丢失不了的财富。

漫谈：杨绛先生作品版本

5月20日，当一条关于杨绛先生病危的消息在微信朋友圈被快速转发的时候，许多人将关切的目光转向这位105岁高龄的老作家，为她祈祷，祝福她能够逢凶化吉，转危为安。尽管后来又有人说这是误传，杨绛先生"是轻度肺炎及肠梗阻住院"，身体已在恢复中，但这么一件事，无疑让许多人给予杨绛先生及其作品更多的关注。

落雨的天，陪伴老人之余，我在书架里寻找着杨绛先生的作品，很快就找到放在一起的《我们仨》和《走到人生边上》。

《我们仨》是三联书店出版的，2003年7月第1版，2010年8月第32次印刷，当时的印数是69万4000本。如今又是6年过去了，以我对这本书销售情况的了解，它的总印数应该突破了100万。在《我们仨》几种版本里，我最喜欢的就是手头的这种，素朴，大气，印制精良。封底有一行字"我一个人思念我们仨"，每一次看到，心里都有一种酸酸的感觉。文字很好，清雅，节制；装帧和图片做得也很好，图与文相互映衬，效果极佳。

《走到人生边上》是商务印书馆2007年8月出版的，手头的版本是2008年3月第9次印刷，本次印数是5万册。这本书是杨绛先生2005年初出院后开始动笔的，2年半，4万多字，对于一位90多岁的老人来说，真是很不容易。当然，对于杨绛先生这样的名家来说,字数多少不是最重要的。

在这两本书附近,我又找到了一本《杨绛散文选集》,这本由百花文艺出版社1995年9月出版的选集让我可怜的收藏癖得到一点小小的满足,第1版第1次印刷,印数2万本,现在像我手头这种品相的书应该是不多了。

打开书,发现第一篇就是著名的《干校六记》,自己还依稀记得当年读这篇2万多字长文时的感觉。最近还有人在一篇文章里说到有关那10年的几部代表作品,其中就有《干校六记》。正琢磨着这篇文字的特色与价值的时候,突然想起我好像有《干校六记》的单行本,另外我还似乎有杨绛先生的作品选集,只是那个选集有些旧了,而且好像还不太全。

晚上回南苑,走到小书房四个书架前,一眼就看到《杨绛作品集》,中国社会科学出版社出版,3卷,打开一看,居然是全本,第1本是小说卷,收录短篇小说7篇、长篇小说1部;第2本是散文卷,收录包括《干校六记》在内的4部散文集;第3本是文论、戏剧作品卷,文论的主打文字是关于《堂吉诃德》的,剧本则写于抗战时期沦陷的上海。这套书应该是在某次特价书市活动时购买的,因为只有一次购买很多书,我才不会一本本仔细翻看,这套书就属于这种情况,否则,我不会一直不知道杨绛先生曾经写过剧本。

继续找,总感觉自己能够找到《干校六记》。在我的记忆中,《干校六记》应该是一本不厚也不大的书,但当我找到它的时候,我发现,它也太薄太小了点,在大开本大行其道的今天,它显得是那么的袖珍。18.4mm×11.1mm 的尺寸,2.5 个印张(80页),0.24元,简直就是一个传奇!很让我感觉开心的是,它居然是1981年7月第1版第1次印刷!出版:三联书店;书名题签和序言:钱锺书;封面设计:丁聪。这样的阵容也太过奢侈了吧。因为这本书,最近一周略微低沉的心变得明快起来。

20日晚上,三孝口书店的同事发来微信说,鉴于问询和购买杨绛先生作品读者量的加大,他们下午冒雨去总库调了杨绛先生的10种作品集,其中有7种是三联书店新出的"杨绛著译"系列,《干校六记》《将饮茶》《"隐身"的串门儿》《我们仨》《斐多》和《杂忆与杂写》(2本),另外三本书是《洗澡》《洗澡之后》和《走到人生边上》。我看了一下,前面9种都是精装本,相当精美,显然是下了功夫的。内心有些蠢蠢欲动的同时,感觉自己真是有些好笑,自控力太差,见不得漂亮的书。

晚上在网上查询了一番,得到更多有关杨绛先生作品的信息,比如,人民文学出版社曾经出过两种杨绛先生的文集,2004年《杨绛文集》是8卷本,2009年《杨绛全集》是9卷本。我想,老人家一直笔耕不辍,时有新作面世,再出新版时,估计要出10卷本了。

低调的姿态,传奇的人生,回顾一番收藏和阅读杨绛先生的作品的经历,感觉自己收获的,不仅仅是作品本身,给予我的一些触动和思绪,或许会更多。

男人的挣扎与救赎
——许春樵《男人立正》读后

原先我是准备把这篇读后感标题里的"挣扎"两字写为"坚守"的,但想了一下,感觉"坚守"两个字还是太轻了,不足以表述主人公陈道生8年中所经历的一切。那样的日子,那样的生活,如果不是拼力挣扎,陈道生早就倒下了——从精神到肉体,统统倒下。

不如意的生活往往集中了所有的不如意:自己的下岗,老婆的世俗,女儿的堕落,统统压向了他。最后也是最致命的一击,是来自他最信任的朋友刘思昌,30万债务,足以压死三个陈道生。但陈道生居然没有倒下,甚至把腰杆挺得更直。因为他明白,从那一刻起,他的生命已不仅仅属于他自己,他的生命属于那些帮助他的邻里街坊,属于一个顽强的信念:活下去,把钱还给别人。

他的苦难开始了,他开始拼命地挣扎。卖服装,卖糖葫芦,卖血,到医院伺候重症病人,贩卖蔬菜,蹬三轮车送货,一直到最后替殡仪馆背死人,以及差一点把自己的肾给卖了。陈道生的挣扎像一把把刀子,刺向人们的良知和爱心。当陈道生终于找到一条能够挣到大钱的路子,到乡下当起了猪倌的时候,他的生命进入了倒计时——3年后,还清了所有债务的陈道生倒在了他感谢街坊们的宴席上,债还完了,他终于闭上了眼睛。上吊自杀没有死掉、晕倒在雪地里也没有死掉的他,终于踏踏实实地闭上了眼睛。

读《男人立正》的时候,有几点感受非常深刻,随着小说的展开和阅读的深入,有些感受逐渐发生着变化,甚至走向另一面,有些感受则没有丝毫的改变。

比如陈道生近似古板的正直,我是多少有些腹诽的,感觉有些脸谱化,对待不公命运的忍让,对于所卖服装厂家必须是国有、样式必须是正统之类的刻板标准,一次次面对选择时所表现出的那种所谓的"传统"和"正派",都让我感觉有些"过",有些不真实。但继续看下去,我有一种豁然开朗的感觉:只有这样的陈道生,才会有如此的遭遇和命运啊。反过来说就是:陈道生的这种性格,导致和决定了他的命运——在一个鱼龙混杂、泥沙俱下的急剧裂变的时代,陈道生注定是一个悲剧人物。

准确地说,当刘思昌和30万元一起消失的时候,陈道生的苦难才真正开始,作者运用大量笔触,不厌其烦、耐心细致地一桩桩一件件地说着陈道生的苦难与挣扎,以至于让人产生一种逆反:没完没了,何时才是个头啊?可当我读到陈道生终于柳暗花明、绝处逢生,感觉自己终于可以长长地舒一口气的时候,我发现,一切的灰暗、肮脏都是通向光明所必须面对的,而一切的沮丧、绝望都是希望到来之前的枷锁。

作者是善良的,也是理想主义的。他对陈道生的街坊——76号大院的那些形形色色的男女老少的集体英雄般的描写,他对一切作恶者结局的宽容,特别是他对迷途、堕落女性命运宽厚与善意的设计,都反映出作者的不忍和慈悲。虽然这种态度在某种程度上减轻了我们心理上的压力,但同时也削弱了作品的批判主义的风格和对丑陋人性的谴责。

于文英这个人物也是理想主义的产物,但我们不能想象,如果没有于文英,陈道生如何能够坚持下去,我们又如何说服自己一直读下去。无论是在小说里还是在现实里,这样一个圣女般的人物,都是我们赖以生存的希望所在。从这层意义上来说,理想主义有着其独特的魅力和作用。

"人活在天地间,很是麻烦,也没有什么道理可讲。有的人来到这世上就像应邀参加一场盛大的宴会,一辈子山珍海味,美酒佳人,衣冠楚楚,神色逍遥,临走时,打着饱嗝,抹着一嘴的油水,最后将名字刻在一座豪华体面的大理石墓碑上永垂不朽了;而有的人来到这世上,不像是从娘胎里生下来的,倒像是从监狱里逃出来的,一辈子缩着脑袋,绷着神经,过着狼狈不堪、四面楚歌的日子,活着就是罪过,活着本身就是灾难。"应该说,这样的开篇语明确无误地表达了作者的态度和观点,也奠定了《男人立正》的基调,疑问和猜测自然也会随之而来:能否改变？如何改变？

陈道生改变了他的人生和命运了吗？好像是又好像不完全是,但有一点是肯定的,他挺起了他的脊梁,笔直地担负起他的苦难,担负起他的尊严。

陈道生不是没有消沉过,甚至还深深地绝望过,他想到过逃避和放弃:"他低下头眼睛死死地盯住水管,他觉得那是一根枪管,他把脑袋抵着出水口,他觉得很快会有一颗子弹飞出来,子弹射进他的脑袋,肯定像是夏天吃冰糕一样凉凉的,舒服极了。"

经过长时间似乎无望的挣扎和坚持,依然看不到希望的陈道生也有过迷茫和绝望,他的人生已经从一种有意识的奋力前行演变成惯性的向前推进:"1999年的冬天陈道生的腰更弯了,他的目光更多的时候是看着地面,像是在地面上不停地寻找一把回家的钥匙。"很长一段时间,我的脑海里总是会出现一个弯着腰、低着头的瘦弱苍老的男人形象,感觉他像一片深秋的树叶,随时都会被冰凉的风吹离树枝,飘落在某个泥泞的小道上,在过往行人麻木而沉重的脚步下,瞬间消失。

值得庆幸的是,陈道生最终找到了他"回家的钥匙",很放松地离开了这个世界。但陈道生寻找的,到底是怎样的一个"家"？我想了又想,陈道生要找的,应该是一个能够安放灵魂和良知的"家",而这个"家",其实就在我们的内心,在我们每一次挣扎与救赎里。

人生这个圈

读完守福兄的长篇小说《圈里圈外》后,内心很有一些不平静,无论是书中的内容,还是写书人的情怀与人生,都深深地打动了我。准确算起来,我与守福兄认识不过10天的时间,但两个晚上的长谈让我们的关系快速拉近。相仿的年龄,投机的话题,放松的状态,使得我们能够敞开心扉,聊得很开很透,这或许就是人们常说的缘分吧。

尽管我们仿佛前世今生都聊过了,但如果让我现在就为他的作品写一些东西,还是觉得有些仓促和草率。因此,我的这篇文字应该更类似于一个读者读过某本书之后的感想,至于相关的背景、素材,以及其与作者人生经历的关联程度,我都没有时间和渠道认真了解和考证。若不是守福兄催得很急,是很不适宜在此刻落笔的。

读这本《圈里圈外》之前,我想象它或许又是一本"官场小说"。之所以用"又"字,是因为所谓"官场小说"经过数年的红火,多得似乎已不计其数了,种种禁忌与胡编乱造使得这一块渐渐荒芜了。《圈里圈外》是不是这样一本书呢?如果是,那的确有些生不逢时了。

我的猜想和顾虑在我读了几页之后就没有了,因为首先它不像是一本真正意义上的长篇小说,很多似曾相识的场景和事件,让我感觉它似乎更像是一部属于这个时代的纪实长卷,记录我们生活的方方面面。而纪实,是需要理性和勇气的。

没错,勇气。我猜想,守福兄在写这本书的时候,一定是顶着一股气的,把自己的所见所闻总结、提炼出来,用文学的形式呈现在世人的面前,让人们读了,会有拍案叫好的冲动。

这是一部能够让人一口气读完的书。一座比较保守落后的中部城市,一位来自北京的新的市委书记,二者交汇的结果,关乎城市未来的变革和扩张。于是,有了阻力和种种的不适应,有了矛盾和改革的大刀阔斧。与此同时,腐败和揭露腐败,以及由此引发出的种种冲突和惊心动魄的事件也在发生着。应该说,在两条主线中,这一条更出彩、抓人一些,凸显了这本书的特色和个性。

"社会,就是一个大圈子,社会分工越细,圈子就越多,且圈圈相连,圈圈相套,圈外有圈。犹如迷魂阵、梅花桩,跳来跳去,还没有跳出如来佛的手心,还是在圈子之内。"作者的这么一段论述,让我想起人生无非就是画一个圈,怎么画,画成什么样,全在自己的造化和努力了。无论是市委书记程成,还是看似走出了圈子,实际上陷入了一个更大怪圈里的张北望,都属于那种努力想画好自己人生那个圈的人,但是,许多制约的因素,让他们的努力变得举步维艰。

当一个大环境处于一种异化的状态,任何人正常的举动都会显得有些另类和格格不入,彼此都别扭、难过的结果,一定是角力、较量,甚至你死我活。张北望的女儿——《新东日报》首席记者张荔荔,就是这场角力中的牺牲品,其遭遇和不幸,让人唏嘘不已。

某种意义上,我更喜欢野鹤(黄大宝)这个人物,其形象真实、饱满、可爱,在整部作品中显得尤为突出。他充满戏剧性的经历和蜕变,他与张北望真挚的兄弟情义,以及他的机智、果敢,都给我留下了深刻的印象。尽管小说结尾是由于野鹤的举报,一个阵容庞大的腐败团体被一锅端掉,显得有些讽刺,但对其形象的塑造起着很大的作用,刻画出一个鲜活生动的民间英雄形象。

读书的过程中,我发现有一点很有意思,那就是作者写作思路很清晰,一些大政方针、计划做得工工整整,像模像样,其专业程度,堪称范本。这或许和他多年从事的职业有关,举重若轻,信手拈来。不过,这样一来,多少有些冲淡了作品的文学性,专业文字和术语,专业知识和感慨,在增加作品专业性的同时,势必削弱了其可读性。

尽管如此,一些直抵本质的描述和段子,又使得这本书充满了趣味性,犹如一出出精彩的折子戏,分布在作品的每一个部分。

合上书后,我想,其实我们每一个人,都或多或少地被烙上诸如家庭、工作等方面的印记,而能够用属于自己的语言,说着自己想说的故事,其本身就是一种让人向往的事情。守福兄在人生某一个特定的时刻,一气呵成写就这部颇有价值的《圈里圈外》,实在是令人钦佩。

从一个圈到另外一个圈,有时是无奈和麻木,有时是一种升华和超越,而人生正是由这一个个圈子构成一个属于自己的大圈,更多内涵,更多的色彩,正是这个大圈所必需的东西。从这个层面来说,《圈里圈外》的确是一本能够促进人们回顾和思考的好书。

主要看气质
——《西方将主宰多久》读后

对于我来说,无论是分量还是内容,《西方将主宰多久》都是一本不太好读的书。但真的耐心地读下去,发现还是有所收获的,随着阅读的展开和思维的跟进,收获无疑会进一步扩大。所谓开卷有益,说的应该就是这个道理。

书中在《为什么是西方统治世界》这一章里有这样一段话:"在冰河时期末期的时候,西方确实领先于东方,但是它的领先优势时而扩大,时而缩小。公元550年左右,西方的领先优势完全消失,并且在接下来的1200年里,东方的社会发展领先世界。"然后,以11世纪的文艺复兴为标志,西方再次逐步"赶超"东方文明,直到19世纪,西方开始统治世界。

这里,我并不是想评判这种论述的准确性和客观性到底有多大,我感兴趣的是书中因此而引发的一种分析。根据书中的介绍,19世纪以及20世纪早期,很多西方人认为,是生理方面的原因使西方得以统治世界。他们坚持认为欧洲白人比其他种族进化得更快。

紧接着,作者写道:"他们错了。首先,基因和骨骼方面的证据是非常清楚的……全球各地,现代人的基因差别是非常小的。其次,如果西方人在基因上真的比其他人优越，那么社会发展历史就不会是我们所看到的那样了。"

我们知道，西方人的基因比东方人优越的种族歧视论由来已久，尽管近些年来这种论调的声音有所减弱，但它对于东西方平等有效的沟通与合作，对于东方人的自信与自觉，都产生了不可忽视的负面影响。

当然，我们也应该理性面对东西方之间的差距，分析其中的原因，然后通过切实有效的努力，逐步缩小差距。这个命题有些大，以我的水平和能力，难以说得开说得透。所以我想把眼光收回，没准会从自己周围的人和事上找出一些共性的东西来。

40年前，在我们国家，城乡之间的差距无疑是巨大的，集中体现在物质生活的巨大差异上。改革开放之后，大批农民走出家门，走向城市，从最基础、最简单的活计做起，逐步成为熟练工、蓝领，甚至白领、富豪。如今，在我们城市的每一个角落，都有这些农民兄弟姐妹的身影。但是，物质生活与财富上的改变，并不能有效地缩小城乡居民之间的差距，根本原因在于精神层面。文化上的差异，所受教育的不同，影响和制约了一些人在精神上的脱贫。

前一阵子流行一句"关键看气质"，这个"气质"应该就是个人所受的教育和文化的素养。我无意贬低农民兄弟姐妹们这些年来的辛苦努力，我想说的是，相比于我们现在农村和城市的差距，我们与西方之间的差距也许要更大一些。我们也许会短时间内在物质创造和财富积累上赶上甚至超过西方的大多数国家，但是，我们要想在文化上，在虽然看不见摸不着，但又能够真切感受到的修养素质上赶上他们，显然还有很长的路要走。

作者在书中还有一个颇为自信的预测：如果现在的东西方社会发展的速度和20世纪时的发展速度一样，那么东方就会在2103年的时候再一次超过西方。并且说这只是一个保守的估计。又说，2025年甚至更早（2020年或2016年），中国的经济总量就会赶上美国。

看到这儿，我笑了，显然，作者还是过于乐观了。因此我把注意力转到"中国所面临的挑战不仅来自经济、军事、社会和环境生态,而且来自制度"这样的文字。我在想,作为一个东方巨人,中国需要加强和完善的,不仅仅是经济、军事、社会、环境生态和制度,她其中的每一个分子——人的文化和境界上的提高,也是至为关键的。从这个意义上来说,与其关心西方将主宰世界多久,不如扪心自问,我们具备领先和主宰的条件了吗?

临渊羡鱼,不如退而结网,真正能够打败对手的,除了有形的力量,还有无形的精神。

品 书

写出来的美好时光
——"合肥姐妹丛书"侧记

随着金萍《风过麦田》的出版,"合肥姐妹丛书"2014 年出版计划中的 7 本书已经全部面世。对于合肥的文坛来说,是一件不同凡响的事情,对于 7 位作者来说,更是有着不同寻常的意义。作为此套丛书的策划人及全程见证者,更是感觉由衷地欣慰。

去年(2013 年)的某一天,马丽春老师打来电话,说杨修文老师准备出一本散文集,让我想办法帮她找一家出版社,我当即答应下来。我们总是这样,马丽春很热心地鼓励、督促文友们把文稿整理一下出一本书,而我则是她首选的出版联络员。对于我们两个人来说,都是义不容辞的同时乐此不疲。

几天后,我约了合肥工大出版社的朱移山社长和马丽春、杨修文、李海燕等文友在三孝口的一家酒店小聚。都是明白人和痛快人,出书的事情很快就定了下来,继续聊,又有新的结果,首先是李海燕大姐在我的鼓动下,当即决定加入出书的行列,马丽春禁不住我们的热情和鼓动,也动了出一本新书的念头。几个人越说越激动,越说话越多。面对着这么一群热情洋溢的人,一个念头闪现出来:将几本书纳入一个系列,使其成为一套丛书,至于丛书的名字,我似乎没有多想就脱口而出:合肥姐妹丛书。一片叫好之后，大家觉得这件事越来越有意思了。

第二天，海燕大姐打来电话，说她的好朋友王维红（网名"蓝叶子"）也想加入"合肥姐妹丛书"，因为之前彼此有过几次接触，我感觉王维红完全可以加入其中。很快李海燕、杨修文和王维红的选题计划都传到我这儿，马丽春因为还有些犹豫，没有加入第一批。

一切很顺利地推进着，很多文友知道这件事之后，也纷纷表示愿意加入其中，最终，姚云、吴玲和金萍正式确定加入"合肥姐妹丛书"。不过，这最后加入的3位都有着不小的顾虑，姚云文字够了，但没有整块时间来整理它们，吴玲则很有些担心她是否可以在不长的时间里凑齐一本书所需要的文字，金萍则更纠结，她有些夸张地说，那么多的文字需要整理和修改，可能来得及呀。

关于出书这件事，我是这样想的：当一个人的作品达到一定数量的时候，他就应该出一本书，因为出书对于每一位作者来说，都是回顾和提高的好机会，一个人向前看是对的，但一个人还是应该偶尔回顾一下过去的。

《两个人的大草原》是李海燕的第三本散文随笔集，因为有前面两本书的出版经历，她可谓是驾轻就熟，书稿编得颇为顺利。

杨修文写作很多年，但出书还是第一次。她及她周围的亲朋好友对于这本书的重视和期待是可想而知的。

《幸福的米香》是王维红的第二本散文随笔集，相对于一个人单枪匹马地干，和一帮姐妹们一起行动，王维红的感觉一定是不一样的。

三姐妹中，李海燕是第一位交稿的，杨修文、王维红紧随其后，顺利完成书稿的整理和交付。这之后，出书者及与出书者关系密切的文友们又有过好几次或大或小规模的聚会，商定出书过程的一些问题，为正在编写书稿的文友出谋划策，一时间，写稿、改稿、整理稿件成为几位文友生活里的重要内容。从她们的微博、微信和QQ空间里，我可以及时便捷地了解她们新书编辑出版的节奏。不由得感慨，充实努力，积极向上，满满的都是正能量啊。

这期间，我因为一个意外，很长时间不能够正常地工作和参加社交活动，但"合肥姐妹"的策划餐会，我还是去了，并就丛书封面和版式与美编交换了意见。之后，又为李海燕的书写了序言，这是我第一次为文友作序，特殊时期，勉力为之，心中忐忑许久。

8月8日上午，朱社打来电话，说第一批3本书已经印好，我说，赶紧的，给作者们送去，她们可都在盼着呢。于是，一朵朵欢乐的浪花拍打在3位作者的心头，文友圈子里更是掀起一阵不小的热潮。

兴奋之余，人们发现，这3本书内芯和封面的印制似乎有一些不尽人意的地方，当时身在外地的我因此又一次成为信息汇聚的焦点。对于这件事，出版方很是纠结，反复查找原因，我则在安抚调解的同时颇有些自责，感觉自己没有尽到自己应尽的责任。

不过平心而论，这第一季的3本书还是很有些特色的，尤其是封面的处理及封底的庐阳画布图案，有个性、有味道，让人印象深刻。

这么个小小的插曲过后，合肥姐妹们开始轮流坐庄地摆宴庆贺，"以书的名义聚会"，我的一本即将出版的书名，成为我们这帮文友胡吃海喝的统一名称。快乐而轻松，在完成了一件大事之后。

马丽春终于决定加入"合肥姐妹丛书"了，她这个人做事有自己鲜明的性格，一旦决定了要做，便停不下自己的手脚和大脑，赶写文字的同时，书名及其题签者、版式、纸张、封面等等，她都亲力亲为，一一落实，极其细致认真，《画画这事儿》由此后来居上，跑在了第二方阵的前列。

与此同时，马丽春还会在偶尔抬头四望的时候，为其他姐妹的书出主意，做参谋，顺手写个书名、画个插图什么的，俨然一副施工员加监理的派头。

姚云这个人做事的风格是没话说的，要么就不做，既然做了就一定要做好，虚心低调、细致周全的风格使得《你在，你不在》这本书日臻完美。

吴玲也在赶，赶写文字，赶编书稿，生怕落在了别人的后面，《缓慢的雪》一点也不慢。

11月初,马丽春的书出来了,为了庆贺,11月6日那天,她在满园春酒店摆了一桌。巧合的是,那一天姚云和吴玲的新书也印制完毕了,朱社特地将样书带了过来。于是那一天就成了"合肥姐妹"第二季3本书集体首发的日子,一干人喜笑颜开,热闹非凡。

金萍因为家事,慢了一拍,但金萍绝对是慢工出细活的主,为了她的第一本书,为这套"合肥姐妹丛书"的2014年的7本书完美收官,金萍劳心劳力,细致入微,游走于作者和编辑两种状态之间,完善自我,超越自我。

尘埃落定的时候,我将7本"合肥姐妹丛书"在桌子上一字排开,一本一本慢慢地看过来又看过去的时候,我在想,也许这7位作者不是合肥这块土地上最为顶尖优秀的女作者,但她们一定是一群执着文学,很接地气的作者,她们始终在追求自己的文学梦,始终在用文字充实自己的人生,使之日趋纯粹而富有诗意。可以毫不夸张地讲,正是这样的一群人,这样的一种状态,提升着这座城市的品位,增添着这座城市的色彩,让这座急剧膨胀的城市由此变得丰富、细腻而优雅起来。

合肥姐妹们聚在一起的时候,总是会笑,微笑,大笑,哄笑,看上去是那样的开心。望着那一张张放松而开怀的笑脸,我想此刻她们一定是快乐幸福的,而这样的日子对每一个人来说,都是难得而美好的。

由此我相信,写出来的美好时光,应该是合肥姐妹们共同的难忘的记忆。

自是另一番景致

马丽春《画画这事儿》颠过来倒过去地看了好几回,完整算起来两遍肯定不止,但这读后感却是拖了又拖,一直没有完成。事情往往就是这样,越是想写得比之前好一些,越是感觉无从下手,似乎所有的话都在那篇《马丽春老师》里说完了。

按照马丽春自己的说法,"既然名叫《画画这事儿》,当然是写画画的,写书画家的,也有少数几篇是写人和事的,但都是文化圈的事儿,也和画画沾点边。"又说,"写画家的文章也有很多是我自己的真感受,写人其实也是写自己。"三言两语,是一本什么样的书,已经很清楚了。

其实,写画画的、书画家的、人和事的文字,都是不容易驾驭的,要有一定的专业知识,有自己的判断和观点,以及必不可少的文字功底。而这些对于马丽春来说,恰恰都是不在话下的。多年的编辑和写作经历,近几年迷上的书画,让她拥有了许多人都不具备的条件,她写出的关于书法、绘画方面的人和事,自然要比旁人得心应手得多。

她写懒悟、石谷风,写郭因、张良勋,写韦君琳、温跃渊,写杜雪松、杜仲,写杨光素、石兰,写吕士民、卢红星,每一篇都写得那么兴致勃勃,津津有味,让你不由自主地跟了进去。

她还写黄宾虹、齐白石,写溥心畲、张大千,写夏加尔、伦勃朗,多数是读相关图书后激动不已或者浮想联翩,于是写出来,虽然隔了一层,但她有自己的感受和观点,所以读起来依然很有趣味。

她写看画学画、读帖写字时的感悟和方法,虽然对我来说隔得更远,但其中的道理,还是能够领悟到一些的。

马丽春说她2009年开始做单纯的管理后,写稿量锐减,"那几年,自己感觉总有点什么不对劲——就是因为不采访不写稿了,感觉身上的活力少了,不过,我在学画后,又开始活了过来。"说得真好,真实、准确。

"活了过来"的马丽春一头扎进书画圈,没有太多基础,半路出家的她,除了激情和勤奋,还有自己的一套方法,她翻画册,看教学录像,广交书画界朋友。她逼着自己去写稿去采访,她说:"逼自己写稿其实是挺好玩的一个命题。我倒不是为了'涨姿势',但采访书画家,绝对是一个学习的好机会。"

这就是马丽春,一个机敏执着的人,为自己的人生设立一个个新目标,然后全力以赴去做。

在《跨界》这篇文章里,你可以读出马丽春的勤奋和执着,以及由此带来的充实和快乐。特别是她由学画动机而联想到养生时所说的一段话,可谓精辟:"在养生路上要少一点迷信,多一点辩证法。我只相信,一个人最好的养生是尊重你的身体信号,尊重你祖先传给你的生活习惯和饮食习惯,并且尽可能投入地去做一件让你喜欢的事。"

因为是学医出身,所以马丽春关于养生保健的一些观点,很实在,也很有道理,值得我们学习和深思。

2014年初,马丽春和台湾著名报人吴心白合出了一本《白马集》,正是这本书,让许多人了解了私人定制。这本《画画这事儿》虽然是正规出版社出版,但从版式到插图、封面,几乎都是她的创意和创作,属于宽泛意义上的"私人定制"。

应该说,通过出版社的所谓"正式出版",在编辑、印刷方面要正规、专业一些,作者也相对要轻松一些,发行销售方面有着得天独厚的优势。但是门槛相对较高,框框条条过多,因为有所顾忌而矫枉过正,以至于过度编辑的问题比较突出。而主要由自己操持做主的"私人定制",则有着很大的自由度,能够比较充分地彰显个性。但是,由于诸如编辑、校对方面的专业知识的限制,会直接影响到图书的品质,在发行销售方面,也会受到诸多限制,直接影响到图书的传播。

因此,在目前的条件下,有能力的个人可以尝试私人定制,或者那种虽然有书号,但主要由自己做主操心的准私人定制,前提是作者要有一定的水平和能力,理性、严谨,既不矫情,也不随意。否则,难免是一种物质上的浪费。

关于马丽春的文字,很多人都有过评价。在我看来,她自己的评价比较准确,那就是:不装。在《被培养》一文中,马丽春回顾以往给画家们写文章时说道:"我文章可以写得很洒脱,貌似有学问,其实还真没学问,那是装的。可文字里的一股热情却是真的,我说我的直觉,我说画家的故事,虽然不学术,可是文章不装,学术也不深沉,很多画家说,你写的文字我喜欢,那就是最高评价了。"在许多人拿着端着写着一些貌似高深独特的文字的时候,马丽春的"不装"显得尤为可贵。

当然,不装并不意味着完全正确和真实,但马丽春的笔调和语气,会让你觉得她是对的,她笔下的人物就是她写的那样。在读马丽春的文字时,我时常会提醒自己,这是马丽春笔下的人物,不必把他们与生活中的原型联系起来,然后指责她这也不是那也不对。因为马丽春是个感性的人,也只有感性的人才会在文字里反复说着"吃惊""大吃一惊""激动""有些小激动"这样的字眼来。

马丽春说:"我欣赏天真的人,即使这世间布满尘埃,我依然在寻觅天真。"我想,某种程度上,马丽春也是一位颇为天真的人,而这份天真,对于她的创作与追求,却是很有益处的。

"我是个平庸的妇人,但自从学画后,一天美好的光阴都奉献给了画画。"——这样的语句和状态,真是很好。

"自从跨界后,我变得超级勤奋,小区里每天早晨亮起的第一盏灯,很可能是我家的……"几年来,马丽春一直保持着她的"超级勤奋"。我想,无论马丽春能否完全实现自己的梦想,她的人生,都将会是迥异于之前的另一番景致。

在心中的大草原

《两个人的大草原》是李海燕的第三本散文集,读过她前两部作品的朋友,一定能够清晰地感觉到李海燕写作水平的进步与提高。同时能够感受到她一如既往的热情和昂扬向上的状态。

李海燕不是"合肥姐妹"中第一个计划出书的人,但她却是第一个交出书稿的。在她完成书稿的同时,一次聚会上,她很郑重地要我为她这本书作序,这让我感到很是惶恐。因为在此之前,我从来没有为别人写过序。即便是对方十分真诚、认真地要求,我也没有答应过。在我看来,写序是一件很正式、重要的事情,以我的水平和能力,是不能够胜任的。但李海燕的一句话让我松了口,她说:我们的交情够了。

因为要写序,《两个人的大草原》我至少看了两遍,好在那个时候,我处于被动休息期,时间还是有的。经过一番折腾、纠结之后,序终于写好,一桩心事了了之后,我松了口气,纠缠多日的口疮也渐渐地好了。

和许多写作者一样,李海燕的文字大多来源于博客,或者说大多在博客上发表过。博客给了她一种责任感和一定的荣誉感,可以说,是博客激励了她创作的热情,激励着她继续写下去。但是一旦要将博客上的文字变成书上的文字,一定是要认真仔细地审读修改,将那些日记式、流水账一般的文字,过于随意、口语化的语言,变得正式、严谨、文学一些,否则,就会给读者一种随意而凌乱的感觉,图书的质量也会因此而大打折扣。在这方面，有些人是吃过亏，有过教训的。李海燕是个认真的人，在这本书上下了很大功夫，力求做到最好。

某种意义上，每个人心中都有一个属于自己的大草原，在这个草原上，有他（她）美妙的梦想、执着的追求、美好的记忆，以及或多或少的属于自己或者少数人的小秘密。

通过作品，我们可以想象，李海燕心中的大草原，一定有着父辈们的传奇经历，作为一名军人的后代，李海燕有着一种英雄情结，这种情结促使她从容自信地工作、学习和生活。尽管李海燕说她是"一个乐观的悲观主义者"，但熟悉她的人都能感受到她的坚持和努力，以及她的乐观与豁达。

李海燕曾经说过，她一直有一个文学梦想，高考填志愿的时候，3个志愿都是中文系，只是因为填了一个"服从分配"，便阴差阳错地被分配到金融学校。在银行上班的李海燕没有放弃自己的梦想，当职场受阻，人生处于低谷的时候，这个梦想便不可遏制地抽枝发芽，长出一片片嫩绿的树叶。《感恩的心》就是这么一棵绿叶摇曳的春天里的树。如今，在李海燕心中的大草原上，一棵又一棵绿树生机盎然、枝叶舒展，而这样的状态对于一位在生活中有着自己追求的人来说，无疑是很重要的。

附：

一个热爱生活的人

一个热爱生活的人，一定是对生活充满了热情和激情，享受生活；一定是善待自己和别人，心怀感恩；一定是善于发现生活中美好，懂得珍惜。李海燕就是这样一位热爱生活的人。

李海燕喜欢旅行，祖国的山山水水、风土人情，异域的别样风光、独特文化，让她兴奋不已；李海燕痴迷玉石，她在乎玉石的品质，更在意其背后的禅意和故事。她留心于生活中每一个真切的感受、每一个她关注的人，她惊喜于生活中每一次的发现、每一次难忘的邂逅。

不但能够很潇洒地说走就走,而且还会在回来之后,静心写下一路上的见闻和感想,这是李海燕一直坚持在做的一件事,很不简单。游记看似是一种特别宽泛的文体,写起来信马由缰,十分轻松,但真正要写好游记,却是一件不太容易的事情。因为,如果没有自己独特的感受在里面,即便是资料很翔实,文字很优美,也是苍白而无趣的。流水账、说明书一般的游记,我们见过太多太多。

李海燕的文字显然不仅仅是流水账和说明书,她将自己的新奇和喜悦融入她的文字中去,将看似平白如话的文字注入一种力量,把你渐渐地带入她的视觉和感受里。

我很喜欢李海燕在《回西安》里的感觉:"秦始皇兵马俑是必去的。可以想象或不能想象的有多少人!沙丁鱼在海里游弋成群结队蔚为壮观,我们中国人在节假日到旅游景点旅游更蔚为壮观!排队等候的样子犹如笨汉汉斯要去见公主求婚,前胸贴后背。真进去了就知道无论受多少罪都是值得的,英俊高大的秦朝的勇士们正站在那儿迎接我们呢!他们等候了两千多年,就是为了让我们高兴、让我们快乐、让我们自豪!秦始皇,真有你的!那么多年过去了,你的精神和物质都还是那么强大,强大到后辈子孙还在你支的锅里吃饭,而且吃得香香的。"

李海燕在台湾遇到一个不怕生人的蜥蜴,欢快地爬来爬去,摆出各种姿势,直到她拍够了才离去,她的好朋友陈姐的解说是:"是不是谁的灵魂想托付它回大陆呢?"因为"她的亲舅舅一个英俊魁梧的大学生就是一人孤老台湾的,终生未娶,终生未能回大陆!"这样的情节让人难忘。

记述其夫妇二人珍珠婚之际去内蒙古旅游的《两个人的大草原》写得尤其精彩,李海燕在感叹:"回过头看,简直不可思议,怎么就30年了呢?"的同时,更多的,还是将笔墨放在描述旅游带给她的新奇与挑战上:"不行,我得赶上去,我得爬到前面的那个沙丘上。于是,手脚并用、气喘吁吁、大汗淋淋,使出了吃奶的力气,终于和他们会合了。又是一番新景象啊!我问,这个沙丘后面是什么?先生说。还是沙丘!沙丘连着沙丘!我们只是在大沙漠的边缘啊!真是泄气了,我再也爬不动了,回去吧。无边无沿的沙漠给了我下马威,大自然,既壮美又残酷。"

李海燕喜欢佩戴玉饰,更喜欢寻觅、购买和收藏各种玉工艺品,淘得自己心仪的物件的时候,闲暇把玩回顾的时候,李海燕会用文字写下她的喜悦和执着,写出她对玉的理解和一片痴情。因为长期的收藏经历和感悟,李海燕写起这一类文字的时候,轻松愉快,特别有感觉。

这样的欢喜很能感染人——"自从戴上这只心爱的玉镯(叠叠翠)后,我就再也没有取下过,实在是太喜欢了,看不到她我会手足无措失魂落魄的。时不时把手那么一扬,仿佛峰峦叠嶂的大山就在我的眼前,手腕上的风景滋润着我的心田,好不欢欣啊!"

这样的惬意很让人羡慕——"没事时,坐在家里的床上盘着双腿,就和陕北农村剪纸的老大娘差不多,手拿红绳子,左绕绕右缠缠,驰骋在结绳的天地里。这样,就开始了我的编结生涯。"

在这样的欢喜和惬意中,李海燕滋润地过着一天又一天。

"现在,我坐在家里写东西,踏踏实实的感觉。所以,无论社会怎么变化,无论遇到什么困难,千万千万要保住你那个家。"

一个成熟女人的感受,真实、真切。

明白自己需要什么,知道自己该坚持什么,自然就能够感觉自信、从容。生活就是这样,不一定是最对的,也不一定是最有价值的,但一定是自己最有感觉,最为踏实的。而这样的生活,是许多人找不到的。

到了退休的那一刻,李海燕写了一篇很不错的《船到岸了》,在分析、回味了一个人在各个年龄段的不同感受之后,李海燕感慨道:"曾经的你有过美好的青春,有过远大的理想、努力过、奋斗过、甚至辉煌过。现在,退休了,一点也不后悔。如果18岁的时候想不到退休这件事,那是千真万确的。可回过头来看,从那时候起的一步步,何尝不是在为这样一天的到来做准备呢?一个水手在大海中航行,极有可能漏水翻船,极有可能葬身大海,不是每一艘船都能到达胜利的彼岸的。一个人能平安退休,老有所养,老年幸福无忧,那才是最最欣慰的事。"这样的感慨,在当下落马者一片、贪官们惶惶不可终日的大气候下,可以称得上是至理箴言。

在《寻寻觅觅十多年》里,李海燕说:"寻寻觅觅十多年,放下了,也就找到了。"

在《琐碎的事》开头和结尾,李海燕说"我们有大事可干吗?我发现我没有大事可干,要干的全是小事。""琐琐碎碎又一年,日子就在平凡和琐碎中流淌着。"

在《巴根草》里,李海燕说:"时代就是一个阶段一个阶段地朝前走,一段好一段坏,一段阳光大道一段危崖坎坷。我们也要跟着走,人生就是这样。"

这些大白话一般的语言,蕴含的,是人生的大道理。

一个热爱生活、热爱文学的女性,一段看似平淡、却是缤纷多彩的日子,李海燕笑呵呵地过着,从容而轻快。

在写出了《感恩的心》《灵魂如玉》两本书之后,李海燕又将《两个人的大草原》呈现在大家的面前,这真是一个很不错的节奏,也是一种很励志的人生状态。而这样的状态,是许多人不能够企及的。

快乐地生活,仔细过好属于自己的每一天,愿李海燕大姐以后的日子,越来越好,越来越有滋味。

丰富多彩的乡情

——杨修文《远去的箫音》读后

利用几乎一天的时间读完杨修文的《远去的箫音》后,心情很有些不平静,当即发了一条微博,记录下自己的感受:"刚刚读完修文大姐的《远去的箫音》,感觉很好。一些篇章十分感人,一些场景非常经典,一些人物让人难忘。"

当然,也会有些恍惚,杨修文的故乡到底在哪里?是鲁西北那个小村庄吗?显然不是,因为那只不过是作者记忆里朦胧而唯美的远景。是贵州省的修文县?似乎更不准确,虽然它是作者出生的地方,可对于作者来说,它只不过是一个并不是很清晰的符号。那么,作者生活了32年的青藏高原应该是的了,因为作者在那儿度过了自己的童年,在那儿当兵、嫁人、生女,可以说作者人生中最美好、难忘的时光都是在那儿度过的,人生中最深刻的记忆大多与那儿有关联。如果不是合肥后来出现在作者的生活里,我们基本可以确定,青藏高原应该就是作者的故乡。但即便如此,将青藏高原定义为作者浓墨重彩的主背景是没有问题的。正是这样一个辽阔、冷峻、苍凉,同时又不失美丽、明快与温暖的大背景,塑造了作者的意志、性格和人生。

杨修文的文字干净、洗练,随着时间的推移,这个特点日渐凸显,我想这与她的人生经历和职业历练有着很大关系。

　　杨修文笔下的"童年故乡"充分体现出作者对广义故乡的一草一木的眷恋，对于故乡人们的美好记忆。《绿色的渴望》讲述了青藏高原上一个小女孩因为一种渴望而偷摘了两片白杨树叶的故事，其遭遇及其父亲的态度让人动容。《金银滩的记忆》则让我们从一个孩子的视角，了解了我国原子弹基地初创时期的那份艰苦和伟大。《在雪域高原捡牛粪》《高原小溪》讲述的是一我们不熟悉的生活故事，生动、亲切，像一幅幅充满童趣的水粉画。

　　在《高原时间》这个章节中，我们看到的不仅仅是军人的生活、高原的风光，展现在我们面前的，是军人的悲欢离合、女兵的成长历程、高原的壮美圣洁及其令人担忧的现状。满溢真情实感，其中的一些篇章有着一定的高度和深度。

　　在我看来，第三部分《亲情友情真情》是这本书最为出彩的部分，无论是《为父亲下的那场雪》《母亲的追求》《父亲给女儿的歌》，还是《秋菊》《雪莲》《庆婶》《菊花的愿望》，作者的真情和主人公曲折多难的人生故事而深深地打动读者。尤其是几位女性的命运，让人感慨不已。

　　写得一手好文章、一手好字、善二胡、爱京剧的多才多艺的男人，忠于职守、任劳任怨的高级军官和神枪手，同时又是内心细腻温柔的好父亲，在作者的笔下，父亲的形象饱满生动，可敬可爱。为女儿剪指甲的细节，特别感人。

　　秋菊的不幸遭遇和她的护士梦，雪莲的丧夫之痛和她的坚强，庆婶离奇的婚姻和不幸的一生，菊花的吃苦耐劳和积极向上，都让人难以忘怀。

　　杨修文所从事的工作练就了她很好的文字感与条理性，这从她《远去的箫音》的编排上可以看出。与此同时，也引发我关于如何编辑一本书的思考。从某种意义上来说，将一篇篇零散的、写作时间跨度比较大的文字很好地编排到一本书里，是一件挺不容易同时也是挺辛苦的事，因为它要求编辑者具有理性的心态、冷静的眼光，修改或删去那些重复的文字和情节，然后再根据一定的规则进行编排、补充，使其最终组合成为一部比较像样的作品集。《远去的箫音》在这方面是下了功夫的。

还是说故乡这个话题，前面说过："如果不是合肥后来出现在作者的生活里，我们基本可以确定，青藏高原应该就是作者的故乡。"那么在杨修文的眼里，合肥究竟是怎样的一座城市呢？从20世纪80年代到达之初对合肥的抱怨到如今的欣喜与满足，乃至由衷地说出："我为自己是合肥人而自豪。我又毫不犹豫地把合肥列为我最后的故乡。我爱合肥。"可以说，杨修文已经融入合肥这座快速改变和发展的城市里。

说到这儿，不能不提到杨修文的一篇文章《合肥老兵》。在这篇可以收进合肥地方志的好文章里，青藏高原上一批来自合肥的军人的阳光上进、机智勇敢给作者父女留下了深刻的印象，他们之间的友情导致作者的父亲最终决定将合肥作为他最后的居住地。爱玩、爱闹、爱笑的警卫"大个子叔叔"，沉稳、爱学习的文书"小周叔叔"，一脸神圣，有着很强的责任心的号兵"章叔叔"，显得格外成熟、很会动脑筋的司机"王叔叔"，特别爱玩、特别会玩的16岁老兵"小代叔叔"，长着一张娃娃脸、表面木讷但干起活来生龙活虎的"小陆叔叔"，对通讯和电器悟性很高，人称"科学家"的"小赵叔叔"，等等，都是从咱们合肥走出去的老兵，他们是合肥的骄傲，他们的形象，深深地刻在杨修文的脑海里，成为杨修文丰富多彩的乡情里一抹厚重亮色。

眺望远方的村庄

几年前见证过吴玲的新书首发和签售,也知道她出过好几本书,但是我并没有注意到她之前的那些书都是诗集或者童谣专集,而《缓慢的雪》则是她的第一本散文随笔集。这倒让我有了兴趣,看看作为诗人的吴玲写起散文来是一种怎样的感觉。

书很厚,字很小,拿在手里很有些分量。看罢全书,我想了想,给我印象最深刻的,还是吴玲回忆童年的那些文字。

吴玲的童年是在农村度过的,童年生活的记忆经过这么多年的沉淀和发酵,已经成为她笔下流淌出的一首首略带那么一点惆怅的歌谣,抒情而流畅。从《童年的野菜》《记得那些年味》到《乡村理发师》《露天电影》,我一边读一边在想,童年农村生活的经历的确是一笔财富啊,认得和记得野地上那么多的一花一草、一枝一叶,那些经济植物、粮食作物,可真是一件让人羡慕的事情。

当我读了《我的小学我的老师》《恰同学少年》《我的中学我的老师》之后,我发现我最羡慕和佩服的是吴玲的记忆力。那么多的细节和姓名,她咋就能记得那么清楚呢?是那些人那些事着实让她难忘,还是女性的特性使然?我不清楚。但有一点是明确的,那就是乡村校园记忆真的很是生动、有趣。

当然,如果从我个人的偏好来说,《时光彼岸的家书》《饮茶犹知春味长》《外祖父·外祖母》这几篇要更多一些沧桑和深度。母亲牵挂着四处奔波的父亲,外婆牵挂着当兵在外的小舅,那么真切,那么大度。特别是外婆,骨折卧床数月,为了不让儿子担心,不让家人透露一丁点消息。多年之后,早已为人母的吴玲"终于逐渐理解一颗做母亲的心,只要子女安好,所有的苦难自己吞咽"。

在吴玲的人生中,"祖母"对她的影响是独特而深刻的。"祖母"实际上是父亲的远方姑妈,从上海退休后回到乡下。因为早年被国民党军官娶了做妾,长期生活在上海,有一份稳定的退休工资,"祖母"保持着一份迥异于乡村老太太的生活方式,喝茶便是其中之一。"祖母"的见识和修养潜移默化地影响着身边的每一个孩子,而吴玲应该是这群孩子里受益最多的。"祖母"的一言一行、一举一动,她不仅仅记得清楚,恐怕更沁入骨子里去了。

第一章节《故人旧事》的最后一篇是《老井何时映秋月》,一篇以水井为线索的回忆文字,写得挺顺畅,可我读着读着,禁不住笑了起来。"冬天来到的时候,鹅毛大雪整天纷纷扬扬,小田鼠儿、小青蛙儿、小刺猬儿都躲进洞里睡觉了,麦苗、油菜和池塘都盖上了一床巨大无比的绒毛毯子。田野里安静极了,一两只小兽偶尔跑出来觅食,它们以为草垛儿是一个雪白的大馒头,可是它们什么也吃不到,垂头丧气地走了。"——这样的文字,分明就是一篇童话嘛,一不留神,职业特点和语气都出来了。

读过不少的书,有着不错的文字功底,热爱诗歌,长期从事幼教工作,再加上女性的特性,这些使得吴玲免不了写着写着,或者就文绉绉起来,或者就抒情小资起来,或者就童话世界起来,真是很有意思。由此可见,个人所受的教育、经历及喜好对其作品的影响是很大的。

在这本书里,写人物的只有两篇:《父亲》《印象·马丽春》。但这仅有的两篇写得很好,自然放松,情真意切,颇见功力。从"父亲,这么多年了,何以你就是这样放心不下,一次次那么荒凉那么怅惘地走进我的梦中?你离去已经这么多年,何以一想到你,我竟还是这样,心如刀割,泪流满面?"一直写到"现在,父亲,这么久了,我把我从来没有说过的话,说出来;把我从来没有说过的爱,说出来;把我对你、对此生的遗憾,说出来。我知道,我在说,你在听",吴玲尽情宣泄着自己对父亲真挚的情感,我相信,写完最后一句话的吴玲,一定是放下了,而作为读者,也是长长地松了一口气。

"我在说,你在听",吴玲说出的,是自己,也是一个做儿女的,内心想说的话:"父亲,你给我你生命的一部分""我知道,父亲,我笑时你肯定是笑的""父亲,我把你的中年遗失了""父亲,这么多年,我回到你身边有几次呢?""原谅你粗心的女儿啊,父亲""父亲,你真是个没有福气的人""总以为我们还有太多的以后,太久的将来,却原来,一切都来不及了"。我想,这样的文字,这样的情感,一定是可以打动读者的。

写到这里,忽然想起一个问题,那就是一篇文字或者一本书名字究竟应该怎么取?是朴素平实,还是标新立异?是紧扣内容,还是海阔天空?我想答案肯定不会只有一个,因为无论是哪一种,都有成功的可能,不胜枚举的标题党成功的案例,也促使我们思考如何赋予书名和标题更多的意义和内涵,怎样才能为辛辛苦苦写就的文字起一个准确、抓人的名字。循着这个思路,我在想,或许"父亲"这个名字,可以改为"我在说,你在听"。

《谢岗村的秋天》和《通向远方的田野》是吴玲描写景色类文字中具有代表性的两篇。

前一篇文字的开头是这样写的:"谢岗村的秋天和别处村庄的秋天其实没有什么两样。太阳从西边斜射过来,照在门前的栅栏上、美人蕉上、菜畦上、庄稼上,照在高过村庄的大树上。蓝天白云下,一种安静而从容的气息缓缓弥散着。"准确的描绘,有很强的画面感。

后一篇的结尾则又是一种感觉:"现在,当我站在秋风里,眺望远方的村庄,看风吹尘土,风吹尘世,仍能隐约看见,那些多年前被埋没的事物,跟新的一样。"

眺望远方的村庄,其实是一种不舍,一种频频回首,怅然若失。

幸福原来很简单

王维红的新书去年出版的时候我就读了一些,但具体读到哪一篇不太确定。这两天重新读的时候,便决定改一个方式,从后面往前读。

最后一章的名字叫《在普尔曼的日子》,一共10篇文章,主要讲述了作者在华盛顿大学主校区普尔曼的见闻、感受和思绪。因为时间相对充裕,作者能够静下心来游览、观察和思考,并及时写出来,所以这一章的文字比较放松、真切。也许因为年龄和喜好相似,我对其中《时间都去哪儿了》《在美国过中国年》等印象深刻,那些令人感动的细节和语言,让人难忘。

让我印象最为深刻的,是作者关于吃的那些文字。这样说,没准有人会感觉有些好笑,但事实的确如此,实话实说。据作者介绍,美国的水果真的是不用挑拣的,在美国的超市里,"水果和所有的副食品摆放整齐,干净而新鲜,需要什么直接拿而无须挑"。作者感叹:"那些冷冻柜里的各类肉食,居然分得那么细,不同部位的肉,不同的价格,大都剔去骨头,包装完好,省去了回家后的工序。当然这些肉绝对没有注水……"

如果说,我对国外还有那么一些感觉和向往的话,那么一定是它的生存环境和饮食。一个人如果连最基本的一日三餐都不能得到保障,整天疑神疑鬼、战战兢兢,那么他的生活乐趣和幸福指数一定是大打折扣的。如果再念及父母妻儿和亲朋好友,那简直就是一种焦虑和煎熬!

作者在美国不辞劳苦,想方设法地做了饺子、圆子、卤菜,一些或荤或素的烧菜和炒菜,以及一条好不容易觅得的鲷鱼,让一帮留学在那儿的华夏游子大快朵颐,实实在在地吃了一通家乡的美食。这样的场面,想象起来都是很温暖的。

接着看第三章《远行的诱惑》,15篇文章记录的,是作者游历国内国外、山南海北后的心情与感受。那些旅游的劲头和方式,那些独特的景色和感受,让我得出一个结论:作者是一位追求生活品质和感觉的人,为了这,他付出和放弃了一些同样值得追求和关注的东西,显得有些义无反顾。

在我这儿,竟然又看上了其中有关"吃"的细节。某年7月,当作者一行离开长沙的时候,驴友"山"送来请店家为他们特制的不辣的酱鸭,而且竟然是每人4只,其细致与实在劲儿,连我这个读者都觉得感动,更何况4位亲身经历者呢。

紧接着,在怀化,也是离别的时候,当地的驴友"萍"特地煮了10个鸡蛋,趁热开车送了过来。另一位驴友"熊"提了一袋当地的早点红薯饼打车赶了过来……不用说,作者一行又是感动得一塌糊涂,这个,不用想象,太有人情味了。

回到本省,在一个叫"大山村"的地方,作者感受到了一种纯朴、自然的山野生活。一周之内,他们吃着(原谅我只记住"吃"了)山野中富含硒的绿色鲜蔬,豆荚、山芋梗、毛豆米、土辣椒,"或凉拌水煮,或土灶素炒,或清蒸白炖,哪一样都比我们餐桌上的菜有味道"。听听,多诱人。还有更让人流口水的,那"可口而美味"的用甜楮树果粉做出的粉饼、让人"口舌生津"的竹笋烧土猪肉,呵呵,作者可真是有口福啊。

当食物添加了温情友情,当寻常之物变得不同寻常,那么即便是很一般的食物,也都成了珍馐美味。

第二章《心的菩提》是一些心情文字。一些别样的感受,一些淡淡的忧愁。生活就是这样,总会有一些酸甜苦辣、喜怒哀乐,在某个时候、某个地方等着你。但你也总能够,或者说应该能够或消受,或化解,或度过,或战胜它们,所谓"谁谓河广,一苇杭之",说的就是这个道理,不想败下阵来,就得有这个信心。

对于第一章的内容,我可谓是读来读去。童年的记忆,一己的喜好,对父母、子侄们的爱,和素昧平生的底层人物的友情,一一看来,是那么有滋有味,有情有义。当我看到开卷第一篇《小时候的味道》的时候,我笑了:这可就不怪我了哦(仿作者口气),作者也是开篇就说吃的。

作者小时候生活在乡村,在她的记忆里,尽管没有什么山珍海味,但母亲变着法儿做出来的各种各样的吃的东西,是那样香甜可口、滋味无穷。油炸南瓜花,干炒锅巴饭,美味蚕豆串,很有特色,也很容易引起我们这些奔五奔六人的共鸣。

某种意义上,"吃"乃人生之第一要事,没有吃的,幸福自然无从说起。按照作者的说法,就是:"幸福原来很简单,好好地吃饭,好好地睡觉,一日喜乐无恼,一夜安眠无梦,就是最大的幸福。"

是的,幸福原来很简单,相信读过王维红这本《幸福的米香》,会认同作者的观点,自然也会理解,为什么我会从"吃"这个角度来解读和理解这本书。

王维红是一位教育工作者,热爱生活,兴趣广泛,《幸福的米香》是她的第二本书。

我一直认为,当一位写作者的作品达到一定数量的时候,他就应该考虑出版一本书了,因为对于写作者来说,出书是一个很好的回顾与提高的契机。静下心来,将一大批作品拢在一起,阅读、删减、修改,然后按照一定的题材和规则分成几个部分。接着再读,将一篇篇不同时间和心境下写就的文字综合平衡考量,有所修正,有所取舍,补写一些内容,甚至赶写几篇新文字,以期每个章节更为完整耐读,是写作者必修的功课。通过这些功课,其眼光和写作能力无疑都会得到一定的提高,而出书这件事本身,自然也会有更多的意义。

我想,这样的提高和收获,王维红应该是感受到了的。对于这样一位对生活有热情、有感觉的知识女性,我们有理由充满期待。

幸福其实很简单,而简单的幸福不正是我们所向往和追求的吗?

伴书

雪夜，全城寻找一本书

1月20日，一个很平常的周三，因为天气预报说大暴雪即将横扫这座城市，所有人都有些惶恐，以及一点暗暗的期待。

下午，赶紧去五里墩仓库查找几种书，然后又匆匆赶往位于北二环的办公室，想着在下班之前处理两件急需处理的事情。

倒公交车，不是上下班的点，126路车居然非常拥挤。几站过后，空了下来，我走到最后一排坐下，顺手把包放在旁边的座位上。

这时，手机响了，一位出版社的朋友询问两笔书款的情况。放下电话，查找相关短信，居然还在，于是转发过去。不料又有短信来问另一件事情，我知道他们正在做年终核算，一定很着急，于是拨打手机，把情况直接告诉他。为了不影响别人，我走到靠近后车门的那排座位坐下。电话打好了，车也快到位于北二环的终点站了。车门一开，我急急慌慌地冲下去。到了办公室后，二话不说，埋头做事。半个小时后，下班，上了单位班车，忽然发现包不见了。

包里没有钱和任何值钱的东西，但有书，人民文学出版社1984年印刷出版的《莎士比亚全集》第二卷，一本方言书，以及两个做笔记的本子。

赶紧找！办公室里里外外找了一遍，没有。我立刻赶到不远处的126车调度室，也没有，那辆车已经开出去了。由于正在运行中，不能接打电话，站长让我留了手机号码，说如果找到了，会打电话通知我。

离开调度站，心里真是很难过，一本收藏了30多年的书，就这样让我弄丢了。如果让一位爱书的人捡去了，还好一些，要是落到一个不稀罕书的人手里，那可就糟蹋了。更何况是一整套的莎翁全集，丢了这一本，全套就失配了，真是很糟糕！

班车误了，只好坐公交车。车很空，往常这时候，我会拿出书看上几页，由于是剧本，我一般是以一场或者一幕为一个节点看，一个剧本长则三两天，短则一天，就可以看完。

窗外飘起了雪花，车厢内一阵惊喜，我默默地拿出手机，写下了两则微博。在其中的一则微博里，我写道："我想，如果丢的是其他什么东西或者一些才买的新书，我是不会这样的。此刻，我才真切感受到，我的这些藏书在我生命中的意义和价值，失去它们，我会如此沮丧和难过。"

回到家里，妻子安慰我说，幸好包里没有别的什么东西。我说我宁愿丢掉的是一些钱财。

打开微信，在一个圈子里和几位文友说了这件事，并发了那两则微博内容。文友们劝慰之余对我说："你发一个'寻书启事'微博，我们都来转发。"我犹豫了一下，写了，然后发了出去，很快就有多位朋友转发。一位大姐说："你还可以往微信里发。"这让我犹豫了好半天，我不愿意因为自己的一点事情而打扰朋友们，但最终我还是在微信朋友圈里发了"寻书启事"，因为我实在是想找回我的书。

让我没有想到的是，多位朋友立刻和我联系，了解情况，出谋划策。很多朋友将我的微信转发到他们的朋友圈，这件事情被迅速传播开来。因为我误将1月20日写成了12月20日，发现后做了更正，朋友们又再次进行转发。与此同时，微博上的点击转发量也在持续增加中。

许辉、舟扬帆、赵宏兴、蓝角、章玉政、常河、何素平、刘睿、薄其红、张亚勤、周娟等著名作家、媒体人纷纷加入转发的行列。一些朋友在转发的时候还会写上几句话，真挚、贴心的话语令人感动不已。

作家李海燕:这是一位爱书的人,请拾到的人能够归还,在此谢谢!请看到的人多多转发,谢谢!

网友 madam 素:对失主来说是心爱之物,谁捡到了并不一定当宝贝,不如物归原主吧。

记者管清:对于爱书之人而言,丢本书那可要了命喽。好心人,捡到还给他。

"雪夜,全城寻找一本书",在这个本该很冷的夜晚,我感受到了一种很难得的温暖。

感谢关注、关心这件事的每一位朋友。谢谢大家!

与书相伴的日子

前几天,因为某项评选需要,几位朋友到我家里实地查看了一下我的藏书,这让我稍稍慌乱了一下,因为这一年里,我那原本整洁宽敞的新居已经变得有些凌乱无序了。当初感觉有了一套大一点的房子,便可以好好归置一下自己的藏书,谁料分散在几处的书尚未整合完成,大批新书又蜂拥而至,以至于到了不可收拾的地步。

今年的书的确是买得偏多,其最高峰应该是秋天,文化惠民季的种种优惠措施和第十一届安徽黄山书市的叠加优惠,让我有限的自制力瞬间崩溃。于是,掏钱,刷卡,然后将一包又一包的书抱回家去。因为心里只想着便宜了多少多少,便浑然不觉口袋里的钞票掏了一张又一张,家里渐渐堆成一个小书山。

买来书自然是要读的,我的习惯是有塑封的拆去塑封,然后翻看一番序和跋,时间充裕的话,兴许还会站在那儿看上一会儿。有些书是之前读过的,属于纯粹意义上的收藏,这一类书,有时不拆塑封就收拾起来。

翻看图书自然是为了对这些书多一些了解,因此,因为一本书而将一套或者一个系列的书搜齐买下,也是时常会有的。

我今年读的第一本书,是皖籍名家许春樵的长篇小说《男人立正》,和部门同事们一起读的第一本书,则是阿富汗作家卡勒德·胡赛尼的长篇小说《追风筝的人》,

这两本书有一个共同点：人性的挣扎与救赎。《追风筝的人》2003年出版，一直处于国外各大排行榜前列，2006年被引进中国后，也一直受到读者的热捧，近几年长时间占据开卷畅销书榜首的位置，它是2015年全年唯一一本每个月都处于畅销榜前十位的图书。

了解畅销的图书、阅读畅销榜榜首图书是我对自己的一个要求，从这点意义上来说，读书也是我工作的一部分。通过了解、阅读畅销榜上的图书，我对当下图书市场的现状和走势，有一个基本的掌握和判断，这对于我现在所从事的工作自然也是有帮助的。

应该说，读书成为工作的一部分，是一件很好的事情，它让读书这件事又多了一个很充分的理由。但也正因如此，压力随之而来。因为工作需要读的书与个人爱好之间的共同点还是不多的，而且时间上的要求也是一种压力。

今年每月一期的"三孝口悦读会"加上世界读书日主题沙龙，一共请了12位主讲嘉宾，策划主持每一场沙龙之前，我都会或多或少地读一读他们的作品，整本完全通读的至少有6本。其中记忆最为深刻的，是第十期"安徽的茶文化"，为了能够主持好这期沙龙，我在总共不到一天的时间里，认真通读了主讲嘉宾丁教授的专著《中国茶文化》后，才感觉心里稍稍有了点底。

9月份举办的第十一届安徽黄山书市，一共有6场见面会暨签售会。在我主持的5场活动中，央视著名主持人敬一丹的那一场，对我来说是个挑战。为了做好这场活动，我除了查询有关资料，还在第一时间拿到她的新作《我遇到你》，然后利用一切可以利用的时间，通读了这本300多页的书，并做了不少笔记，整理出一些对话的话题，为活动的成功举办打下了很好的基础。

不过，这样有压力的读书毕竟是少数，更多的时候，读书给我的感觉还是很不错的，读一些名家的作品，以及就生活在我们身边的皖籍作家的作品，尤其是如此。10月上旬的时候，邂逅法国著名作家、诺贝尔文学奖获得者阿尔贝·加缪的作品，一下子就痴迷上了，并在很短的时间内想方设法，基本搜齐了他的作品单行本，硬壳小开本，精巧雅致，捧读这样的书，绝对是一种难得的享受。

读完书后，写一篇读后感之类的文字，是我近年来养成的一个习惯，这样做的好处，是"逼"着自己去琢磨、思考，在自己能力范围内，尽可能地放大阅读的收获。

去年年底离开图书城的时候，我还在想，离开卖场之后，和书的距离该远许多了吧？没承想，生活中的书非但没有少，反而越来越多，越来越近，呼啦啦直接上家里去了。当这一切渐渐成为一种常态，当内心渐渐安静了下来之后，日子随之变得从容、充实。

与书相伴的日子，云淡风轻，韵味悠长。

我的泛方言写作

最近一段时间,我一直在思考我的方言写作的问题。应该说,我的所谓方言写作是一种不够准确的说法,因为我不是完全用方言写作,更不是做关于方言的语言学方面的专业研究,我那不算多的关于方言的文字,充其量只能算是一种泛方言的写作,或者是用方言说事。

我是合肥人,我说的方言自然是合肥方言。我对合肥方言的关注有些年头了,但属于那种慢热型的,真正动笔写作有关方言的文字,不过几年的时间。开始的时候,是一个词一个字地辨析、演绎,用当时还算时尚的微博格式,140字一则。写着写着,感觉就字说字(或者就词说词)既没有多大意思,也不大可能完全做到。因为任何文字都应该是有一定温度和色彩的,方言自然也不例外。

比如在解释"不顾脸"的时候,我写道:"'不顾脸'这样的说法如今似乎已经消失了,但与它极为相似的一个词'不要脸'却还在高低流行中。从字面上来看'不顾脸'就是不顾及脸面,但它似乎更强调某个人见利忘义,为了一些(甚至一点点)利益不自尊自重,从而让别人看不起。这样的人过去有,现在似乎更多,倒是人们见怪不怪,懒得去说了。"

在解释"弄样子"这个词的时候,我则写道:"在合肥人眼里,无论是说一个人的外形还是说他做人做事'有样子',是在夸他。但如果说一个人'样子多''样子大',那可就是在损他了,因为他们觉得这个人是在'弄样子'。原本不需要这样,他一定要刻意为之,是'弄样子';端个架子不随和,好像自己有多么了不起似的,也是'弄样子'。这样的人,多了去了。"

明眼人不难看出,在这些文字里,有我个人的判断和观点,也有一些小情绪在里面。同样不可否认的是它们有自己的个性和特点,因为这,受到一些好评和鼓励。我也因此一发而不可收,连续写出不少这样的微博体的片段文字。多了以后,就有些不满足,因为有些东西远不是140字可以说得清楚的,有些相关的字词如果合在一块说,或许更能说开说透,或许更为生动、有趣。

于是我开始写一些有一定篇幅的文字。这些文字从方言中的某一个字或者词入手,然后展开,最终形成一篇有主题和思想、有个人的个性和观点的文章。比如我在《"盖""屄磨"及其他》中写道:"(对那些骗人和撒谎的任何事)从不放心到很习惯,其中的变化不可以说不大,准确地说,是一种沦丧;从近乎麻木的'很习惯'到呼吁找回诚信,又让我们不至于彻底陷入绝望。不是所有的人都是随大流的,或者干脆同流合污的,不是所有的人都把撒谎和欺骗当作一件很正常、自然的事情的,不是所有的人都是习惯于容忍人性的恶习有恃无恐地泛滥而不动声色的。我们见过太多,并不意味着我们一定会模仿效法;我们不动声色,并不说明我们一定是麻木不仁的。但是仅仅是这样,的确还是不够的,我们还应该有着更为积极的举动,告诉身边的人,不要撒谎,不要骗人,做人还是正直、磊落一些的好。在我们的周围,应该多一些这样的宣传标语:'不要盖人!''不要屄磨!'"

在《"作""作古弄精"及其他》中,我写道:"'作古弄精'似乎还应该有故弄玄虚的意思在里面,只不过手段比较低劣,明眼人一眼就能够看穿。但是即便如此,还是有人乐此不疲,不断地鼓捣,因为总会有人搞不懂看不穿他们的伎俩。当下那些伎俩拙劣的骗子不就是如此吗?就那么简单的几句话,就那么简单的几个步骤,就能够让人把几千、几万,甚至几十万、几百万的钞票拱手送上,也无怪乎那些骗子乐此不疲了。"

这样的文字发出来以后，引起了一定反响，特别是合肥当地读者，非常喜欢，觉得带劲、过瘾、有味道。著名作家许春樵认为我的这一类文字是"托物言志……把人生感悟、生命体验全部贯穿其中，在理性层面完成了作家的思考深度和思想力度"，又说："做人重要的是原则，(作者)考证方言实际上是借方言的歧义来表达自己的人文思想和人生态度。"这样的评价对于我，无疑是一种肯定和支持。

2013年8月，我的《享受合肥方言》出版，此书包含160则微博和16篇相关文字，著名作家潘小平为此书作序。《享受合肥方言》甫一面世，即受到社会各界的广泛关注和好评，无论是在书店还是网店，都有着不俗的销售表现。

在写作和出版《享受合肥方言》的同时，我又把其中的60则极富特色和个性的"合肥小讲"分类组合，形成7篇篇幅比较长的文字。这样做的一个鲜明特色，就是主题比较突出，容易给读者留下比较深刻的印象。

2016年，我将会完成《合肥时尚方言》的写作，对于这本书及自己的方言写作，我有一个比较清醒的定位：业余写作，专业态度，好看一些，有趣一些，如果还能让读者有所感触和共鸣，那自然是更好，以我目前的水平和状态，估计也只能做到这些。

交通车上的微博

这两年上班的地方越来越远,从开始的步行 50 多分钟,到后来的骑自行车 40 分钟,再到后来的步行 15 分钟、交通车 30 多分钟或者公交车 1 个小时左右,越来越多的时间用在了路上,心情因此颇感郁闷。但人生在世,必须学会适应,适应新的环境,解决新的问题,一味地怨愤和放弃都是不可取的,也是对自己的一种不负责任。

我玩微博不算早,但一直在坚持,特别是近两年,每年的最后 100 天,我都会坚持每天写一篇,名为"百日思绪"。去年底我就在盘算如何把交通车或公交车上的碎片时间利用起来,想来想去感觉只有读书、刷微信和写微博。于是除了包里装上一本书之外,决定将之前随性而写的微博改为每天两条,名为"一事一议"。

"一事"基本上属于微博日记,是对一天中的所见所闻做个记录,既然是日记,自然只限于"自己可见";"一议"则属于思绪随笔,以议论为主,与当天的生活密切相关。我的想法是通过这样的"一事一议"记录生活,锻炼恒心,培养写作习惯,通过碎片化的写作把碎片化的时间利用起来,平衡自己的心态。

今年元旦,"一事一议"正式开始实行。早晨上班,下午下班,一上交通车,便掏出手机,开始写当天的"一事一议",并很快物我相忘,沉浸其中。后来发现,这样做有问题,往往造成早晨无事可记,无话可说,于是改为隔一天一记,即今天的"一事一议"明天写。转眼一年过去,"一事一议"渐渐成为我生活的一部分。

也有写不下去的时候,突然就没了感觉,以至于一而再再而三连着几天都写不出来,当然也都会在某个时刻豁然开朗,在很短的时间内一气呵成补了上来。经过两次这样的事情后,我又进行了改进:先把"一事"写好放着,毕竟每天的流水账写起来不费什么事,无非是没的记便多啰唆几句,事情多则将文字变得简练一些。如此即便卡住了也会感觉压力小一点。说起压力,还真的是有,尽管每天两条280字看似不多,但每天都要做,问题就来了,因为不是每天都有精力和时间来写这280字,特别是"一议",需要找话题,然后思考,然后把它们浓缩到140字里。这真是一件很不好弄的事情,有时我甚至感觉自己是没事硬找事,痛苦得很。

还有一个现象挺有趣:周一到周五的微博大多完成得比较顺利,一到双休日,往往就写不出来或者根本就忘了这个事。原因很简单,平时上班要坐交通车,而一上车自然会想到这件事,双休日因为有其他事情和应酬,则会把这件事给忘了。现在我好像已经到了不在车上写不出微博的地步,说起来真是很有些可笑。

我做过一个统计,如果每天两条280字,那么一个月就有8400字左右,一年则102200字,10万字基本上可以做一本比较像样的书了。刨去比较私密的"一事"部分,"一议"部分至少还有5万多字,这对于我比较单调无趣的生活来说,无疑是一种小小的收获和安慰。而且相对于"一议","一事"没准更具有一种备忘价值。

准确地说,交通车上写微博也是一种无奈之举,但是通过这件事,的确有所启发和收获。整理这些文字的时候,多少还是有些感慨的,数量上的积累也多多少少让我感觉到一些欣慰。我们有时奈何不得我们的境遇,但我们可以调整一下自身,尽力在不同的环境里做好自己,因为最放弃不得的,是我们那转瞬即逝的时光。

真不是滋味

媒体的朋友约写图书介绍，要求推荐 5 本书，不推荐 5 本书，感觉这样的图书介绍有点意思，有些创意和个性，便答应了，同时夸口争取第二天就把稿子给他。其实我也不算是信口开河，卖了这么些年的书，写这方面的稿子还是有点自信的。

稍微思考权衡一下，5 本推荐的书一会儿就写好了，自我感觉还不错。

我推荐的第一本书是《莎士比亚全集》，我的理由是：今年 4 月 23 日是莎士比亚逝世 400 周年，推荐这套书，一是应时，二是提醒大家和自己，莎士比亚的作品有着其永恒的魅力和价值，400 多年来一直为世界各国的人们所推崇。打开全集，你会时时感受到其精巧的构思和睿智的语言，开卷有益，读莎士比亚，更是如此。

如果说第一本书推荐莎翁全集还有些"主旋律"的话，那么第二本书则是我一己偏爱，加缪的作品《反与正·婚礼集·夏》，我为这本书写的推荐理由是：三本随笔的合集，竟然只有 180 多页，不免让现在的我们生发出许多感慨。作者的《反与正》再版自序一下子抓住了我，坦诚而充满思想性的文字让我忽然之间明白了应该怎样看待自己的作品，应该怎么写这样的大问题，感谢加缪。

前一段时间，买了一本《思念补读记——走近父亲钱穆》，作者是钱穆先生的次子，早年与父亲聚少离多，之后为台湾海峡所阻隔，1980 年才得以再见。他是个中学教师，近 50 岁才开始读父亲的作品，因为带着感情，所以一直很用心，一直坚持，近80岁时出版此书,从儿子的角度,自有它的特点与温度,因此我认为这本书"值得一读"。

每年出版一本年度语录,是一个机构一群人做了20年的一件事,而这语录也是我一直坚持在买的一本书,原因是它不但自成特色,而且也是我记忆的索引。其实这一类图书是不容易做好的,要么故作高深,要么流于肤浅,好与差全在于编纂者的眼力和水平。年初的时候,翻看这本新买的书,忽然之间感受到一种良苦用心,一种鲜明的个性。因此,我推荐的第四本书是《2015语录》。

我推荐的第五本书是一本很小的书:《袖珍字海》,它只有火柴盒那么大,专业术语256开本。之所以在出版社出版的100多种这样的书里推荐这一本,是因为它的实用性。606页,1万多字,目的很明确,就是帮你识读汉字。随身备上一本,不认得字的尴尬、秀才识字读半边的窘境,基本可以免除。

写完了推荐的5本书后,接下来就要写"不推荐"的5本了,"不推荐"其实就是"不喜欢",这些年来,我接触过的书很多,不喜欢的自然也有不少,但真的要让我写,因为书不在跟前,感觉还是无从下手。家里的书不少,因为喜欢和需要,它们被我一本一本买回来,所以不喜欢的基本没有。倒是这两年书买得有些多,有些书因为价格低廉被我收了进来,其中难免就有看走眼了的。

我"不推荐"的第一本书是《浮生六记》的今译本,在我看来,这是一本典型"做"出来的书,先有创意,然后找一个有些名气、关系不错的人来"翻译"。且不说一般人能否翻译得好,就单看他们把译作放在前面,原文放在后面,就可以了解这帮所谓的出版人是何其无知与大胆。

了解张国荣,是在他纵身一跳之后,买了一本张国荣的传记,有一种情结在里面。其实我需要的不是生硬的平铺直叙、花边新闻的重复与罗列,而是一些有观点有新意的东西,而这本书里,恰恰没有。版式太一般、定价过高等,也是问题。因此我把这本最新出版的张国荣传记列为我不推荐的第二本书。

年初的时候,以极低的折扣买了一本《狠狠爱自己——别指望男人给你安全感》，我之所以买这本书，是想了解一下这位写过《女人不"狠"，地位不稳》并销售超过60万册的作者，究竟是一个怎样的人，其文字到底如何。翻了翻书后，我知道了作者是一位男性，但其作品到底应该归于哪一类，让我有些迷糊。心理咨询？生活励志？都不是很像。不好好说话，不好好写书，原因都是一个"利"字。

写完3条之后，卡住了，因为我实在想不起还有哪一本书是我不喜欢的，稿子结不了尾，自然也就没办法交稿，只好等第二天再想办法了，谁料第二天竟然是那么的忙乱，根本没有时间让我想这件事。晚餐后，正看着电视新闻，编辑发来短信，正在编稿，就差我这篇了。我一边回着"好，马上"，一边赶紧开机。

写什么呢？我一下子变得抓狂，是啊，我写什么呢？焦虑不堪的我又在几个房间窜了一遍，依然是两手空空。如此折腾一番之后，我冷静下来，开始回想记忆中那些让我反感的书，然后再借助网络核实一些细节，很快，就确定了有代表性的两本书《季羡林谈人生》和《推拿》。

季羡林的作品我还是很爱读的，其中《留德十年》《牛棚杂忆》等给我留下了很深的印象。一个偶然的机会，买了这本《季羡林谈人生》，书印制得很好，折扣也很低，但翻看之后，感觉简直太差了，东拼西凑，粗制滥造，这样的书对于季老先生简直就是亵渎。

《推拿》是毕飞宇的力作，这谁都知道，它被改编成电视连续剧，这也是谁都知道的，改编者将剧本出版出来，只要有约在先，也不是问题。但是，你得有所区别——明显的区别，不要让读者糊涂了，弄不清楚到底谁是《推拿》的作者，"比毕飞宇同名小说多出30万字"这样的话更是不应该说。

写完这最后的200多字后，我长长地松了一口气，但很快，我发现，稿子写好了，自己的心情却变得有些复杂，大量粗制滥造的图书与出版业的快速发展如影随形，已经到了很严重的地步。如果任其泛滥下去，浪费是惊人的，贻害是巨大的。想到这，感觉心里又堵了起来：唉，这稿子写得，真不是滋味。

去了增知书店

下午,去了增知书店。书店比我想象中的要狭窄局促得多,由于狭窄,十来个人似乎便把它塞满了,以至于移步都显得困难。店里的书很多也显得凌乱,但没有霉湿的气味。应该说它无论从品种还是数量来说,都是不少的,但书的品相大多老旧,很少有那些一下子就能看上眼的。不过只要你静下心,慢慢地看过去,还是很容易会有所发现的。

因为想着一定要买一些书的,我仔细地一个书架一个书架地寻找过去,快到最里面的时候,发现一本人民文学出版社1976年版的《呐喊》,尽管很旧了,还有些污渍,但我还是把它作为我选中的第一本书。书店里的气氛有些压抑,选书的人都是默默的,相互之间也是很友好谦让的。我留意了一下,选书者以中青年人居多,其中又以年轻的女性为多。文静的面容和举止,让人不由得心生暖意。

竟然遇到不止一位熟人,出版社的老总,媒体的资深记者,彼此见面也只是轻轻地颔首致意,并无太多的话语。我知道,那一刻,他们的身份很纯粹:一名普普通通的购书者。

刚到的时候,就见有人抱着书从侧边的楼道往楼上去,选书的时候又听见有人说要上楼去,后来看见一张告示,知道楼上还有一间书屋。于是上楼,门口几位守店的任由购书者抱着未付账的书上去,这让人心中又有些小小的触动。二楼的面积和一楼一般大小,也是一般的狭窄局促,依旧是被选书的人塞得满满的。慢慢地走慢慢地看,手上的书渐渐地多了起来。

其实没有什么目标,也没有太多的时间和闲心,但一想到有那么一个人,在盼着书能够卖出去,钱能够收回来,便觉得最简单的办法还是可行的。在这一点上,我想我是理解那位躺在床上的同龄人的,他需要的是获得一些治病钱的同时,给这些书找一个好的归宿。

我甚至在想,如果老板康复了,这楼上楼下一共两间房子的旧书店,或许会被打理得明亮整齐很多吧,16年一直在做,他比别人懂得更多,因为能够判断出一本书的价值,所以能够在获取利润的时候,一定程度地把原本应有的体面和尊严还给那些书。

天气是潮湿阴冷的,间或还会落下几滴雨水,人们依旧沉默地走在一个个简陋的铁质书架之间,尽可能多地增加着自己手中图书的数量。门口,应该是老板娘的那位女子不知是在对谁说:平时最差的时候(销售)只有十几元,今天好心的人们来了,已经收了好几千了……

我们的旧书店

　　我们这么喜爱书,每年会买几十甚至几百本书,但我们又在一天天地长大、老去,终有一天会与这些心爱的图书告别。那么,这些书怎么办?它们未来的命运将会怎样?这是每一位读书人和藏书者不得不面对的问题。

　　最理想的状态,是把它们捐出去,捐给一个负责任的公益机构,让更多的人能够阅读、利用这些图书,发挥它们应有的价值。

　　如果子女与你的志趣相投,也是一位读书人、藏书者,或者他很珍惜这些书,愿意和这些书厮守,那么,也不失为一种好的结果。

　　当然,更多的,一定是散了,被分了、送了或者卖了。在今天这种状态下,所谓"卖",也就是把书论斤称地卖给那些收废品的——只能如此。

　　事实上,很多人都是一边购买一边精简,把自己看过的、不再需要的图书处理掉,这种"处理",也是把书论斤称地卖给那些收废品的。

　　这真是可惜了,说严重些,真是有辱斯文。或许,它们全部被当作废纸汇集到废品收购站,最终被化为纸浆;或许它们会出现在诸如花冲公园的地摊、增知书店的货架那样的地方。

　　据不完全统计,我国每年出版印刷除去教辅以外的图书50亿册左右,这是一个庞大的数据,也是一个迫切的命题。这些书的命运如何?怎样才能避免被浪费和糟践?

所以,我们必须要有一些旧书店,在一些图书面临第二次流动的时候接纳它们;我们需要一批懂书的人,爱惜它们、重视它们,知道它们的价值,努力给它们找一个好的去处。

前几年去欧洲,看了不少书店,其中一些书店兼营古旧图书,也有些书店全部经营古旧图书。这些书店大多门脸不大,但铺天盖地都是书。有阁楼的,更是楼上楼下塞满图书,连小楼梯上也一溜地码上书。这些书店里的书虽然小而挤,甚至显得有些局促,但整齐干净,窗明几净,看上去很有气氛和感觉。

当然,最让人印象深刻的,还是塞纳河畔绵延近 3 公里的旧书摊,晚上,它们是收叠整齐的一个个绿色铅皮箱,静静地待在塞纳河的护堤墙上;白天,把绿箱子上的锁打开,掀起顶篷,就是一个个摊位,箱盖上摆满了书,箱子里则插满了图书或者一些工艺品、旅游纪念品,任人翻阅、选购。

据说这一独特而传统的服务模式开始于 16 世纪,延续至今,已有 400 多年的历史。在这些"绿箱书摊"中,有 900 个铁箱(分属 240 个巴黎旧书业主)已经被联合国教科文组织列为世界文化遗产。

有人说,塞纳河边的"绿箱书摊"是巴黎古风犹存的见证,与巴黎这座古老而又时尚的文化之都相得益彰。据说在那里摆着卖的各个时代的旧书多达 30 万册,有些甚至是很珍贵的古籍。还有许多或许值得有心人收藏的旧期刊、图画、明信片和邮票,可谓琳琅满目,堪称文化艺术品的宝库。

相比起不远处的卢浮宫和巴黎圣母院,塞纳河畔的旧书摊一点儿也不显得陈旧简陋,相反,它们早已成了巴黎这座大都市里一道极具特色的文化风景线。

我在想,如果我们城市的某个地方,有这样一些小而精致的旧书店,有那么一排绿色,或者红色、蓝色的铅皮箱,里面装满了品种繁多的古旧书籍,那该是多么令人愉快的事情啊。也因为此,我们应该为增知书店的坚持点赞,同时期望它不仅不是这座城市最后一个旧书店,而且还会不断有人加入其中,为这座城市的版图添加一盏又一盏明亮而温暖的灯光。

我们期待着,为了我们,为了我们的后代,为了这座城市文化的传播与继承。

沙龙

理想主义者的浪漫情怀
——天柱山上办沙龙

7月底的合肥,骄阳似火,一年中最极端的酷暑肆无忌惮地围剿着这片土地上的一切生灵。28日的早晨,一群人登上一辆大巴,仿佛《圣经》里的诺亚和他的家人们,乘坐着方舟,逃离将要毁灭一切的大洪水似的,逃离了这座城市。

车子一直向南开,驶向一个叫天柱山的地方。那里不但有茂密的树林、涓涓的山泉、别致的木屋、绿色的食物,还有一个叫"天柱山安徽作家村"的地方,对它的期待和梦想,让这群人兴奋和期待了很久。

想象着,在天柱山的某个地方,一群人聚在一起,聊一些很学术纯粹的东西,这样的事情,是不是有些理想主义?这样的场景,是不是过于浪漫了?但我们感觉这是我们想要的,是我们特别愿意去做的事情。天柱山上办沙龙,想想都会让人感到激动。

我们也知道,其实完全可以不必如此。热闹而正式的揭牌仪式后,大家在一起吃吃喝喝、说说笑笑。然后山上转转,四处走走,然后回到各自的"家",写一些哼哼哈哈的文字,各方面的目的似乎也都能够达到。

但是偏偏我们都是一些不那么愿意循规蹈矩、按世俗的路子走的人,我们需要有些不一样的东西，我们想把一件很现实的事情做得有些情调和味道，我们想把一件很简单的事情做得不同凡响。

于是，就有了我的"卧龙讲堂""作家村沙龙"的建议，有了"卧龙书屋"及其别致的藏书章的设想，有了拜一拜文化大家张恨水纪念馆的创意。进而又提议许辉主席在卧龙讲堂讲老子，建议大家可以进行各种形式的互动交流。

我的沙龙老搭档马丽春是个麻利的人，三下两下就搞定了主讲嘉宾。想想也是，高人云集，这点活儿自然不在话下。

住的居然是木屋，已经让一行人兴奋得不得了，办讲堂的地方还是木屋，那种高大宽敞的木屋，无疑更是让大伙儿惊喜不已。

许辉主席研读老子多年，请他来讲《道德经》自然是再合适不过的。我得承认，在我的这个提议里，还是藏着一点点小私心的，那就是我想借着这个机会走近老子，进而逐步认识和了解老子。

"卧龙讲堂"如期举办，在"《道德经》习读81问"这个大题目下，许辉主席用浅白的文字讲解演绎着《道德经》，大家一边听一边记，唯恐错过了什么。"从容淡定，温文尔雅"，是我在微信里写下的两个词，许主席不疾不徐地说，大家全神贯注地听，讲堂内充满着一种难能可贵的气氛。在密密麻麻6面信纸上，我尽可能全地记下了所有或浅显易懂，或高深费解的81问，虽然有些手忙脚乱，但收获还是很大的。学习这件事，在于引导和点拨，有时候尽管只是三言两语，却胜过冗长无趣的长篇大论。

紧接着举办的"作家村沙龙"有3位主讲嘉宾，分别是我省著名作家许若齐、程耀恺和桂严。在近100分钟的时间里，3位作家从不同的角度，谈了自己对于文化阅读和写作的认识与感悟。

许若齐老师长期从事教育工作，身上有着一股比较浓郁的书卷气，通过他不算太多的谈吐，你能感受到他不凡的修养和底蕴。许老师在沙龙上的讲座题目是《中国传统文化之特点分析》，这样的主题和许主席的讲堂内容简直可以说是无缝对接,感觉意犹未尽的听众们在许老师的激情演绎中,得到进一步的明确和充实。"中国文化在此岸,缺少彼岸的东西",这样的判断发人深省。

说到激情,不得不提到许若齐老师的授课风格,清晰明快,激情洋溢,很抓人也很提神。

春天的时候,程耀恺先生还在三孝口书店做了一场关于《诗经》的读书沙龙,再早些时候他还在撮镇给我和马丽春、李海燕等人开过一次小灶。此次应该是程老师今年第三次做沙龙主讲嘉宾,依然是笑吟吟的,依然是拎着一包的书,只不过内容改了:《散文写作者的阅读视野》,谈一个人应该如何读书,读怎样的书。老先生身体很好,精神尤佳,现场发挥显然超过了前两回,说到激动处,站起身来,有些手舞足蹈的感觉。

给我印象最为深刻的,是程老师每天都要读一读《清明上河图》这幅画,以至于对画中的每一个细节都了如指掌,真是很不简单。

我和桂严老师是第一次接触,她讲座的题目是《文学的魔杖》。在桂严老师看来,语言、感情、独特,是文学的三大魔杖,她从自己对文学作品的阅读和理解说起,特别是对一些文学细节和语言的分析,桂严老师和大家一起分享了文学的美丽和魔力。

温婉细腻,娓娓道来,是我对桂严老师讲座的总体感觉。

沙龙结束的时候,我提议请"马村长"说几句话,"村长"也是干部呀,怎么地也要有个就职演说不是。

"马村长"是轻易不上台说话的,因为她认为自己不擅此道,通过我和她的接触,特别是这次的即兴"就职演说",我认为马丽春老师显然是不了解自己的。不但说得好,而且很有感觉,无论是说作家村的由来,还是点评几位老师的讲座,"马村长"说得都简要得当,有板有眼。

第一场活动结束了,我也是松了一口气,从大家的反应来看,非常成功。无论是台上说的,还是台下听的,个个是有感觉在状态,达到了预期的效果。

其实,对于我这样一位"资深"的客串主持人,此次在天柱山主持沙龙,也是一种考验,怎样组合,如何掌控,准确的判断,恰当的串词,都需要我全力投入,不能有丝毫松懈。当掌声一次次响起,当汗水渐渐消退,那份放松和愉悦让我的心变得宁静舒展。

第三天的上午,第二期"作家村沙龙"拉开了序幕,由于作家闫红的加入,其内容组合变得更加丰富多彩。

闫红自称没有准备,只是随便说说,她从一个编辑的角度入手,谈年龄、心态、知识储备等各种因素对文学创作的影响;谈她对于《红楼梦》人物理解的变化过程;谈我们的教育总是要求孩子们写一些看上去特别有道理的文章,而我们的大众写作,往往也是如此;谈写作、文采、文辞的训练,不如去伪存真地追求。平实、真切的话语,听起来很入耳,很受启发。

我和闫红在沙龙活动中合作过多次,总体感觉她越来越从容不迫、淡定自如,从写得好到说得好,闫红一直在努力,一直在改变。

童地轴的讲座题目是《作家的"人文情怀"》。对于这个问题,童地轴老师显然是做过充分的研究的,从关注人性、敬畏自然、研习历史、在意当下、静心读书、审美情趣六个方面,童老师条理清晰地一一道来。诗人情怀,学者涵养,童地轴带给大家的,是一份理性和冷静。

当然,对于当下那些粗制滥造、肆意妄为的伪景点,童地轴毫不掩饰自己的愤怒和轻蔑,敏锐的判断,犀利的语言,越过方言的障碍,直抵听众的心灵。

如果从专业的角度来说,胡迟的《"非遗"——点亮那些熄灭的灯》显然是与所谓的纯文学有一段距离的,但如果从人文价值与思想深度来说,胡迟的讲座显然具有很高的价值。一切事物都是相通的,胡迟在"非遗"保护工作中的经历与思考,对于丰富大家的眼界,开拓大家的思路,都是非常有益的。

"非遗"工作,什么是"非遗"?如何保持?如何参与?胡迟文雅专业,娓娓道来,给大家带来新的角度和思路。

"马村长"点我上沙龙的时候,我回了她,但"马村长"一定让我讲讲有关书的专业一点的东西,说会对大家有所帮助的,我也就答应了。我想了一下,把讲座的题目定为《从〈就这么简单〉说起》,内容有两个部分,《就这么简单》这本书的经验教训,有关图书的基础知识(图书的封面、脊背、书号、CIP 数据、定价、出版日期等)。

《就这么简单》是我第一本杂文随感集,由许辉主席作序,对于它我充满了期待。但由于我的掉以轻心,沟通不力,致使它被过度编辑,为此我懊恼了很长时间。但后来我想明白了,毕竟所有的一切都是出于好意,原谅别人更要原谅自己,于是我决定把它发出去,让大家批评指正的同时,吸取我的经验教训,在以后出书时,避免犯和我同样的错误。同时,我还接受许辉主席的建议,将它的首发式放在了作家村。

这真是一个别致的图书首发式。在天柱山宽厚温暖的怀抱里,在溪水潺潺的山涧的旁边,在充满自然气息的大木屋里,在一双双热情友善的目光注视下,《就这么简单》掀开盖了许久的盖头。

屈指算来,我参与沙龙活动近 20 年,主办主持各种读书沙龙、文化沙龙几十场,各种各样规模和风格的沙龙也都遇过,但把沙龙搬到天柱山,在这样一个景色秀美的地方办如此正式的文化沙龙,还真是没有想过。

应该说,如果没有一群深藏于骨子里的理想主义者,如果没有一群有着浪漫情怀的人,那么这样建议就会是一个笑谈,在天柱山上办沙龙就会是一件止于想象的事情。

但是现在,我们不但想到了,而且也做到了,理想主义者的浪漫情怀由此得到一次尽情的释放和巨大的满足。这样的感觉,如同清爽的山风拂面而来,幽幽的花香沁人心脾,深刻而难忘。

当年那场大洪水过后,诺亚方舟搁浅在了阿勒山上,如今,"安徽作家村"在天柱山安了家,两者之间似乎还真的是有那么一些共同点。忽然感觉,冥冥之中有一只手,在指引,让这一群渴望简单而纯粹的人,有一个精神上的家园。

2015年读书沙龙微博记录

2015年1月10日举办的"新安读书汇",是我年初调至公司市场部后筹办的第一场读书沙龙,也是安徽图书城因装修升级搬至第二卖场后举办的第一场营销活动。沙龙主题很好:我的2014年读书记忆;主讲嘉宾很棒:许春樵、赵昂、苏北。活动自然也很成功,《新安晚报》随后的整版报道也很给力,真是一个挺不错的开头。

本期"新安读书汇"的另一个主题,是新书《以书的名义聚会(2)》的首发。其第一册《爱,一起读书吧!》系安徽图书城员工读书汇作品汇编,第二册《亲,读书沙龙见!》则是安徽图书城与《新安晚报》等媒体联合举办的44期读书沙龙的媒体报道、侧记、感言等合集,精彩再现、图文并茂,具有很高的文化与史料价值。

许春樵对于《以书的名义聚会(2)》给予很高的评价,他说:安徽图书城的员工们通过读书会等形式,将自己从一个卖书人变成一个读书人,进而成为一个写书人,最终成为一个懂书的人。读书沙龙则是以书的名义聚会,它的一个重要的意义是重塑我们对纸质书籍的信任和信心,而经典的纸质图书是理性、沉淀和规范的。

赵昂说他的2014年印象最深刻的读书记忆都是在医院的病床上,因为住院的时候,他才有一些整块的时间阅读。他认为合肥新华书店与《新安晚报》联手举办的读书沙龙是在打造一个文化交流与传输的载体,是文化传承和文化自信的一种努力。他特别强调在求知性的、消费性的阅读之外,还应该有精英化(审美的)的阅读。

苏北的语言是轻松调侃的,他的发言不时引发阵阵笑声。他认为,读书,从什么时候开始都可以。"新安读书汇"等读书沙龙解决的是人们精神方面的问题,而《以书的名义聚会(2)》则由此具备文学史料价值。对于《以书的名义聚会(2)》的装帧设计,特别是封面,苏北更是夸赞有加,认为其具有不同一般的感觉。

1月12日下午举办的"三孝口悦读会"的主讲嘉宾是知名作家李海燕,她出版有三本散文集:《感恩的心》《灵魂如玉》和《两个人的大草原》。在李海燕看来,一个人无论是做什么的,有着怎样的身份,他一定要有一颗感恩的心,要有一个高贵的灵魂,同时还应该踏踏实实地过好自己的生活,走好自己的人生道路。

"三孝口悦读会"是合肥新华书店的一个全新的营销品牌,这之后每个月第一个周日的下午4点,它都将如期在三孝口书店和读者见面。李海燕去年出版的《两个人的大草原》是"合肥姐妹丛书"中的一种,其他6位丛书作者中的5位参加了本场沙龙,靓丽的装扮、得体的言语、贴心的礼物,使得整场活动温馨怡人。

1月16日在新华书店安徽省委党校店举办的"读书分享会"也是一个新品牌,它面对作家、学者、媒体记者、重点会员和资深读者等,采取围桌座谈的形式,分享有关图书的出版信息、背景资料和相关评价,由于其特殊的形式,颇受受邀者的重视和好评,党校店精良的环境和设施也给客人们留下深刻的印象。

第一期"读书分享会"邀请的是媒体的朋友,本埠重要媒体和网站的知名记者参加了本场活动。本期分享的图书是《以书的名义聚会(2)》,由于曾经合作和参与过书店的"读书沙龙"活动,大家认为此书有着很高的文化和史料价值,同时对分享会这种形式也给予了肯定,饮茶、品书、交流,分享会给人的感觉真好。

第三期"三孝口悦读会"在3月1日下午4点举行,本期沙龙的主讲嘉宾、作家杨修文出身于军人家庭，6岁随父母去了青藏高原的一个原子弹基地，15岁成为一名女兵，在青藏高原生活工作了30多年，著有散文随笔集《远去的箫音》。基于杨修文独特而丰富的经历，我们将本期沙龙的主题定为"青藏高原：灵魂的故乡"。

对于参加沙龙的读者来说，青藏高原独特的风光、金银滩基地官兵艰苦的生活、作者欢快温暖的记忆，都充满了一种神奇的魅力。杨修文不但精神饱满地诉说着内心的情怀，同时就《远去的箫音》中读者感兴趣的细节、印象深刻的人物，与读者进行沟通、交流。整场沙龙，一直回荡着一股激情、一种正能量。

第二期"读书分享会"3月20日在党校门店"读书会"举办，参加本期沙龙活动的有清明杂志社总编舟扬帆、副总编赵宏兴，还有部分编辑部成员，以及知名作家、媒体人袁汝学、许泽夫、王晖等。作家们饶有兴趣地参观了党校门店，对其独特的装修风格印象深刻，对"读书分享会"给予很高的评价。

读书分享会有一些规定动作：通报书店组织架构、业务和活动方面最新信息，本期分享会主要就书店会员分级别发展及其相应的优惠，同时对作家们的一些问题给予认真细致的解答，同时为没有会员卡的作家进行现场办理。作家们充分肯定了读书分享会的举办，认为这样没有什么功利色彩的活动有着很大的意义。

3月22日在长丰县中心卖场举办的"长丰文化沙龙"创造了几个纪录：长丰中心卖场举办的第一次文化沙龙，也是公司在五个分公司举办的第一次主题文化沙龙，特别值得一提的是，参加本期沙龙的来宾代表性之广，远远超出预期。淮南、寿县、巢湖、肥东等地的作家，《合肥晚报》、安徽文艺出版社的朋友，阵容可谓强大。

本期沙龙的主讲嘉宾是长丰籍老作家、中国作家协会会员、中国戏剧家协会会员闫立秀。沙龙现场，闫立秀精神饱满、神采飞扬地和读者们一起谈他坎坷的人生经历，他对文学创作孜孜不倦的追求。其执着与刻苦赢得了读者们一阵阵掌声。长丰县的领导、从各地赶来的嘉宾也都给予闫立秀高度评价，整场活动紧凑热烈。

闫老多年从事文化戏剧工作,花甲之年开始进行文学创作,戏剧作品多次获得文化部等部委和机构的奖励。他创作的长篇小说有《如戏人生》《淮河作证》《石榴树下》。其中《如戏人生》由人民文学出版社出版,获首届中国纪实文学全国一等奖、安徽省人民政府文学奖。闫老虽已年逾花甲,仍然状态很好,笔耕不辍。

"长丰文化沙龙"是合肥新华书店在长丰卖场打造的一项文化公益活动,旨在宣传长丰本地的文化,同时面向全市乃至全省,打造作家、学者与读者之间的交流平台,以期繁荣地方文化,促进文化交流,为大湖名城的发展做出贡献。此次活动的成功举办,无疑为之后的其他市属各县(市)的文化沙龙活动开了一个好头。

4月5日的清明诗会,是第四期"三孝口悦读会"的主题。回顾这些年举办过的各种形式的沙龙,"主题诗会"似乎还是第一次。新加入的合作单位很权威——安徽省作协诗歌创作委员会。除10位诗人之外,还有重量级嘉宾潘小平和程多林。因此,有些忐忑的同时,内心充满着期待:清明诗会,将会是怎样的一番光景?

书香氤氲,诗情画意。诗人黄玲君、吴少东、孤城、罗亮、墨娘等,和广大读者一起,分享一些与清明、亲情相关的自创诗歌和名篇佳作,不同的风格和音色,总能从某个角度打动读者的心,有的读者更是踊跃加入朗诵者的行列。潘小平最后大段激情洋溢的朗诵,则将诗会推向高潮。清明诗会,感觉真是好极了。

2015年4月23日是第二十个"世界读书日",当天下午举办的主题沙龙的主讲嘉宾是著名作家季宇,他和读者们分享的是他的最新力作:《淮军四十年》。该书由人民文学出版社出版,全景式地展现了一支从安徽走出的地方武装如何在血雨腥风中登上历史舞台,开风气之先,洋务自强,抵御外侮,荣辱兴衰四十年的过程。

本期主题沙龙的合作媒体是《新安晚报》,我则又客串了一回主持人。本场沙龙的另外几位嘉宾也都是重量级的,潘小平、翁飞、赵凯、舟扬帆,他们对作品精辟的评说,让读者们大呼过瘾。一个特殊的日子,一群爱书的人,暂时抛开尘世的喧嚣与躁动，安静地围坐在一起，聊聊写书、读书的感受，真是一件美好的事情！

早就听说程耀恺老师潜心研读《诗经》，且颇有成就。前段时间一帮文友去撮镇踏青，办了一个"撮镇讲堂"，请程老师给大家讲《诗经》，效果不错。随后敲定请他做5月3日举办的第五期"三孝口悦读会"主讲嘉宾。当程老师拎着大包小包到达的时候，我就在猜那包里装的是各种版本的《诗经》，打开一看，果然如此。

程老师痴迷《诗经》多年，退休后更是手不释卷。程老师读《诗经》读得很细，在他看来，我们生活中很多事物，都和《诗经》有着千丝万缕的联系。而我们在闲暇时，手执一卷，反复阅读，仔细玩味，必将会有收获。大家翻看着各种版本的《诗经》，聆听、回味，很是投入。"在春天里读《诗经》"，感觉的确很好。

5月17日上午10时在三孝口书店举办的"致敬经典"诗歌朗诵会，由安徽省朗诵艺术学会、安徽省诗歌学会联合主办。参加阵容可谓强大，杨屹、安妮、魏民、宇峰、刘小兵等，均为播音朗诵界的名流。诗人也来了不少，王明韵、莫幼群、许敏、陈忠村等，也都是皖籍著名诗人，诗人和朗诵家联手，绝对值得期待。

著名播音主持人安妮，用她专业、优雅的嗓音朗诵《我想和你虚度时光》，引来一阵喝彩。被几个人反复演绎的《煮茶》，令人回味许久。闻一多的《洗衣歌》、邵燕祥的《谜语》、舒婷的《致橡树》、叶芝的《当你老了》，一首首经典诗篇让许多读者为之驻足。一个晴朗的周日，一个美好的邂逅，一段难忘的记忆……

"江淮大地的歌者——许辉作品分享会"，是第六期"三孝口悦读会"的主题。6月7日的三孝口书店绝对是"大咖"云集，著名诗人、作家、评论家刘祖慈、段儒东、唐先田、完颜海瑞、时红军、王达敏、赵凯、周根苗、梁毅、苏北、许若齐、莫幼群、朱移山、祝凤鸣、苗秀侠等济济一堂，场面难得一见。

大家对许辉的创作给予高度评价，认为许辉对江淮大地怀有一份质朴和纯真的情怀,他的作品贴近生活,细腻生动,小中见大,意蕴久远,每每在不经意中感染和打动读者。专家学者们深情的回顾、专业的解读、中肯的评价,流露出的是对许辉作品的关注和期待。而热烈的气氛、睿智的语言,也让许多读者停下了脚步。

7月5日下午4点,第七期"三孝口悦读会"。针对即将到来的暑假,本期沙龙将主题确定为"青少年该如何阅读",主讲嘉宾是著名作家、《少年博览》原总编莫幼群。他根据孩子们在幼儿、小学、初中、高中四个阶段的特点和倾向,总结出四个阅读关键词:游戏、习惯、创造和志向,然后进行详细的解读。

一些理论,一些事例,一些图书,莫老师不疾不徐,娓娓道来。与会的家长们边听边记,不时点头、微笑,显然是听了进去,产生了共鸣,找到了感觉。特邀嘉宾——合肥一中理科状元姚顺雨同学的发言同样让大家耳目一新,看似不务正业的阅读并没有耽误学习,反而让思维更活跃,眼界更宽广。看来还真的不能读死书呢。

2015年9月3日是中国抗日战争胜利70周年,在这样一个特殊的日子前夕,请著名历史学博士、学者翁飞为大家讲述抗日战争期间著名的皖籍名人可歌可泣的英雄事迹,有着特别的意义和价值。8月2日下午4点,第八期"三孝口悦读会"正式开始,翁飞老师为此次沙龙精心准备了一个PPT,图文并茂,令人耳目一新。

从新四军名将叶挺、罗炳辉、彭雪枫,到印缅战场"百战军神"孙立人、壮烈捐躯的戴安澜和正面战场的国军名将卫立煌、冯玉祥、张治中;从爱国民主人士朱蕴山、民国元老段祺瑞,到人民教育家陶行知、抗战作家张恨水……翁飞老师滔滔不绝,激情澎湃。读者们也深受感染,现场气氛凝重而热烈——一场让人难忘的沙龙。

2015年9月3日是抗战胜利纪念日放假的缘故,第九期"三孝口悦读会"提前至周六(5日)下午4点。本期沙龙关注的,是对非物质文化遗产的保护,主讲嘉宾是安徽"非遗"保护中心研究部主任胡迟。沙龙伊始，胡迟便为大家厘清"非遗"的概念，让我印象深刻的是："非遗"，简而言之，"记忆"和"技艺"。

"'非遗'到底是什么？""我和'非遗'的那些事""我难忘的'非遗'传承人""一些'遗憾'""'非遗'保护为什么？"——胡迟的解说专业、生动，常常于不经意中感染人、打动人。关于宣纸的专题片，那些年逾古稀的老艺人的窘迫与无奈，无不让现场的读者为之动容。了解"非遗"，关注"非遗"，短短一个小时的沙龙，让大家改变了许多。

在确定第十期"三孝口悦读会"主讲嘉宾的时候，颇费一番周折，本着扩大沙龙主题范围、丰富充实沙龙内容的原则，最终确定请著名茶文化专家丁以寿教授和大家聊一聊"安徽茶文化"这个话题。由于我对茶文化知之甚少，不免心虚，赶紧找出丁教授《中国茶文化》一书，快速通读一遍后，心里才稍稍那么一点底。

丁教授不愧是茶文化专家，从茶的起源和发展开始，讲到"茶圣"陆羽；从各种名茶的形成，讲到咱们安徽闻名全国的黄山毛峰、太平猴魁、六安瓜片、祁门红茶；从有关茶的诗书画作品，讲到涉及茶的各种用具和技艺……丁教授如数家珍，一一道来。围坐在一起的读者们听后，很是激动，一片茶叶背后的故事让他们大呼过瘾。

王达敏教授是中国小说学会副会长、中国小说排行榜评委、安徽省文艺评论家协会副主席、安徽大学当代文学评论中心主任，有学术著作多部，新近又出版了其人文随笔作品合集《批评的窄门》。11月1日下午举行的第十一期"三孝口悦读会"，因此被定义为作品首发式和专题讲座。沙龙现场再次出现大咖云集的场面。

王教授讲座的内容着重于中国的忏悔文学。王达敏多年从事文学作品中"人道主义"和"忏悔文学"的研究，他认为中国是有忏悔文学的，只是和西方在表现形式上有所不同，他也将会继续沿着这个研究方向做下去。与会的多位文化名流纷纷发言，对王教授的人品和成就给予高度评价，沙龙持续了2个小时，刷新了沙龙纪录。

第十二期"三孝口悦读会"之所以选择民俗这个题材,与我逐渐关注民俗有关,也与致力于《乡音》杂志改版的张守福有关。因此我们将12月6日下午举行的悦读会的主题定为"关注民俗,关注《乡音》"。主讲嘉宾自然就是著名民俗研究者、作家张守福。民俗的定义,它的保护、记录与传承,这样的主题贯穿沙龙始终。

民俗又称民间文化,是指一个民族或一个社会群体在长期的生产实践和社会生活中逐渐形成并世代相传、较为稳定的文化事象,可以简单概括为民间流行的风尚、习俗。张守福出生军旅,执着写作,多年来钟情民俗用品的收藏和研究,收获颇丰。了解民俗,走近民俗,岁末时分,在书店与"民俗"邂逅,感受真是尤为独特。

2016 年读书沙龙微博记录

"安徽图书城·《清明》读书会"是书店和清明杂志社着力打造的一个全新文化沙龙品牌。它以每一期新鲜出炉的《清明》杂志为依托,为作家、编辑和广大的文学爱好者提供一个交流的平台,同时通过著名作家和评论家的专业解说,让纯文学与读者之间有更多的沟通与融合。首期读书会举行时间是 1 月 31 日上午 10 点。

我省著名作家、评论家季宇、何世华、王达敏、赵凯,《清明》杂志主编舟扬帆等从不同的角度,放眼安徽文坛,解读今年首期《清明》推出的"安徽作家专号"里的 9 篇中篇小说,《三十年》的作者孙志保、《操守》的作者陈斌先漫谈了他们的创作体会,讲述作品背后的故事,很认真,很正式,也很受关注,这个头开得不错。

2016 年初春,一本由一家三口合作出版的散文合集《咱家三口的三种生活》引起公众的关注。3 月 6 日下午 4 点,这本书的新书发布会暨签售会在三孝口书店一楼大厅举行。这也是"三孝口悦读会"2016 年新春第一期活动,省城各大媒体、网站的记者也纷纷到场。踊跃参加的人们和驻足聆听的读者形成了一个很大的场面。

著名作家许辉、董静伉俪,著名出版人韩进、朱寒冬,著名媒体人赵焰、常河等先后就这本书和这种文学现象即席发言,其中不乏良言警句、真知灼见。许辉、董静夫妇多年来一直笔耕不辍,他们的女儿许尔茜现为美国哈佛大学中文教师。不寻常的经历与成就、别致的角度、精良的制作,使得此场沙龙的话题丰富而生动。

"合肥新华书店·新安读书汇",3月26日下午3点,在三孝口新华书店七楼时尚馆举行。本期沙龙关注的是一位外号"熊孩子"的花季女孩和她新近出版的《熊孩子日记》。这是时隔近两年之后,合肥新华书店和《新安晚报》再度联手,而16岁的"熊孩子"凤逸凡应该是我们沙龙最年轻的嘉宾,这对我来说无疑是个挑战。

"熊孩子"和她的建筑师父亲,图书的责编,孩子的小学、中学、高中的老师,她的三位同学,《新安晚报》的王文跃、蒋楠楠、马丽春,作家、教育专家许若齐,13位发言者的发言词需要有机串起来,并一一安排妥当,现场的一批青春洋溢的高中生需要关照,还有那些驻足旁听的读者需要顾及,一个多小时的时间显然是充实的。

第二期"安徽图书城·《清明》读书会"3月27日上午10点30分,在安徽图书城四楼展演厅举行。由于今年第二期《清明》推出的20万字的长篇报告文学《大河上下》,所以本期沙龙的主题确定为"聆听《大河上下》的呐喊"。舟扬帆、赵凯、木叶和岑杰分别从不同的侧面解读《大河上下》,剧透相关的花絮和逸闻。

这部作品的作者陈启文是湖南人,现居广东,其多年致力于黄河的考察和研究,掌握了大量第一手资料和史料,作品中试图对黄河以及她所承载的中华文明进行全景式的深入描述,她的历史沧桑和她所面临的窘迫困境,整篇文字透着一股激情和忧郁。"金话筒"闻罡充满韵味的朗诵,则为沙龙增添一抹别样的色彩。

4月4日是清明节,对于是否在这一天做一场活动,我是有些犹豫:因为小长假,很多人都出去了,是否有人愿意到书店来?应该说,最后的决心是程耀恺老师帮着下的,去年3月的约定程老一直没有忘。于是,很快确立了时间和主题:4日下午4点,"打捞一船宋韵 共赏别样清明——听程耀恺说《清明上河图》那些事"。

程老师长期致力于对《清明上河图》的鉴赏与研究,收有多种版本的《清明上河图》,他对《清明上河图》的了解超出了我的想象,读者的热情也超出了我的想象,一边是信手拈来,如数家珍,一边是饶有兴趣,认真专著,沙龙现场呈现出的,是一种难得的静心雅致。特定的时间,特别的主题,特别的韵味,这种感觉不错。

  由于诸多原因,应该在5月份举行的第三期"安徽图书城·《清明》读书会",延期到6月5日上午。第三期《清明》杂志是"中篇小说专号",收录中篇小说9篇。《清明》杂志副主编赵宏兴,著名评论家赵凯、陈振华从不同角度分析和解读了这些作品,而这对于读者更进一步地理解和欣赏作品无疑是有很大帮助的。

  《你是我的天堂》的作者柳岸通过视频和读者进行交流,《黑走马》的作者杨方不期而至,是本期读书会的两个亮点。20年的新疆生活经历,十几年诗歌写作的积累,使得杨方在小说创作中个性独特、收放自如。现场对话让读者对作品的写作背景有了更多的了解。著名播音员安妮的倾情演绎则无疑为读书会增色不少。

  6月19日是父亲节,一个多月前我们就确定了一个合适的沙龙选题:"父亲节前关注《与女儿谈管理》",主讲嘉宾是中国科学技术大学管理学院的副教授赵征博士。《与女儿谈管理》从孩子的视角提出家庭教育、教育学习、社会认识等方面的问题,通过延伸、分析,寻找合理的解决办法,让孩子学会"自我管理"。

  18日上午10点,"合肥新华书店·新安读书汇"如期举行,著名学者和媒体人马丽春、常河、边冠峰等出席,主持人则是"专业选手"赵媚。为什么会写这么一本书?如何与孩子进行沟通?家庭教育的一些经验和困惑等等,都是一些大家关心的话题,所以整场沙龙人气很旺,读者参与度很高,反响自然也很好。

  8月14日上午10:30,第四期"安徽图书城·《清明》读书会"在安徽图书城四楼展演厅举行。2016年第四期《清明》可谓门类齐全,包括中短篇小说、散文随笔和诗歌。《一个人的岛》讲述的是一个基层民兵在孤岛上数十年的守卫生涯,以及人在隔绝状态下的孤独、渴望和坚韧。这篇小说也因此成为本场活动的一个重点话题。

本期沙龙的评讲嘉宾是安徽省文艺理论研究室主任史培刚和青年评论家赵蓉。他们从各自的角度,解读本期《清明》的特色并点评具体作品。外地作者的视频和著名播音员、全国"金话筒奖"获奖者闻罡的专业而高水平的朗读,无疑为活动增添了活力和色彩,让与会者不自觉间,深深地沉浸其中,读书会由此渐入佳境。

9月10日在合肥国际会展中心开幕的"2016中国黄山书会",因为其前所未有的规模受到社会各界的广泛关注,其中具有浓厚本土文化特色的"合肥方言秀"活动更是受到了广大读者的青睐。作为此次书会的50位特邀嘉宾之一,我和王光汉教授一同出席了此次活动。著名作家学者许辉、翁飞、韩一民等也出席了本次活动。

本次活动的主持是著名电视主持人袁媛。资深出版人石松在发言中介绍了《享受合肥方言》修订重印的有关情况,嘉宾们在讲话中对方言内涵和魅力,保护和研究方言的重要性和紧迫性,进行高屋建瓴地解读和阐述。活动吸引了大批读者的围观,大家争先恐后踊跃参加"方言秀"活动,现场不时响起一阵阵掌声和欢笑声。

9月11日上午10:30,是我省著名漫画家韩一民的新书发布会暨签售会,但实际基本上是按照读书沙龙的模式走的。由于前一天晚上把韩老师的三本画册都翻了一遍,所以自然是有话可说的。此次活动的主打产品是由韩老师配图的《漫画管理原理》,风趣的漫画,简洁的语言,将高深专业的知识变得通俗易懂、过目难忘。

韩老师另外两部作品是作为赠品赠送给读者的,自然引起读者的积极互动。反腐倡廉主题漫画集《无丝莲藕》里收录的作品有着很强烈的现实意义,有些作品颇有些深度,让人过目不忘。《一生平安》关注的则是安全生产,将一个个有关安全生产的话题立体地展示在读者的眼前。我这个主持人近水楼台,收获自然是不小。

3年前我曾经主持过赵美萍《谁的奋斗不带伤》的签售活动,3年后的10月23日,当她的新书《转角遇见爱情》又要在图书城举行首发式和签售会的时候,安徽文艺出版社的朱寒冬社长又邀请我担任主持人,这让我颇有些压力——爱情小说,写得又是那么纯情唯美。于是我堂而皇之地在办公室的电脑里读一本有关爱情的小说。

周六的上午有些清冷,但书城里却人气挺旺。省委宣传部副部长,省侨联负责人等莅临现场祝贺,对话嘉宾则是两位著名的媒体人闫红和侯卫东。谈作者的传奇人生,谈她的文学创作,谈这部新鲜出炉的新书,谈新书里和现实中的姐弟恋,话题一个接着一个,嘉宾们也是越谈越兴奋,以至于超时,差点忘了为新书揭幕。

张建平《徽州:捡拾历史的碎片》合肥读者见面会是作家赵焰介绍的,据说之前出版社也有联系过。一本关于徽州的画册,出版以后有着不错的反响和不俗的销售,作为家乡的书店,自然应该给予关注和支持。在与作者进行沟通交流后,我们决定采取沙龙的形式,时间确定在10月30日上午10点,地点是安徽图书城四楼展演厅。

社科界、摄影界的名流来了不少,也聊得很开,其中不乏真知灼见、肺腑之言。著名媒体人、作家赵焰称赞张建平是"脚到眼到心到",著名摄影家康诗纬则认为张建平是一位社会学家,摆脱了映像摄影的低级趣味。能够数十年坚持做一件事,很不容易。的确,尽管是力量有限、人微言轻,但我们还是应该努力去说去做。

2016年最后一期"安徽图书城·《清明》读书会"11月20日上午在安徽图书城四楼展演厅举行。本期沙龙关注的是今年第五、第六两期《清明》杂志里的中篇小说《哥哥莫要过河来》和报告文学《赤澜1929》。两部作品的作者都很厉害:《安徽文学》杂志社主编李国彬,《清明》杂志社主编舟扬帆和作家刘鹏艳,其作品让人耳目一新。

《哥哥莫要过河来》和《赤澜1929》描写的都是发生在金寨的历史事件和故事。如何写出新意写出特色，如何让一个个"小人物"在历史的大背景下鲜活起来，是红色题材写作必须面对的问题，也是读书会上大家热议的话题。省文联主席吴雪，青年评论家陈振华等都发表了各自的见解，朗诵家闻罡的精彩演绎引来阵阵掌声。

三孝口书店11月26日上午举办的林少华读者见面会暨签售会是由门店自主操办的，我介入时已是周四，联系合作媒体，确定为和《新安晚报》合办的"合肥新华书店·新安读书汇"，然后起草新闻通稿，联系出版社，查阅熟悉相关资料，一时间忙得不亦乐乎。嘉宾和出版方对于临时改变安排的犹疑，都让我感觉到一种压力。

从不太适应到应对自如对话这种形式，林教授调整得很好。从他的创作到他的翻译，从"异乡人"的感觉到各种身份之间的矛盾和冲突，林教授侃侃而谈。对于村上春树及其作品，更是发挥自如，游刃有余。读者也很给力，大家安安静静地听，认认真真地对话交流，文文静静地等待签售，这样的感觉，很久没有过了。

尽管12月没有举办沙龙的计划，但我感觉岁末时节，应该会有一些临时安排的，这不，都到下旬的23日了，活动来了。形式挺新颖，先看电影，然后座谈。著名导演吴天明的绝唱，小成本制作的电影《百鸟朝凤》，用传统的手法演绎传统文化所遭遇到的困境和挑战，唢呐声声，道出的是人们对于"非遗"的关注和忧心忡忡。

本打算看完电影聊一会儿，结果一聊就是一个多小时，几个年轻人中，有老师、医生、职员和大学生，角度解读不同，有感而发，深入浅出，很有见地，彰显个性。为了配合媒体的活动，座谈又延长了半个小时，主要谈的是方言，大家也都有话要说。这应该是今年最接近沙龙真意的一场不太像活动的活动，感觉颇好。

12月30日下午的活动是专场，合作方是合肥市育新小学。起先只是一场团购会,后来校方有了举办一场交流会的动议,名字是我起的:读书是一种生活方式。我的发言围绕着读书、买书和写书三方面展开,我认为应该放松心态,不要把读书当成什么了不得的大事,并渐渐养成习惯,最终让读书成为我们生活的一种必须。

  至于买书,我认为首先要解决买什么书和怎样买书这两个问题,并逐渐积累起自己的家庭藏书,让图书陪伴我们的生活,让书架成为我们家里的一道风景。写作也存在着"放下包袱"的问题,随时随地记录自己的经历和思想,锻炼自己的写作能力,逐步找到感觉,通过写作体味和反思我们的人生,最终写一本属于自己的书。

街　巷

撮造山巷上空的月亮

尽管我一直自诩为"合肥土著",而且也的确是一直住在合肥,但我印象中似乎从来没有去过撮造山巷,虽然它就在最繁华的淮河路步行街的旁边,虽然我无数次从它的身边走过,但我没有走进去过,更没有想到它与我、特别是我的家族会有什么联系。细细想来,合肥城里我没有走过甚至听过的小街小巷,何止这一条撮造山巷。而从这一点来看,我与那些第一次到合肥来的朋友真是没有什么区别。这样的想法每每都会让我感觉到心虚和脸红。

撮造山巷,很奇怪的一个名字,据说可以追溯到三国时期,和曹操挂得上钩,"垃圾成山说"是一种民怨,"撮土造山说"则是一个传奇。我有时候会想,那一个个古老的小街小巷的名字,其实就是一个符号,一个密码,代表了一些东西,秘藏了一些东西。而这些东西会引领我们回顾过去的岁月,也会陪伴着我们向着未来一直走下去。

特地选择晚间去撮造山巷,是因为在我的想象中,它的夜晚或许是安宁的,而宁静之间的探寻或许会有更多一些的收获。但是我显然是错了,夜幕下的撮造山巷简直就是游人的天堂,巷子两边一个连着一个的小吃摊位,铺天盖地的霓虹灯,使得整条巷子充满了动感。你只要一走进去,立马就会淹没在躁动和喧闹中,各种香味会将你的嗅觉彻底占领。这样的景象让我感觉一时不能适应。

二三十米后,我发现一条南北向的逼窄小巷,便闪身走了进去,因为我知道撮造山巷与淮河路步行街距离很近,通过这窄巷或许可以到达步行街。弯弯曲曲的巷道让同行的敏犯了嘀咕:能过去吗? 好像都到了人家家里了。我不搭理她,尽管埋头往里走,当我都有些疑惑的时候,看见了窄门外的豪华宽敞的步行街。

出了窄巷我们左拐往东走,我知道著名的"李府"就在前面不远处,而李府的西侧,一定是有一条巷子的。走了几十米后,又是一条连接淮河路与撮造山巷的横巷,因为比较宽,巷子两边摆满了小吃摊位,一眼望过去,游人如潮水一般在横巷川流不息。这时候我突然明白了为什么撮造山巷会成为如此红火的小吃一条街,原来它与步行街几乎是连为一体的,步行街追求的是高大上,撮造山巷则承接了它最接地气的那一部分——小吃。由此想到北京的王府井和它沿街的那么些个横巷,淮河路步行街简直就是它的缩影。

我们继续往东走几十米后,李府到了,而它的西侧果然有一条小巷,其宽度介乎前面两条横巷之间。这条横巷紧贴着李府的西山墙,根据父亲的回忆,如果现在这个"李府"与曾经的"李府"的位置没有多大改变的话,那么这条不宽的巷子应该就是五圣楼巷。1949年之前,五圣楼巷南起东大街(今淮河路),北至北油坊巷,有一百多米长,这也是当时李府的长度,因为李府的后花园的围墙,就是在北油坊巷的南侧。

但是我们并没有找到五圣楼巷的牌子,倒是发现一个"五星巷",它是从撮造山巷到北油坊巷,那么撮造山巷到淮河路这一段叫什么? 没有答案。

不过,实地这么一走,我明白了为什么父亲会说撮造山巷不长,不过一百米左右,因为它东起五圣楼巷,西至北大街(今宿州路),的确不算长。

我和敏在这一段不太长的老撮造山巷来来回回地走了两圈后,在现在的撮造山巷和五星巷交口的西北角站定。眼前是一幢临街的五层楼房,它的建造时间应该是在20世纪80年代,但如果再往前推60年,这儿是我们家族在合肥的第一个落脚点。前门对着撮造山巷,三排正房,两边是厢房,有天井,有后院,后院门对着李府的院墙,距离北油坊巷不远,它有一个让我很不愿意说出口的名字:小公馆。在我看来,我们家还没有富到把自己的宅子取名为"小公馆"的地步,而且既然有小公馆,那么"大公馆"又在什么地方?后来我知道了,它曾经是李家的宅子,20世纪20年代卖给了我的曾祖父,而与之相对应的"大公馆",就是今天的李府。

  1924年左右买入,1947年左右卖出,小公馆属于我们家族的时间不过20多年,但它对于我们家族的意义是巨大的,它是我父亲和一位伯父、一位叔父、三位姑妈的出生地,是我父亲开知启蒙的地方。让人感叹的是,1947年距离今天,不过是70多年的光阴,但这儿什么都没有留下,那些两旁高高低低的房子,那个不是太大太高的撮造山,都没有了。即便是一块砖一片瓦,也都没有留下,甚至连土地也都被柏油、水泥和地砖遮盖得严严实实。

  心情有些灰暗地往东走去,尽管我很清楚那边是后来拓展出来的,但我还是想走一走、看一看,因为它依然叫"撮造山巷",而撮造山巷就是我的祖居地,我们家几代人魂牵梦绕的地方。

  相比于西段,撮造山巷的东段要幽静得多,一些刺青店、一些时尚小店,以及一些小吃店,直到它东边的终点,这一情形才有一些改变,规模很大的火锅店和立体停车楼,让它骤然变得喧闹起来。

  我们决定结束此次夜探撮造山巷,沿着街道从东往西走的途中,我再一次站在故家旧址前,彷徨四顾:真的是什么都没有吗?真的是什么都没有剩下吗?真的就这样片瓦不存吗?真是很失落,真是很不甘心。

  当我仰天吐出一口闷气后准备离开的时候,我怔住了。知道我看到了什么吗?我看到了月亮,一个又大又圆的月亮。我的心被揪了一下,对,月亮,不是还有月亮吗?它总是在这儿,看着地面上的一切,生老病死,沧海桑田,它一定都看到了,它一定都在记着。它一定看到了我的曾祖父迎来送往,外出谋事然后归来;它一定看到了我的祖父读书写字,以书法会友,以围棋会友,在曾祖父率领其他三个儿子外出谋生后,和祖母一起支撑起家族的门面;它一定看到了我的父亲年幼聪慧,时常跟随祖父外出应酬，更喜欢听长者聊天，跟在先生后面读书识字。是的，它一定看见了，尽管地面上的灯火遮蔽了它的光辉，但它在那儿，它一直在那儿，等着我，一个回过身来寻找自己来路的人，一个感受到自己肩上责任的后生。

我的心一下子安静了下来，我想，我找到自己想要的东西了，我会把撮造山巷上空的月亮带回家去的。

小马场巷的前世今生

现在说起"小马场巷"这个名字,估计很多人都会很茫然,不知道它在哪里。但如果要说起"女人街",那几乎是无人不知无人不晓的。

我一直对"女人街"这个名字很反感,觉得你可以把它做出特色,做出影响,但名字不能想改就改,太过随意了。2014年初七桂塘改名"香街"风波的时候,我发了几则微博,摘录几条在下面:

> 听说习总去了南锣鼓巷,很有感触,那地方我去过,挺有些味道。忽然想到我们的那个不伦不类的"女人街",如果还叫回"小马场巷",该多有意思。总跟着时尚跑,总会落在后面,更何况所谓时尚,迟早会变得不时尚。眼皮子浅地改来改去,没有什么必要,倒显出我们有些不自信,有点小家子气了。
>
> 一座城市的特色,不一定是由几个高楼大厦决定的。充满地方特色的小街小巷、小门小户,原汁原味的地域文化、民俗方言,往往是一座城市的基础和底色。
>
> 无论是对人对事,还是对一座城市,轻率随意、急功近利地做事是最使不得的。
>
> 地域文化往往反映出一个地方人们的素养和情趣。

之所以有如此激烈的反应,是有我个人原因的:小马场巷和七桂塘那一块是我童年少年生活过的地方,从出生后不久就搬过去,到我13岁那年离开,我在那里待了整整12年。

从人民巷到金寨路,小马场巷不过300米的长度,但是因为其特殊的地理位置,它似乎从来都未曾寂寞过。我记事的时候,它已经改名为节约巷了,不过整体面貌似乎还是旧的。几个大宅子里,要么是房产局管理的大杂院,要么是单位的宿舍,总之都是公家的房子了,也有一些平房和一些后来盖的红砖瓦房,但总的格调还是青砖小瓦、高高大大的旧式房子。如果能够保留到今天,那绝对是不得了的事情。

老旧房子里一定是有老旧的人,印象最深刻的是巷子中段北院里,那个儒雅的旧式的老者和他那深居简出的老太太,老太太似乎还是小脚,一丝不乱的粑粑头,白净的脸庞,文雅的眼神和举止,合身的大襟褂质地很好,巷子里这样的老太太有好几位,每次见着都觉得有些诧异。用现在的话来说,有些穿越的感觉。

小马场巷有至少五个出口,东头往北拐可以到达长江中路(那时候叫长江路),母亲每天就是从这边去学校上班,而我每天中午和下午引颈盼望的方向自然也是这边。母亲那时候身体就不好了,总是头痛,因为没有去看医生,总是服用去痛粉,年幼的我也曾经去长江中路边的长江大药房为母亲买去痛粉。东头往南拐,通往庐江路,到派出所、居委会都可以走这边。

巷子中段井台西侧,有一条向南的小巷子,曲曲弯弯,通向七桂塘菜市场,小巷两边都是住家,我们家在它的中间位置。另一条向北的小巷有两个名字,将军庙巷和自来水巷,第一个名字我有点不确定,第二个名字家喻户晓,因为大家都到巷子里买自来水。

自来水巷正对张顺兴,买烟、买酒、买小吃都要走这条巷子过去,出巷口左拐,依次是熟食店、早点店和水果店。因此,如果说到药房的那条路给我一种很冷的感觉的话,那么自来水巷就是一条充满诱惑和温暖的快乐小道。

从自来水巷口往西几米,有一条往南的巷子,是过去两个大宅子之间的小巷,类似六尺巷那种,笔直的,它的北段也是七桂塘菜市。东边的人家在巷子里有一个侧门,西边那时候已经有一家公办的服装厂,服装厂有个后门对着小巷,小巷不宽,红砖铺地,很清爽,也有些冷清,小时候我一个人不太敢走这条巷子。

小马场巷的西头通向金寨路(那时候叫大寨路),巷口正对着的,是高大气派的光明电影院——我小时候最向往的地方,无论是溜进去看电影,还是在它入口处的铁架子上做各种翻转运动,都是一件很开心刺激的事情。

我时常跟在大人后面或者独自一人从自来水巷或者西头巷口到长江中路和三孝口,看游行,看游街,看各种热闹。有时候为了赶到游行或者游街队伍前面,很多人都会抄小路从小马场巷飞跑(骑)而过,巷子里会一下子变得热闹非凡。

但那样的热闹只是偶尔才有一回,多数时候,小马场巷是相对平静的,平常人家,百姓生活,流水般的把人从童年带到少年、青年、中年,直至老年。

谁会想到20世纪80年代旧城改造以后,小马场巷一下子变得那么的现代时尚,整体的设计和开发,让它一度成为合肥最高端时尚的地方。不过,似乎很快,那个很有些特色的建筑群便冷清了下来,所谓设计上的可圈可点因为过于封闭和不接地气,渐渐成为鸡肋,人气也慢慢转移到它北边外围的小马场巷。于是这条已经没有什么特色的小巷变得热闹起来,变成了著名的小商品一条街了。

不知什么时候开始,它变成了"女人街"了,符号般的称谓无疑促进了小巷的人气,一些刻意则让人们渐渐忘却了它的真名。

小马场巷越来越火了,各种小吃的进入更是将休闲的功能注入其中,整日里小巷游人如织、摩肩接踵。用寸土寸金形容那时候的小马场巷,真是一点也不过分。

人们常说世事无常,有时候想想还真是这么回事,三五年前,谁会料到,也就是那么几个月的时间,小马场巷就会彻底地改变了面貌,变得高端大气上档次,变得门庭冷落车马稀了。

某个时刻,面对着只有三三两两行人的小马场巷,我真有一种由衷的感慨:是什么样的人，施用什么样的魔法，将小马场巷的人气散尽，变成如今这般衰败景象的呢？又是谁紧随其后，将紧邻小马场巷，原本最接地气的七桂塘改造成了无人迹的寂寞空街？是造化弄人还是人自己乱作为瞎折腾？还是其他什么我们不明就里的原因，真是不能多想。小马场巷的前世今生，真是让人有太多的感慨。

  现在我感觉自己有些糊涂了，这条我再熟悉不过的巷子到底叫什么名字了？香街？女人街？抑或其他什么现代时尚的名字？不过在我的心中，它一直都是叫小马场巷的。而且我相信并期盼：这个很久以前临近县衙门的养马的地方，一定会有走出窘境，重新焕发活力的那一天，车水马龙、人气旺盛的小马场巷也一定会再次出现在人们的眼前。

  只要有些人撒手，只要有些人放下……

有关七桂塘的记忆

我的童年是在小马场巷和七桂塘之间的两间平房里度过的,在我的记忆里,我基本上很少去菜市买菜的,因为家里所有的人都比我大,轮不上我。

那么,我去七桂塘一般都为了什么呢?我仔细地想了一下这个问题,觉得原因还真不少。

首先应该就是上厕所和倒垃圾,因为在七桂塘的中段,有一个公厕,公厕的西边则是一个垃圾箱。厕所每天总是要去的,至于为什么要小小年纪的我去倒垃圾,我曾在一篇文章里有过说明:"谁让我自小勤快,又听不得夸奖,别人两句好话,便端起撮簸往菜市场跑。"

第二个原因就是我要往南边去。到南边去,要么是去位于廻龙桥的祖母家,要么就是跟着哥哥们到雨花塘去玩水。印象中,祖母很老很慈祥,老人家弓着背拄着拐杖,时常会到我们家来看看,她每次回去的时候,我总是抢着去送她,祖母拉着我的手,一路走一路说着话。我们从我称之为"恐怖的四弯巷"走到七桂塘,然后往西走上个几十米,再转到一条南北方向的巷子,曲曲弯弯地走个几百米,就到了庐江路,过了庐江路,再走几十米,祖母的家就到了。有的时候,我们不走这条小巷,而是继续往西,一直走到金寨路(那时叫大寨路),再沿金寨路往南走。

通常,祖母是不会让我送这么远的,从七桂塘折转的时候,老人家就会让我回去。于是，我站在那儿，看着祖母驼着背，一步一步慢慢地走去，直到我看不见她老人家的背影，才会情绪很低沉地往家里走。尽管那时我很小，但每次送祖母回去的时候，我都会感受到一种莫名的忧伤。

到了读书的年龄，周围的小伙伴们都去大寨路小学（后来的四十六中）上学，而我则随母亲去了师范附小。每天早上，他们沿着七桂塘往西，一路跑向街口南侧的学校，而我则有些孤单地往东走，到庐江路上的师范小学供销社分校去读我的一年级。后来分校撤了，我上学的路途又远了几百米。

记忆中的七桂塘就是一个大菜市，它西起金寨路，东至人民巷，总长不过三四百米，因为蔬菜门市部、酱坊店、猪肉案、酱菜作坊分布其中，所以人们都称其为"菜市"，只有在同时提到它和其他菜市场时，才会说起它的大名：七桂塘菜市。

记忆中的七桂塘菜市只在早早晚晚热闹一些，平时空空荡荡的。那时卖菜卖肉卖酱油醋的，都是国营。既然是国营，也就有它上下班的点，时间一到，就关门回家。

最西头南侧的蔬菜门市部很大，西北两面是一溜几十厘米高的宽砖台，因为总是供应紧张，所以营业的时候那儿总围着人，大伙儿嘴里说着，手上指着，要这棵菜或者那个萝卜。卖菜的营业员见惯了这样的场面，寒着眼皮，慢吞吞地弯腰，（菜品）上秤，报数，算账，收钱。

那时蔬菜门市部的营业员是很有些权力的，同样的钱，能买到什么样的菜，全凭他们的两只手。认识的，看得顺眼的，或者想办法讨好巴结他们的，总能够讨到不小的巧。

因为见多了这样的场面，所以在我有限的几次买菜经历中，我也会试着通过一些小伎俩，左右那些营业员的思维判断，从而买到相对便宜同时相对品质好一些的蔬菜。没办法，计划经济，一切为了生存的努力都是可以理解的。

相对于买菜时的手忙脚乱，没有菜的时候灰心丧气的滋味更难受。没办法，只好找替代品，酱菜无疑是最好的选择。

酱坊店可是个很重要的地方,打酱油打醋买盐都必须去那儿,买酱菜辣椒酱什么的自然更是要到那里去。几个硕大的小口缸,十几个半大的敞口缸,一溜儿排开,靠南墙是一排高架,似乎还有一两个木柜台。其生意虽然不是特别火爆,但一早一晚也是人来人往,从几分钱到几毛钱的生意,也会让营业员们忙上一阵子。

记忆中,沿着七桂塘街道也会有一些卖菜的农民,鸡、鸡蛋、各种蔬菜品种也算丰富,但各种各样的帽子和名堂("投机倒把""资本主义"等等),会让这些人瞬间消失得无影无踪,很长时间不敢再露面。

对着"恐怖的四弯巷"巷口的猪肉案,是一个四面通透的大棚子,里面立着一排挂猪肉的架子。估计是供应紧张的缘故,猪肉案开张营业的时间似乎并不多,即便是开业了,也就是一两个营业员,一两挂或大或小的猪肉,至于猪杂、猪油什么的,更是很少见到。印象中大人们要买这些东西,通常是到西菜市(现在的光明街,也有"男人街"这么一说)去,有时半夜三更就去排队,一直排到第二天凌晨才能买到一点需要的东西,尤其是猪油。七桂塘的猪肉案前也会有人排队,但没有那么多的人,用一块砖头一个小板凳代替人排队的现象挺多的。

没有生意的时候,猪肉案就成了孩子们的快乐天地,你追我赶地疯玩,做着各种各样的游戏。孩子们不在的时候,它就那么空着,像一个文物似的,引得来来往往的人匆匆一瞥。

有段时间,大哥迷上了骑自行车,家里只要有客人骑自行车来,他总是会想出各种办法拿到钥匙,然后兴奋地推着车子跑出院门,一溜烟就不见了人影。有的时候,他也会带上我,特别是我在"偷"钥匙、借钥匙立了功的时候,更是奖赏似的带上我骑上一大圈。

通常我们都是往北出巷口,沿着小马场巷(那时叫"节约巷")往东,到头向南转,沿人民巷往西转,到达七桂塘。那时候的七桂塘是那种渣土混杂着石块的路面,坑坑洼洼的,很不平整。有一回,大哥不留神摔了一跤,哥几个倒没有什么大碍,只是车轮转不动了。大哥显然有些慌了,他赶紧把车子弄到猪肉案里,找来两块石头,一个垫在中轴下面,一个当作锤子,使劲地砸着,许久,车轮终于可以转起来了,但好像没有之前那么顺溜了。大哥有些灰溜溜地把车推回了院子,躲到一边去了。自行车的主人陈伯伯走的时候,推了一下车子,就发现了问题,回头笑道:"呔,少爷,跌了吧?"我们几个小的给陈伯伯那风趣的表情和语言逗得忍不住笑了起来,只有大哥站在那里尴尬不已。

七桂塘一直是西高东低,下大雪的时候,我和几个哥哥会把家里的一个宽面矮凳翻过来,系上绳子当雪橇,拉着到处跑。因为我最小,所以常常是那上面唯一的"乘客",担惊受怕地被一帮快乐的大孩子拉着到处跑。拐弯或者下坡的时候,雪车会一下子给颠翻了,那可是我最狼狈的时候,因为一大群哥哥姐姐会围着我笑上半天。

写到这儿,我忍不住又笑了,几十年过去了,那份快乐劲儿,仿佛现在还可以感受得到。

一条路，曲曲弯弯

很熟悉的一条路，但就是没有感觉，这样的事多少有些怪异。不过这世间的事有的时候就是这样，感觉真真切切的，就是说不出个所以然来。仔细琢磨回味一番，或许是它太过直白的路名，或许是它的某些气息。

虽说是一条不算太宽的后街小路，它却显得不那么一般了。一百多年间，它见证着潮起潮落、沧桑变更，只是这样的过去，今天已经没有多少人知道，更是很少有人提起。

最近，它的东头北侧正在兴建一个建筑，它的意义在于，前门对着长江中路的合肥九中，已经将它的校园延伸到了这条路与北含山路的交叉口。而在这块土地上，先后有过庐州中学堂、合肥中学、合肥一中等一些名声响当当的学校，更有"小书院"这样韵味十足的名字为人们津津乐道，而它的主持者则是本埠晚清著名文化大家张子开。面对着一派繁忙的工地，我在想，当年在一中读书的父亲拥有怎样的青春风采？在跨出学校的那一刻，他的理想和憧憬又是什么？

当我转过身去，面对着刚刚成为过去式的省委的西院门，不禁又是一番感叹。没办法，尽管都是些现烧热卖的东西，但我还是要说道一番的。因为如果没有大院里那个著名的洪家花园，就不会有这条路现在的规模和长度。事实上，1945年抗日战争胜利后，洪家花园已经破败不堪，但当时的省长李品仙看上了它，便将它的两排房子当作自己的官邸,1949年之后,时任省委书记的曾希圣又把它作为自己的住宅,而他们办公的地方,则是这条路往西700米处的省政府。因为这,原本很窄的小巷变得宽阔起来。

近30年来,商业的崛起,冲淡了这条路的政治色彩,道路两边数百家的商铺,装修新潮、个性,颇上档次,经营的又大多是女性服饰,因此很受时尚女性的青睐,这条路便一跃成为这座城市地标性的街道。

不过男人除了陪同妻子或者女友,独自一人在这条路上是很难找到感觉的,行走其间,尤感别扭和尴尬,好像自己是个毛头小伙子,一头闯进花红柳绿的女儿国一般。

不过,也不是一点兴趣也没有,比如位于它中段的那好几十米长的涂鸦墙,就极具震撼力。从开始的屡屡被覆盖,到今天的堂而皇之,且有四下发散之势,这个独特的艺术长廊带给人们的冲击,是多方面的。现在我会时不时地绕一点道,到这条路上走走看看,多半是为了这面涂鸦墙。最近,它的主画面是大红底色上8个手势,很是张扬霸道,虽然我不是很明白它所表达的意思,但我能够感受到它的气势和情绪。

除了看涂鸦墙,我还喜欢看那些风格各异的店招,从商店的名字到店招的样式,可以看出时下的流行元素和审美情趣。把那些个性十足的招牌一一看过去,也算得上一种独特的享受。从这个意义来说,还真的说不好这条路上的男人和女人,谁是外行谁是内行,谁在看门道谁在看热闹。

省委省政府4月份搬到滨湖新区去了之后,这条路显然寥落了许多。它的明天会是怎样的一种状态,是很多人关注的。当然,它的命运是和长江中路息息相关的,可以说,长江中路的兴衰直接影响到它的未来,而缺乏足够的停车场、电商的冲击等先天的不足与现实的困境,也都是需要面对和解决的。

老百姓爱操政府的心,也是中国特色之一。这些天大家都在议论已经腾空的省委省政府大楼的未来,显示出大家对这两座保存完好的苏式建筑的重视和关心。

而我更关心的,是位于老城区中心位置的省政府大楼,因为它曾经是这座城市"大书院"所在地,一个响当当的文化高地。如今,它将会以何种面目出现在公众的面前?它会在脂粉气、艺术味道之外,给这条路带来怎样的气息呢?我想应该有很多人和我一样,注视着,期盼着。

当然,这条路还是有那么一些书卷气的,分布在它的东西两头和中部的3家书店,各有侧重和特色。对于我来说,西头那家书店就是一个"坑",一不小心就跌了进去。书的品质不错,特价书尤其吸引人,每每路过,总能有所收获。不过这仅限于清醒的时候,酒后微醺乃至更甚之时,脑子一热,就没了原则,这也买那也要,呼呼啦啦一会儿挑了一堆,3折4折5折这么噼噼啪啪一算,一两百元没有了。最过分的一次,花了三百多元,买了两大包书,步履踉跄地去赶车子,真的是很狼狈。

从东到西,1670米是它的长度,曲曲弯弯是它的特点,复杂阴柔是它的个性,而它的名字却显得那样高端直白:红星路,就是这样一条让我找不到准确感觉的路。

青弋江路的格调

多数时候,生活是平淡的,上班下班,一日三餐,没有什么起伏,也没有什么色彩,日子久了,难免感觉郁闷、无趣。而一条名叫青弋江的路,却改变了这种状态,让我寻常的日子里有了一些其他的东西。

每天晚上,当我走在这条后街小路上时,看着月光和路灯被梧桐树叶剪裁得错落有致的碎影,心里会忽然安静下来,所有的烦恼或者失落都会被放到一边。是的,安静,我不止一次地听到走过青弋江路的朋友这样说。

我和父母居住的小区北门在青弋江路的南侧,小区北围墙栅栏内有一排高大的杉树,一看就是有年头的了。50多棵杉树挺立在路边,既丰富了青弋江路绿化树的物种,又提升了它们的高度,让人感受到一种气场和力量。

出北门向东大约100米,是一家小饭店,一直经营着酸菜鱼。前几年省电视台还没有搬走的时候,偶尔可以看到那些经常在电视上晃的熟悉面孔,基本上都是晚间,应该是做完节目后的消夜,远远地看去,恍惚又是一场电视直播。

这些年来,饭店的门脸换了几次,但一直在做,原先喜欢在路边人行道上摆的几张桌子,现在都从另一个门放到了小区里面。再往东,有10来间铺面,一家(或者两家)似乎是茶庄,规模很大,布置得蛮像那回事,但门可罗雀,门有时候开有时候关,没有什么准点。还有一家文印店,两大间,生意一直不错,时常还会加班。每次晚上遇见,我总会用目光慰问着那些年轻人,感慨着他们的坚持和辛苦。

文印店的西侧,是一家女性服装店,很有调调的那种。无论是店铺的布置、商品的陈列,还是灯光的设计、细节的处理,无不显示出主人的用心。店里不时飘出的悠悠的音乐,会让人不由自主地放慢脚步。小店的顾客照例是不多的,三三两两,以时尚女性居多,路过的时候,时而会想着它的生意,有些闲操心的意味,但小店一直开着,仿佛一个不食人间烟火的女子。

其实旁边原本还应该有一家酒吧的,装修好了的,不过似乎没有看见它开张,后来又被女装店并了过去,这让我多少有些遗憾。在我看来,这么一条有些起伏和弯度的小路上,如果再有一家小小的酒吧,一定会让人更有感觉吧。

这也是没有办法的事情,旁人的期待和经营者的感受通常会有很大的差距。尽管自己在这个问题上有很清醒理性的认识,但也不排除自己会在某个特定的时间和地点,冒出一些幼稚可笑的想法。

女装店晚上9点左右才打烊,夜色下,它的音乐和灯光,支撑起青弋江路的特色:安静而有情调。

这几年,科大的外国留学生多了起来,一些留学生就在小区里租房子住,路上,超市,甚至楼洞里,大家已经习惯了他们的存在。但如果是黄昏或者夜晚,有那么一两个外国人骑着自行车或电动车从你身边飞驰而过,或者是在人行道上向你迎面走来,那瞬间的感受还是有些特别,尤其是在青弋江路这样的地方。

其实青弋江路是最适合恋人们散步的,春天里那些交替开着的花儿和花儿一样的新叶,夏天里树荫下的丝丝凉韵和时而吹过来的微风,秋天里那浓郁的桂花香和那满地金黄色的梧桐树叶,冬日里那大块无人涉足的雪地和树枝间洒下的暖暖的阳光,无不透露着一份惊喜和浪漫。但现在的年轻人似乎更愿意在喧闹的街市和美食店里寻找感觉,至于交流沟通,也多是在QQ、微信里搞定,而这,多少让我这个有些旧式思维的人感觉有些失落。

青弋江路不长,从西到东不过1000多米的距离。早些年,它还没有贯通的时候,我熟悉的是它的西头,路两边开了各种各样的食品店、小吃店和饭店,后来整治沿街居民楼,餐饮小吃都不能做了,超市、服装店多了起来,烟火气少了,也清静许多,原先颇有规模的盲人按摩店又似乎有些恢复。

不过我最熟悉的,还是从小区的北门到桐城南路这一段,三四百米的距离,几乎每天都要走上一两次。每天下班,我会经过青弋江路回到小区,晚餐之后,看望父母,和儿子吹吹牛,和妻子一起看看泡沫剧,然后沿青弋江路往东走,到位于桐城南路的新房子,看书,写作,休息。

很长一段时间里,我一直以为青弋江路就是这么短短的几百米,直到有一天,我发现它居然从桐城南路开始,向东一直延伸到徽州大道。东段和西段的长度相当,风格也大致相同,而且似乎更寂寞单调一些。最近一年多来,每天早晨,我都要走过这段寂寞单调的路,然后北转,乘坐单位的交通车。日子久了,渐渐和它熟悉了起来,喜欢上了它的简单、平和。

每次打车回家,通常都会走青弋江路的,从车窗向外看去,是我再熟悉不过的梧桐树,和那份特有的安静。车转过一个弯道后,再开上一段距离,就到了小区门口。在我看来,在这段路上开车应该是很惬意的,因为它能够让人变得放松,因为它有那么一段优美流畅的弧线。

安静,舒缓,人文情怀,异域情调,青弋江路的格调,就是这么自然、亲切。

走过黄屯老街

去黄屯老街之前,我从没有听说过它,但是去过之后,便感觉自己不但忘不了它,而且还会时常想到它,想它的历史与劫难、它的现在与未来。感觉其中有些东西,还真的是值得玩味,值得我们静下心来好好地想一想。

据说黄屯这个地名是源于东汉末期的公元180年,黄穰起兵造反,在此屯兵。800多年后,黄屯老街初具规模。老街形成的原因,在于临水,黄屯河由南而北,汇入杨柳大河,物资交换的扩大带来物流业的发展,生意人聚集在一起,渐成规模,黄屯的经济和战略地位日益凸显,最终成为一个交通枢纽和商业重镇。若不是清雍正年间的那一场大火,老街该是怎样一种规模和风貌,我没办法想象。

从大火前的东西走向到大火后的南北走向,再经过1949年之后几次大的改建和扩展,原先始建于明清的老街民居多已消失,目前仅有明代民居3户5间,清代民居13户49间。

经济不够发达,位置有些偏僻,都是黄屯老街鲜为人知的原因,它按照那块土地的节奏,缓慢发展着,处于一种各个年代建筑混杂的状态。可能有人会觉得可惜,毕竟很多的老建筑已经或者正在逐步地被拆除和取代。但黄屯的老百姓面对的是实实在在的生活,他们需要改善或者改变,因此我们今天看到的黄屯老街不是想象中的徽派建筑,也不是花大价钱建造起来的仿古一条街,很生活,很真实。除了已完成的老街石板路、污水和强弱电管网的铺设,基本上可以说是原生态。

当然,这样的原生态也许不会被一些人看好,觉得它不够老,不够土,不够穿越,但在我看来,黄屯老街的特色在于它的多样化和包容性,各个时期的建筑汇聚在一条街道的两侧,其本身就具备一种个性和特色。

老街没有想象中那么繁荣,甚至还有些冷清,估计与不是赶集的时间有关,但老街有一种气韵,那种休闲散淡的感觉让你熟悉又陌生。

黄屯的竹器远近闻名,从生活用品到生产用品种类不少,竹器店立体陈列着的大大小小的竹制品,时常让路过者驻足,不过主人似乎不是很在意似的,常常是在里间做着什么,店铺里因此显得格外宁静,仿佛空气在竹器空格间穿梭的声音都能听得到。

铁匠铺里,年逾古稀的老铁匠独自一个人在昏暗的屋子里叮叮当当地敲打着,火星溅起的时候,可以看得出老人脸上的落寞和执着。据说老人的生意还不错,周边农民赶集的时候少不了买把刀子剪子铲子什么的。我看了那铲子,真不错,像一件拙朴的工艺品。

理发师傅也是寂寞的,瘦弱的身子靠着门边,雕塑一般,眼珠半天都不动一下,浑身上下透着一股清冷之气。倒是那做大饼的汉子,和妻子一起有板有眼地炒面、加水、和面、制饼,为老街增添了一缕生活的气息。

老街的人似乎还没有多少所谓的旅游意识,他们更在意的,似乎还是自己的生活方式和感受,走在这样的街道,感觉的确是独特的,这是不是它的特色呢,我说不准。

不过,有些事情还是应该抓紧时间去做的,比如老街上一些指示牌和文字介绍,一些图片图册和折页的制作;比如土特产的挖掘和优化,纪念品的开发与设计。既然要做大做强,做出特色和影响,那么就要花一点心思,在吃喝玩乐诸多方面。注入文化元素,形成自身风格,满足各种人群需要,所谓旅游区,无非如此。

其实我挺担心黄屯老街那些低矮的围墙、颓毁的老屋,担心它们会在某次大规模的改造中被完全抹去，担心老街的居民们的生活会因为某些过于功利的因素的介入而彻底改变，生活的目的有时候是获得更多的利益，但大多数时候应该回归其本质，体现生活的本意。

当然，也许我的担心有些多余，尽管黄屯老街2015年被评为安徽省首批千年古村落之一，同时入选2015年合肥市十大影响力品牌，但它的地理位置和周边的旅游生态都不是很好，短时间内很难形成规模和气候。那么，它或许会因此长时间处于一种"慢"的状态，让那些偶尔的闯入者有一种恍惚的感觉，一种另类的欣喜。

走过黄屯老街，我在想，没准，这也是一种很好的安排。

寂寥的柘皋老街——桥西街

去柘皋那一天正好是立秋,这让原本没有什么说头的行程有了一些特别的意味。和老同学约定分别从两个城市出发,8点钟在柘皋长途汽车站会合,然后中午一起开车回合肥。

"到柘皋喝早茶",从一句类似广告的话语到一个具体的行动,似乎并没有那么难,只不过我们有太多的理由让我们在原地画着一个又一个圈。因此当我们在桌前坐定,难免有些感慨。

岁月带走太多的东西,岁月又将一些东西留了下来。

柘皋老街也是这样,桥西街现在叫玉栏街,两边那些一间连着一间的青砖小瓦的房子,应该就是岁月给我们留下的好东西。

我们喝过早茶走到街上的时候,发现天气不是一般的热,还没走上几步,汗便出来了。街口的门面里聚着几个妇女,见我们边走边看边拍着照片,便主动搭起话来,内容充满了抱怨和焦虑。如果真的如她们说的那样,街道上的青石板果真是被转移到另一个风景区去了,那么的确是很不妥当的,不知道这是一个政府行为,还是一桩生意买卖,总之,没有了青石板的街道仿佛塌了门楼的宅子一般,一下子没了颜面。

老街上的屋子真的是太破旧了,很多应该是很久没有人居住了,经年的风吹雨晒,让屋子的门窗呈现出一种枯败的色调,有些年头的春联还残存一部分,薄翼似的挂在那儿,仿佛一阵风就能把它吹走。又像燃烧过的灰烬,没了生命的色彩和分量。

还有一些老式的门面,上着一排老式的门板,一看便知是过去做生意的。它们大多也是紧闭着的,靠近底部有着很明显的被屋檐水反复浸湿后的痕迹,像一种光阴的痕迹,清晰刺眼。也有开着的,照例是冷清潦倒的。老街太冷清了,冷清到几乎了无人迹。天气炎热一定是原因之一,但肯定不是根本原因,那些破了门窗、塌了屋顶的房子,还有那长满荒草和苔藓的院落和过道,写满了荒芜与寂寥。

还有老井,那种有着一道道勒痕的老井,静静地待在老街的边上,再往里走几步,是一个大院,大门上有六个大字:巢县柘皋小学,显然是很多年前的制作,十分契合老街的气息。

大汗淋漓地走在空荡荡的老街上,看修缮得很好的房子,看狭窄幽深的小巷,看有些不伦不类的现代装修,看霍然矗立的四层高的楼,渐渐进入一种类似麻木的状态。这样一条老街,需要我们做的事情太多,多到让我的思路有些短路。

经过一个丁字路口的时候,我犹豫了一下,继续往前走,因为我看到了远处有一棵树冠很大的树,再走几步,发现树下坐着一位老者。很近的时候,才明白实际上是有几棵大树连在一起的,老人则坐在最大的一棵树下,对我微微地笑着。估计是见我满头大汗,老人操着方言温和地说:"这大日头,也不戴个草帽?"我说没有想到天会这么热。我问老人家这镇子上的人怎么这么少,是不是也是因为天太热。老人说都出去打工了。我说很多年前我路过柘皋,感觉很繁华啊。老人说,那时候没有高速公路,所有的车都要经过柘皋,车多人也多,热闹得很呢。

聊了一会儿,我和老人告别后折返往回走,走了一段路后回头,见老人正捧起茶壶,轻轻地喝了两口,那场景,像一幅很久之前的画。

又热又累,有些泄气地走着,路过一个弹棉花絮的屋子,见外墙上有"哑巴"字样,想着两个字的含义:真的就是一个哑巴,或者干活时不能说话,像个哑巴一样。

我笑了，此刻的我脑子里很乱，什么话都不想说，也是一个哑巴。

又看到一个掺杂着几种颜色砖的房子，被蛛网一般的电线和荒草缠绕和包围，不远处是一个浴室，不免又拍了几张。这时，一辆面包车缓缓地驶过来，司机是一个黑瘦的中年人，用方言对我说着什么。我没有听清楚，于是他又说了一遍，大意是镇子上这样的老房子很多，又往前一指说，那个也是一家大地主的家。我点着头，和他聊了几句。话语投机，他显得更热心，说我带你去看积善堂，我问在哪里，他说不远，但没有人带你找不到。我说还是我自己去找，但他执意要给我带路，并让我上他的车，我推让了一番，还是上了他的车。

其实也就几步路的距离，我们便在"巢县柘皋小学"门前下了车，然后往里走，他指着学校里面的教学楼说，这里原来是城隍庙，后来就在庙里办了小学，他小的时候就是在庙里读的小学，后来拆了城隍庙盖了大楼。我说那真是太可惜了，一个镇子里有城隍庙的并不多。他说是的，拆脏的了。我明白他的话，"拆脏的了"就是"拆得可惜了"的意思。

教学楼前往右拐，又是一段曲曲弯弯、寂寞得有些过分的巷道。当我站在一个保存完好的古门楼前的时候，感觉自己又穿越了一回。斑驳的墙体，老旧的大门，大门上完整的石头匾额，仿佛一个传奇，深藏于一片民宅之中。"不带你来，你坐飞机也找不到。"这话不假。

不知不觉近两个小时过去了，回合肥还要一个小时的路程，得赶紧动身往回走。路过北闸老街的时候，远远地看见有一些工人正在维修着一座建筑，当年商业最繁华的街道，有李鸿章的当铺，历史悠久，声名在外。虽然不是很长，但值得看的东西一定也不少，一种期待开始在心中滋长起来。

横街的诱惑

对于今天的合肥人来说，横街是陌生的，但如果时光倒流 60 年甚至更久的话，横街可是一个了不得的地方。它可是 1949 年之前正对着县衙门的那条路，南起前大街(今长江中路)，北至后大街(今安庆路)，虽然只有 100 多米的长度，但足够重要、足够繁华。

晚上和父亲聊天的时候聊到横街，我知道老人家当时在市政府工作，而那时候的市政府办公的地点，就是老县衙门。当时的市政府设有文教科，科里有 6 个组，父亲是科员兼文化组组长，虽然说是组长，但行政和业务分别受市委宣传部和分管文化的副市长管，父亲因此还是文联、体育、科普、宗教和园林 5 个部门筹备委员会的秘书，工作繁忙程度可想而知。据父亲回忆，当时他几乎每天晚上都要到市里各电影院、剧院去转上一圈的，晚上回来常常都是 10 点多了，那时他住在市政府的集体宿舍里。

"会在横街吃夜宵吗？"我问。父亲笑着说："很少吃，不过偶尔会在那里吃早点的。"父亲说当时的横街不长也不宽，一条石路最多五六米的样子，因为路两边的人家隔着马路说话很方便。不过那时候路两边可没有什么住家，一个连着一个的都是清一色的饭馆，每家饭馆铺面不大，但都有自己的招牌，低矮的瓦房里整日里飘出的都是诱人的香味，对于路过的每一个人来说，这绝对是一种诱惑。

每天一大早,横街的早点铺就开张了,油条、烧饼、麻圆、糍糕、油香、春卷、包子、狮子头,花色品种特别多,以至于父亲他们吃过食堂的早餐后还会忍不住再出来吃点。20多岁的小伙子,胃口特别好。

"横街为什么有那么多的饭馆?"我问。"衙门口,当差办事、打官司告状的可不都要吃啊?""那他们住哪儿呢?"父亲说:"衙门西边现在省公安厅对面当时有很多小旅馆。"

流动人口多导致横街一带的餐饮住宿业十分繁荣,每天晚上,横街的饭馆生意都特别好,三两个朋友几个菜一壶酒,边吃边聊,煞是放松。"那得花多少钱?"我问。"5角。""什么?5角?"我仿佛要跳了起来。"是5角啊。"父亲笑了,"2角钱的板鸭外加一壶酒,可不就只要5角钱。""难道就不要些其他菜吗?"我又问。"也会点一些拌千张、卤干子、花生米一类的东西,但那些都不值几个钱,你想啊,那时候卤鸡蛋2分钱一个,一包花生米也不过两三分钱。"

"那你那时工资是多少?"我的兴趣点显然有些转移。"包干制十三元五。""只有13.5元?那您怎么够花?""够啊,8元交食堂伙食费,5元给家里,自己留5角,剃个头洗个澡什么的,月底食堂结算后时常还会退几角钱。""那如果下馆子怎么办?"父亲笑了:"一般都是你薛伯伯他们花钱,他是老干部,工资高,一个月三十多元呢。"

我问母亲:"外爹爹(外祖父)不是在县衙门里做过几年事吗?他下班回家可带过什么好吃的东西给你们吗?"母亲说:"没有。""那你们兄弟姐妹会去横街自己买吃的吗?"母亲说:"怎么可以?"看来身为教师的外祖父的家教还是比较严的。停了一会儿,母亲说:"你大外爹爹(外祖父的哥哥)家就住在横街口子。""我知道,三孝口的西北角,我小的时候还去过呢。他家做生意吗?有几进房子啊?""他们家开的是香烟店,不过卖的不是现在的香烟,而是皮烟,放在烟斗里抽的那种。他们家好像是三进,第一进开店,第二三进住人。"时间太久了,母亲的记忆显然有些模糊了。

那横街餐饮一条街什么时候开始没落的呢?父亲说应该是在1953年市政府搬

走以后,道路拓宽了,饭馆却少了许多,1955 年横街和德胜街合并到一起改名为金寨路,人们渐渐就把横街给忘了。

随着一次次改造拓宽,横街那一段就显得更短了,短到可以忽略不计。而那些在横街做餐饮生意的或者转做其他生意,或者在这个城市的其他地方另起炉灶。

说起横街的沧桑变化,父亲很有些感慨,横街和他青春年华的交集,印象是深刻而难忘的。而我小时候看到的那一段路是那么的一本正经,仿佛一个人总是板着个面孔,一点儿都不亲。中间似乎也有那么几年热闹了一番,但那种嘈嘈杂杂的热闹根本算不得好玩,比起父亲记忆里那温暖亲切的老街,差得实在是太多。

对于今天的人们来说,横街的诱惑,只不过是一个遥远的传说,一种再也回不去的生活。

老街，是一种情结

我小的时候，合肥城里的街道大多是狭窄的，类似现在的巷道，我不知道是不是可以称它们为老街，但是最起码在我的内心里，感觉它们是足够陈旧和古老的。

青石板或者碎石子的路面，路边房屋大多是青砖的墙，小瓦的顶，对开的大门，甚至连大门里走出的老人，都让我感受到一种沧桑。

后来，随着城市的改造和发展，一条条老街从我们的身边消失了，取而代之的是宽敞漂亮的柏油马路，整齐气派的现代建筑。真的，很长时间里，我一直认为柏油马路和水泥建筑是漂亮气派的，我没有为那些快速消失的街巷感觉到可惜。

直到有一天，我发现自己已经完全被钢筋混凝土建筑所包围的时候，心里忽然有一种失落和惆怅：我想念老街了。

我想念老街的沧桑韵味，我想念老街的悠闲生活，我想念老街的街坊邻里，我想念老街的温馨记忆。

我想，一定有很多人和我一样，想念着过去一切美好的东西，在他们的心里，老街，和其他一些传统的东西一样，已经成为现代人心里的一种情结。

是的，老街，是一种情结。

因为这种情结，人们将目光转向那些尚未消失的古老的村镇和街巷，呼吁并着手保护它们，因此我们今天还可以看到毛坦厂老街，孔城老街，三河老街和我们庐江的老街。我们可以走在这些古色古香、充满民俗风味的老街上,感受到一种穿越的惊喜,回归的踏实。我们可以在静静体味的同时,回想距离今天久远时光里的那些人和事。

因为这种情结,人们不惜花很多钱,舟车劳顿,跑到很远的地方,为的是能够走一走、看一看,让自己的脚掌在不平整的路面上找回平衡,让自己的目光里充盈着仿佛太过久远的老时光。当然,一定还会有一声轻轻的叹息:其实我们都曾经拥有过的,只是因为我们的轻率和随意,将它们丢弃了。

前几天在报纸上看到一篇图文报道:《到柘皋吃早茶》,让我想起我省一位知名的作家,就曾经驱车几十公里到柘皋,为的就是感受一下古镇的风貌、老街的韵味。当然,早茶是一定要吃的,凉拌干丝、响铃锅巴、鸡蛋锅贴、炒面皮等最有名的"四大件"是一定要品尝的,悠闲地坐着,散散地看着街上来来往往的行人,享受别样的悠闲自在。

让人感到可喜的是,越来越多的人认识到老街的价值,投入人力物力着手进行老街的保护和开发,一批原汁原味的老街焕发出旺盛的生命力和独特的魅力。但不可否认的是,一些人急功近利,目光短浅;一些人好大喜功,贪大求洋;一些人粗制滥造,胡作非为,愣是将一些真古迹变成假文物,将民族的东西变成现代的玩意,将淳朴的乡风民俗变成浓厚的商业买卖,从根本上改变和破坏了老街的风貌和根基,这些都需要我们给予充分的关注,并拿出切实有效的行动。

老街,是一种情结。老街,是我们留住记忆、慰藉乡愁的依靠。保护好老街,用心对待,真心做事,让它重新鲜活生动起来,让它在现代化生活里焕发出它独特的色彩和魅力,时不我待,任重道远。

日　常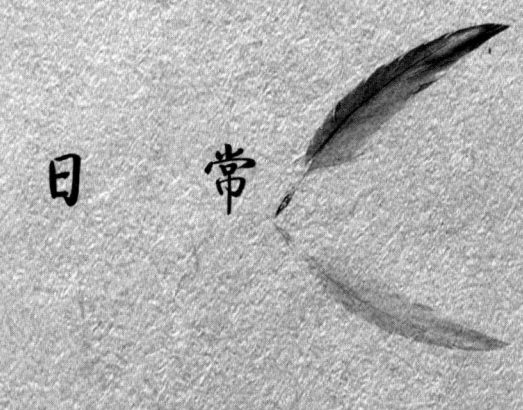

丙申年春节记趣

圆子和那些好吃的菜

春节对于我来说,除了那种万家团圆、朋友相聚的气氛,最大的吸引力,就是圆子。

小时候喜欢吃圆子,因为那是寻常时候吃不到的美味,所以一直盼着,用一年的时间去回味和期待,圆子的种种美好被放大。这么些年过去后,圆子已经成为过年的一种标志和符号,串起记忆和亲情。

我们家每年过年都要炸圆子的,而且只炸一种糯米圆子,小的时候,是父母做,我们围在一旁看,顺便打打下手。大了以后,我和二哥接上手了,父亲就成了技术指导和总指挥。我不是说笑话,炸圆子绝对是一项技术活,从买米、买肉开始,就有很多讲究,至于一锅煮多少米?放多少水和盐?焖多长时间后开锅?盛出来的米晾多长时间为宜?放多少肉糜、多少葱蒜姜、多少酱油?又怎样把它们均匀地混合到一起?怎样做,圆子不散不浸油?等等等等,都是很有讲究的,哪一个环节出了差错,这圆子不是不好吃就是不好看。

后来几个媳妇加入做圆子的队伍,母亲便只管炸圆子这个环节了,再后来,我和二哥也陆续退出了,炸圆子的重任就落到了三嫂和我妻子的身上,侄子、侄女和我儿子则交替着加入其中。

虽然说炸圆子是一件挺烦琐的事情，但年年都是必不可少的，仿佛仪式一般，没有圆子的年算不得真正过年。

我爱吃圆子是出了名的，亲戚朋友家炸圆子也都记着我这个爱好，捎上个二三十个圆子给我，如果说我愿意到谁家吃饭，没准也是惦记着他们家的圆子。记得前些年，我一直乐于到小舅家吃饭，每回都能吃上糯米圆子、挂面圆子和山芋圆子。尤其印象深刻的，是舅妈做的山芋圆子，用料实在，味道正宗，不似外面饭店，混杂了许多糯米面在里面。

今年至少收到吃到五六家的圆子，父母家的，哥哥们家的，老姐家的，虽然都是糯米圆子，但风味还是有所差别的，有的做得讲究，有的做得简单，有的居然还放了辣椒，最让我大呼过瘾的，是巢湖的小朋友特地送过来的圆子。我琢磨了一下好吃的原因，应该是原料新鲜正宗，做法地道传统，没有什么花哨的东西。

要说独特，这两年吃的一种豆腐圆子可算一个。虽说是豆腐圆子，实际上更应该算是肉圆子，因为其中的肉更多。小小的，也不是很圆，和一般意义上的圆子有些距离。不过吃起来的感觉的确不错。关于它的由来，还有一些故事的。

袁余夫妇这些年来一直坚持做的一件事，就是一有机会就在家里招待朋友，当然，肯定是仅限三五个关系很好的朋友。即便是这样，也是很不容易，现如今还愿意在家里请朋友吃饭的可谓稀罕。

最近几年的春节，我们都会去他们家撮一顿，感觉很好，尤其是这两年，宝贝女儿为他们找了一个人有才、家有财的好女婿后，菜肴水平明显又上了一个台阶。其实，我更愿意把"人有才,家有财"说成"人有才,家有菜"，因为才子的家在山区，巨大的山林，绿色的蔬菜和养殖，一年四季高档次的享受，而我们则在每年的春节得以大快朵颐。

除夕前一两天，大山里的那对勤劳善良的老夫妻就会找出各种好吃好喝的东西，把孩子们的车子塞得满满当当。自家酿造的米酒、咸菜、卤菜和圆子等各种各样的熟食,自家养的家畜家禽,自家种的各种蔬菜,自家做的各种豆制品,经过手脚麻利的主妇巧手,一盘盘色香味俱佳的美味被搬上餐桌,我们几位"嘉宾"尽管一边说着好吃一边大口地吃着。卤猪耳皮,卤猪脸,真香!卤猪肚、卤猪心,真不错!卤鸭掌,有味道!白菜烧土豆腐,地道!笋干烧肉,好吃!素炒鸡杂,也好吃!那是什么?土鸡蛋包的蛋饺,味道真好!千张拌那是啥野菜,清爽!我们就像脑子跑直线的憨子一样,不住地夸着,不停地吃着。一直到一锅土鸡汤端上来,才放下筷子,开始回味,到底是原料好,还是手艺精?结论是:原材料不是一般好,主妇的手艺则属于锦上添花。

如今过年已经是一件仪式感甚于实际氛围的事情,因为其穿新的、吃好的基本内涵对人们已经没了多少吸引力,但如果能在过年吃到平时吃不到的稀罕物,无疑还是能够让我们多出一些惊喜,让总是如此的日子多出一些欣喜和期盼的,圆子和那些好吃的菜无疑就是这样的稀罕物。

玩玩红包新花样

如今微信群的一项最重要内容,就是发红包抢红包。一人发起,众人响应、参与,热热闹闹地忙乎个几十分钟到几个小时,抢到的兴高采烈,没有抢到的捶胸顿足,各种各样的表情着实让人忍俊不禁。

这两年被拉进不少的群,一般都属于潜水,不作声自然也就不参与抢红包。当然也有例外,一两个文友的小圈子,人都熟,空闲的时候聊聊天抢抢红包,碰到大家兴致高又都有时间,一晚上发100多个红包也是有的。

年前一直上班,许多事情都压到了除夕这一天,上午要看望老泰山,中午一大家子聚在一起吃年饭,可以利用的只有早晨和下午的时间。收拾房间,整理图书,打扫卫生,等等,忙得我是脚不沾地。晚上七点之后,总算清净了下来。

吃过晚饭,各个群里转转,抢了几个红包后,想着咱也发一个,不过既然是除夕之夜发红包,咱就来他一个不一样的,十多个人,一人一个6.68元,取"路路发"之意,图个吉利。顺手又敲了四个字:发稿,发财。某文友见了,跟了四个字:发福,发胖。弄得一群人哈哈大笑。

这时候,外甥女发来微信,打开一看,居然是红包,点开红包:9.99元上面一行字,某某给你拜年,下面四个字,好运长久,让人感觉特别温馨有趣。我想我也给她发一个吧,可我不会发这样的红包啊,看来只有定向给她发一个了。可当我点击红包键的时候,发现多了一项"拜年红包"选项,点击,居然是金额随机,于是开始实验,给儿子发。第一个:1.23元,一块钱买希望;第二个:6.66元,愿一路都有好风景;第三个:2.88元,花开富贵;第四个又是6.66元;第五个又是2.88元;第六个终于又出来个新的:0.99元,所有新年愿望都实现。一口气发了六个之后,我忽然发现,虽然是随机确定金额,但可以放弃,也就是说,你可以一直选,直到选到你中意的那个数目。

居然很开心,赶紧选了个6.66元,"愿一路都有好风景",再选,6.68元,"福星高照哟",两个红包发过去之后,我有些自得:"哈!我也会发拜年红包了(一个笑脸)"。那丫头立马回了一句:"你还不知道能放自己的照片吧(一连串笑脸)"。我无语:"不会,再学。"尽管这么说,但还是没有自学成功,今天上午,她过来给老人家拜年,我现场请教,这丫头摆弄一会儿后说:"你微信没有升级吧?"我那个郁闷啊!我,马上升级……

原来生活可以更美的

初一中午又是一大家子大聚会,吃过喝过,向两位老人家说着祝福的话儿、敬过酒之后,过年最隆重的两场大聚餐也就结束了。回到自己的小家,倒头便睡,几天没有睡好,趁着酒劲好好睡它一觉。

两个多小时后醒来,和妻子商量着晚上做几样素菜吃,大鱼大肉的吃得有些腻了。妻子答应着,到厨房里洗菜做饭,我则在旁边的水池旁,一边擦洗着水瓶一边和她聊着天。

妻子的兴致很好,家里家外的大事小事,一件接着一件,说得有滋有味。难得今天清闲,也就随她尽兴地说着。忽然,妻子一声"糟了"吸引了我的注意力,循声望去,只见她正急急忙忙地把米从电饭锅外膛里往外扒,原来她只顾着说话了,将本来应该放进一旁内锅里的小半杯米倒在了外膛里。手忙脚乱地把看得见的米粒全部弄出来之后,妻子搬起电饭煲晃了晃,一阵哗啦啦的响声,麻烦了,米粒都从中间电热槽口掉到里面去了。

见此情景,我赶忙叫出正在上网的儿子,让他帮着妈妈把米粒弄出来,自己则继续擦洗我的水瓶。母子俩查看分析一番后,决定把电饭煲的外壳下掉,可当他们费了老大的劲下了六颗螺丝以后,发现这外壳还是下不掉。我一面把擦洗好的水瓶放回原位,一面让儿子把电饭煲搬到客厅大桌子上去,看来这活还得我亲自动手了。

长期放在厨房里,看上去很干净的电饭煲难免有些油渍,我拿来抹布和洗洁精,决定先把它擦干净了再说,油腻腻的没办法下手。我一边擦着电饭煲,一边打量着它那有些奇怪的外形,发现这玩意已经颠覆了传统电饭煲的特征,还弄个提手,像极了曾经风靡一时的手提式音响。

摆好架势像模像样地摆弄一番后,我发现,这外壳似乎还真是下不来,怎么办?大过节的,万一使蛮劲弄坏了多不合适,还是想其他办法吧。妻子换了一个锅煮上饭后出来说,我把说明书拿给你,看看可有售后电话什么的。16开20页纸的说明书可谓详尽,但看来看去,就是没有说米粒掉进电饭煲里面怎么办?没办法,只有打售后服务电话了。

一个一个数字仔细地拨过去,但话务忙,提醒转微信报修,可我只是想咨询一下,不是报修啊,于是选择等待。结果一次次等来的都是"话务忙",郁闷,别是没人啊,大过年的,没有人值班也可以理解,不用总是拿"话务忙"来搪塞我呀。我不甘心,又继续等待,等来的依然是"话务忙"。没办法,只有放弃,看来只有靠自己想办法了。

放下手机,搬起电饭煲晃了晃,"哗哗!"再晃,"哗哗,哗哗,哗哗哗!"那声音像极了手机摇一摇时的声音,正琢磨着,忽然发现桌子上有两粒米,再看地上,也有那么几粒。嗨!太好了,这晃一晃之后,居然能将米粒晃下来。我有些夸张地大呼小叫着,手上晃得更起劲了。

"哗哗,哗哗,哗哗哗!"一边晃着一边想着最开始玩微信加好友时,都是用摇一摇的,哗哗哗哗一阵子后,一个好友就加上了。

"哗哗,哗哗,哗哗哗!"一边晃着一边又想起了去年和今年的央视《春晚》,大家拿着手机痴痴地摇上一个晚上的情形,那阵势,绝对是可以载入史册的。

"哗哗,哗哗,哗哗哗!"晃着晃着,仿佛感觉自己手里拿着的,就是一个大手机,而摇出来的,不是一粒粒的米,分明就是一块块硬币。随着桌面上米粒的增多,我的成就感越来越大,仿佛真的拥有了一堆可观的硬币。

"哗哗,哗哗,哗哗哗!"拿出摇手机的节奏和劲头之后,身上变得热乎乎的,仿佛正在进行的是一场健身运动。儿子见我很在状态,拿出手机,横拍竖拍,左拍右拍,一时间一家人变得其乐融融。

终于,哗哗的声音越来越小了。终于,一点也听不到了。没有了吗?没有了。放下电饭锅,我松了口气:真好,要是没有这个有些奇怪的电饭煲,这个略显寂寞的下午该少了多少乐趣啊。如果没有那"话务忙",我们怎么可能会有这么长时间的全身运动。

看来,关键不在于生活给了我们什么,而是在于我们怎样去面对生活,比如今天,晃一晃、摇一摇之后,我的幸福指数明显地上去了。有句话怎么说来着?哦对:掌握核心科技,原来生活可以更美的。

我四哥是最漂亮的

大年初一,家家户户都应该是热热闹闹的,我们家尤其如此。早些年,我们兄弟四个加上小舅一家,一大桌子根本坐不下。由于我们家世居合肥,亲戚朋友特别多,我父亲兄弟姐妹七个,子侄辈三十来个,加上媳妇女婿和第三代,绝对阵容庞大。过年的时候,一房头来几个代表,就会热闹好一阵子,更何况还有母亲家族的和其他的亲戚呢。因此,初一这一天,家里一定是门庭若市、热闹非凡的。

最近几年,父亲几位哥哥姐姐们陆续去世后,现在就只有两个妹妹健在,而且都在外地,见面机会很少。谁会料到二姑妈今年会亲自上门来给我父亲拜年呢,她老人家去年可是连续动过两次大手术啊,从前前后后表哥表姐审慎的态度里,我明白,一定是老人家执意要来。

早上,接到表哥电话后,我立马向父母亲做了汇报,并通报了姑妈目前的身体状况,好让他们有个心理准备。与此同时,赶紧收拾一切,赶到父母的住处。一会儿工夫,电话来了,老人家已到小区,我赶紧下楼迎接,见着表哥,来不及寒暄,赶忙交换信息,了解到姑妈才做过手术,不宜说太多的话。正说着,老人家已走到跟前,我紧走几步迎上前去。老人家瘦了,但精神不错,她用一种有些提防的眼神看着我:"你是谁啊,我不认识你。"我连忙做着自我介绍,但老人家还是没有想起来,于是她问:"你叫我什么?"我说:"大大(dada)啊。"她一听,立马笑了:"对,大大,你一叫大大,我就知道你是谁了。"

老人家上楼的时候,真可谓前呼后拥,看得出大家多少有些担心。老人家却没事人似的,一边气喘吁吁地爬着楼,一边问着我父母的情况。到了三楼半的时候,抬头看到她的四哥正在家门口等着她,便停住脚步说:"四哥你来拉我,不然我就不上去。"我父亲笑了,走下来,拉起她的手,带着她走上楼梯,走进家门,大家都笑着跟了进去。

和我母亲见过面后,老人家便坐在我父亲母亲中间,说着"大大"的由来:"我就不喜欢人家姑妈姑妈地叫着,难听死了,十几个(侄子)都叫大大,叫大大我就高兴。"我是知道这个故事的,1949年后,在姑妈她们这些新青年的心目中,什么都想追求进步,喜欢标新立异。于是,大姑妈叫"娘娘(读轻声)",二姑妈叫"大大"。

说笑一番后,姑妈仔细打量了我老父亲一会儿后说:"怎么变丑了?"我连忙插话说:"虚岁都八十八了,(面容)肯定是有变化的。"姑妈似乎根本没有听见我的话,似乎有些自言自语般地接着说:"我四哥年轻的时候长得真漂亮,那个脸盘长得太漂亮了。有时候,我四哥带我出去,对别人说'这是我妹妹'的时候,我不知道有多高兴。"说到这,姑妈的脸上露出少女般的喜悦和羞涩,让我感觉既诧异又感动,在姑妈的心中,她的四哥永远都是60多年前那个儒雅潇洒,春风得意的模样,能够跟在四哥的后面一定是她心中最开心的事情。

敏一边笑着一边把我向姑妈面前推了推,问姑妈:"你看政屏和四爷(我们一直按照合肥人的叫法称呼父亲)哪个漂亮?"姑妈毫不迟疑地快速答道:"当然是我四哥。"又指了指我说:"他长得也好看,但比我四哥还差一点。"见我们都笑得很开心,她也笑了,满脸的自信和幸福。

我注意到,从楼梯口见面开始,姑妈和我父亲的手一直拉在一起,只见她翻看、抚摸着我父亲的手,颇有些失落地说:"怎么这么大,肯定是做事做的。"又说:"我四哥当年的十指尖尖的,可好看了。"听到这儿,我突然觉得心里有些堵,岁月的风霜,将当年那个俊秀少年磨砺、打造成一个顶天立地的汉子。如今,他老了,不复当年的容颜和风采,岁月真是让人有太多的叹息和无奈。可是尽管如此,在他妹妹心里,她最漂亮的四哥的模样,依然是那样清晰难忘,而对于眼前这位鹤发童颜、精神矍铄的老者,她反而感觉陌生,表现出相当大的排斥。

三位老人聊了好一会后,姑妈要走了,站起身来,老人家再次说起那句著名的:"我四哥是最漂亮的。"然后在一大家子愉快的笑声中向楼下走去……

母亲住院纪事

2016年5月14日　周六

母亲住院了。

早晨，当救护车将母亲送到医院后，我就意识到，这次肯定是要住一段时间，没有个三五天是不行的，到了医院之后，我发现事情远没有那么简单。

母亲是周三的晚上开始感觉不舒服的，早晨感觉头有些晕，两边太阳穴抹了些清凉油也不管用，中午没有睡好，下午症状加重，量了血压，低压80多，高压180多，吃了一片尼群地平后，没有明显好转、晚餐后，把碗刷了，感觉症状加重，躺下后，含了硝酸甘油，还是没有缓解的迹象。

父亲见状，有些着急，想打电话给我们，但母亲不让，她从来都是不到万不得已，不愿意打扰我，她认为我事多，能不找我尽量不找。但父亲坚持要打电话，她最终还是同意了。

接到父亲的电话，我一边让儿子联系他妈妈，一边赶紧穿衣下楼，一路小跑到父母的楼下，再一路小跑上楼，进家门时，不免有些气喘吁吁。

母亲躺在北屋的躺椅上，神态有些萎靡，但神志清醒，我问了基本情况，对母亲的状况有个大致了解。我一面宽慰着母亲，陪她聊聊闲话，一面密切关注她的情况。不一会儿，母亲手开始抖了起来，这让我有些紧张，母亲也有些着急，很艰难地起身来到客厅。这时我才意识到母亲可能是着凉了。这几天忽冷忽热，母亲不愿意把洗好收好的衣服被子再拿出来，仅把手边的衣服套上。

这时候，敏和儿子先后匆匆赶到，我们一会儿埋怨，一会儿安慰，弄得母亲哭笑不得，情绪明显放松多了，手基本上不抖了，血压也有所回落。

看到母亲状态有些好转，我们也安心了一点，离开的时候嘱咐两位老人家若有问题随时打我们的电话。

第二天上午，敏去给老人家量了血压，还是偏高，傍晚和晚上，我们又去了两趟，感觉还是不稳定，老人家的情绪又有些低落。我的心更加不安起来。

周五的早晨，上班的路上，敏打开电话，说母亲的腰从昨晚开始疼，不能动了，血压也是居高不下。我赶紧掉头往家里走去。

母亲被救护车送达中医院急诊室后，先后有几位医生过来查看，其中有敏专门请来的专家。血压高是确定的，腰椎骨折却是出乎我的意料。怎么可能？没有摔倒过啊？我很不理解。医生笑了，没有摔倒一样会造成骨折，年纪大了，骨质疏松。

一番折腾之后，母亲做了核磁共振检查，结果很快出来了，两位主任医师意见不尽相同，一位说没有骨折，一位说老伤部位轻微骨裂（母亲曾两次腰椎骨折），不过腰部炎症是肯定有的。住院是必需的，4个人分头行动，终于在中午12点之前让母亲住进了病房。

父亲没有随车到医院，在家里坐立不安，一会儿打一个电话，他听力不行，沟通不畅，自然更加着急，差一点就打车过来了。我一面安抚他一面赶紧打车回去，说明一切，并征求他意见，是否办个陪护，住在一起，既能照顾母亲，又省得我们两头牵挂。父亲一口答应，马上开始准备东西，由于需要带靠椅式坐便器，我找来朋友的大车，敏陪父亲打车先走，我和儿子带着一堆东西坐朋友的车去医院。

住的是套间，两张床，带去的东西一摆上，马上就有了家的感觉。未来的一段时间里，这里将是我们生活的中心。母亲这么一住院，一切都改变了。

2016年5月15日　周日

母亲实在是太虚弱了。

傍晚到医院,妻子说母亲已经4天没有大解了,昨天开始喝番泻叶,下午打了两支开塞露,到现在还是一点动静没有。血压又上来了,或者就是因为这个问题。老父亲也很着急,总在说,平时不这样啊。母亲更急,不愿意吃晚饭,4个人就这么等着。

又过了一会儿,母亲说还是灌肠吧。其实之前我们也讨论过,因为医生有这样的建议,在他们看来,4天不大解是个挺严重的问题。但在我们似乎已经习惯了。从一个很严重的问题变成一个常态化的问题,我们经历了太多。

我们很清楚,吃得少,活动量小,尤其是年老气虚,是问题的关键,但是没办法,母亲已经很长时间腿脚不利索了,去年9月大腿骨折之后,已经彻底离不开4腿拐杖了,尽管老人一直努力在走动在做家务,活动量还是不大,因为没有胃口,因为总是谦让,不愿意自己吃得太多,母亲的饮食也是有限的,这种情况下,大解困难是自然的。

母亲说要灌肠,我们就不犹豫了,找了医生,决定灌肠。护士很细心,将生理盐水温热,然后到病房为母亲灌肠。一瓶500毫升的生理盐水往母亲的身体里灌着,很顺利,母亲居然一点反应也没有,快到400毫升的时候,有些外溢了,才抽出管子,嘱咐母亲尽量多躺一会儿。母亲躺了一会儿,要下床。几个人费了老大的劲,把她扶下床,也没有任何反应,只好再上床。

母亲的腰椎这次没来由地损伤以后,痛感强烈,行动大受影响,翻身、上下床等都很困难。待母亲躺好以后,我们和医生讨论,为什么会出现这种情况,结论是吃得少,没有吃多少纤维食品,造成她没有多少大便。心情由此释然。

8点多了,妻子已经在病房待了6个多小时,我劝她回去休息,明天还有很多的事呢。我到得迟,多待一会儿,我把妻子热的两个包子吃了,也就够了。

又过了一会儿,母亲说想下来,我一阵欣喜,赶紧扶她下床,坐定后很快就有响动,之后便再也没有了,父亲查看之后,发现只是灌进去的水出来了,大便依然没有踪影。大家全都泄了劲,看来就是没有。母亲此时放松了下来,并在我的建议下,吃了药喝了水,安静地躺着。在我的内心,还是感觉会有情况的,决定再待一会儿,不然真有什么动静,老父亲一个人招架不了。

又是半个多小时过去了,父亲开始催我回去,我说再等一会儿,我回去也没有什么事,在这里用手机写东西,也不着急。父亲对于我能用手机写东西很是稀奇,问了一些问题,感叹自己搞不懂这些新玩意了,言语之间,颇有些失落。

其实父亲已经很厉害了,87岁高龄,身体硬朗,神志清醒,看上去根本不像一位耄耋老者,如果没有他老人家撑着,母亲这一病,我们还不知道要多跑多少路,多费多少时间。

此次住院,母亲明显有些泄气了,这么多年,老人家一直这么顽强地撑着,太不容易。当一个人衰弱到排便都很困难的时候,的确感觉很不好。看着母亲这种状态,心里真不是滋味,人生的无奈和残酷,真是谁也躲不了、谁都必须面对的一件事,而这种面对,的确是太折磨人了。

2016年5月16日 周一

周一正常上班,心里不时惦记医院里的父母。敏一早打电话说,她下了点面条,放了麻油,给母亲送过去。后来通话中又告诉我,她慢慢喂给母亲,老人家吃了不少,这个消息让我稍感欣慰。还有就是母亲昨天夜里终于大解,虽然不是很多,但说明肠道是通畅的。对于卧病在床的老人来说,这一点真是太重要了。

上午是爱纯值的班,虽然已经是27岁的人了,但在我眼中,他依然是个孩子。有的时候,我也是有意识地让他做一些事情,给他锻炼的机会。毕竟,以后一切都要倚重他。

下午3点多,忽然接到父亲的电话,语气有些焦虑和生气。父亲说他找医生了,住院都4天了,血压还没有降下来,腰还疼得厉害,这样下去不行,要么考虑换到骨科去,要么转到其他医院去。我暗自说了声"坏了",因为我知道父亲的脾气,他一定是看着母亲痛苦的样子心疼,所以才向医生发脾气的。正当我开动脑筋想着怎样劝说父亲的时候,就听得父亲说:哦,小敏来了。一听到妻子那笑吟吟的话语,我的心也就放下了。

5点钟下班,又是乘坐穿过市中心的交通车,45分钟后在医院附近下车,到达病房,感受到的是一片祥和。三嫂正在为母亲擦着身子,敏里里外外地走着,仿佛很多事要她做的样子,父亲坐在外间,平和安静。敏悄声说,母亲心情不好,胃口也差,中午不愿意吃饭,血压又不稳定,父亲急了,说了医生。大夫吓坏了,赶紧给敏打电话,她接到电话后急忙往医院赶。现在好了,母亲的血压已经降下来了,敏到了以后又想办法让母亲吃了些点心、喝了些水,晚餐也吃了一个烧卖。

我很正式地夸了敏,然后一起去食堂买了两个花卷,作为我今天的晚餐。路上我们聊了一些关于老人的话题,不同的老人带给子女的烦恼不尽相同,相比之下,我们还是幸运的。最起码父母头脑清楚,心中明白,理解我们,心疼我们,理性的时候多于感性的时候。

吃过饭擦洗后的母亲很安静地躺在床上,心情似乎也好了许多,我坐在床头的沙发上,和她聊着闲话。父亲过来后,两人私语就变成了三人聊天,因为父亲的听力不好,我将声音提得很高。没有主题,没有规律,想到什么就聊什么,感觉很是轻松。

也聊到母亲的身体,说她不愿意多吃一些有营养、补钙的食物,不愿多喝一些牛奶、果汁,母亲虽然也做了一些辩解,但显然还是接受了我们的意见。说到钙片,母亲笑了,说父亲非要她整粒咽下去的,"可钙片那么大,我怎么能咽得下去呢?",我也笑了:"钙片是要嚼碎后再咽下去,你们不是知道的吗?"母亲笑着说忘了,父亲也笑,说不知道,他一直都是整粒咽下去的。

说到吃,母亲说她整天躺在床上,吃东西下不去,所以胃口不好。我说试试看能不能把床摇起来一点,父亲连忙阻拦,说母亲的腰会痛的,我说我们试试。于是我半圈半圈地一边摇一边问着母亲的感受,居然一直不痛,真是不错。

半躺的母亲心情又好了一些,躺着喝了半杯水,现在吃药又喝了一些,中间又吃了几片苹果。我对母亲说,只要平时多吃一点、多喝一点,身体一定会好起来的。母亲点了点头,脸上充满了笑意,父亲坐在一旁,也是笑嘻嘻的。

4天来,两位老人家还是第一次这么放松。

2016年5月17日　周二

每天都有新情况。

今天母亲的状况有些好转,下午接连吃了饼干、半个馒头和一些水饺(大嫂送的),7点的时候,忽然觉得堵得厉害,连续艰难地打嗝,敏见状赶紧在一旁帮着按摩心口,我到达病房后则辅助母亲活动右胳膊,据我的经验,应该可以促进气息通畅。

十几分钟后,随着嗝气越来越少,母亲的脸色逐步正常,也觉得舒服多了。

其实我今天到达病房的时间比较早,在吃父母亲吃剩下的大馍和稀饭的时候,我有些奇怪,仅一份晚餐,即便是加上大嫂送的水饺,也还是不对劲。敏说,父亲只吃了几个饺子,便没有再吃其他东西,原因是老人家两天没有大解了。

父亲的生活是极有规律的,在家里的时候,什么时候做什么事,都是一定的。这几天在医院,很多事情不用做了,活动范围也小了不少,再加上为母亲的病情焦心,出现一些状况也不算意外。但父亲可不能有任何问题,老人家可是家里,特别是母亲的主心骨。于是我和父亲商量,晚上我在医院,他回家睡觉。父亲说不用,他在医院里照顾母亲也方便一些。我说,那我陪您到西边的大卖场去转转可好?父亲很爽快地回答:好啊。

我陪着父亲乘电梯下楼,从大楼侧门出去,然后从医院西门出去,过一条不宽的路后,再走一段就进入了大卖场。年纪大了以后,除了家门口的超市,父亲很少去大商场大超市。因此,进入卖场之后,父亲多少有些晕头转向,同时也生发出很多感慨。

我小心陪护着父亲,在他不注意的时候干脆就扶着他的胳膊,尽量避免老人家反感。父亲一向是以强者形象示人的,对于过分的关心与呵护是极为反感的。

转了一会儿,父亲便要回去。在病房,老两口在一起说起他们曾经逛过这家卖场,只不过那一次是从前门进去的。说到他们这两天连续出现的身体上的不适,父亲说,其实都是因为年纪大了,气不足。接着,自然是一番叹息。

我在一旁也是暗暗叹息:这真是没有办法的事情,人总是要老的,老了身体机能就会下降,就会有这样那样的毛病,我们能够做的,就是尽力给老人以帮助与呵护,尽力减少衰老给老人带来的影响,让老人的晚年多一些舒适、安逸,少一些辛苦、病痛。

对老人好一些,对自己好一些,既是本能,也是责任,而且两者之间并不矛盾,到了一定岁数,你会发现,心安是一件很重要的事情。

2016年5月18日　周三

母亲此次住院,主要有三个问题,血压不稳定,腰部骨裂或骨折,便秘。现在,血压趋于平稳,腰部依然疼痛明显,便秘没有解决。老两口的情绪因此变得有些不稳定。昨天下午我去医院的时候,两个人情绪还算不错,对于我出去应酬这件事并无反感,但今天上午再去,感觉就有些不对劲了。

昨天晚上,母亲吐了,应该是由于镇痛药的副作用,食欲不好,打嗝等也都是属于药物反应。医生说老太太属于敏感体质,而有些人则一点反应也没有。

敏一早就去了,父母为有人在护理上的不用心颇不开心,我与敏一起劝慰着。对老人敏比我要更耐心,这一点很了不起。

在如何对待老人这件事上,可以看出不少问题,前几天写了一则微博,说的就是我在这方面的感受,"老人的事是大事"不仅仅是一句话,它包括许许多多很具体的事情,而且往往都是一些小事情。如果你不去想不去做,那么它们就会变成一些大事情,让你吃惊、懊悔。这里面有品行和良心问题,也有责任和能力问题。准确说,一切都不是做给谁看的,一切都是为了自己心安,为了自己以后想起来少一些后悔。

2016 年 5 月 23 日　周一

19 日下午下班依旧是直接去的医院。

交通车因故晚开 20 分钟,到达医院的时候已过 6 点,二哥在病房陪着母亲说话,我拿了饭卡去餐厅,馒头什么的都收了,其他所谓个性餐我又不感兴趣,于是出去买,走了好一段路,1 元钱买了 2 个小馒头,边走边吃,到病房基本吃完了。父亲问我到哪里去了,这么久? 我正解释,二哥说,老人家已经去餐厅找了一遍了。老人家有些尴尬,讪讪地说,我也不是专门去的,下楼散步,顺便看看。

最近事多,只好晚上约朋友到医院讨论一个方案,父亲有些接受不了,言辞逐渐生硬。年纪大了,适应和耐受能力都降低了,这应该也是一种衰老的表现。

20 日几乎是下了一天的雨,下午去经开区华仑书店做一个少儿演讲比赛的评委,结束的时候不到 5 点,等了许久,才上 901 车,公交车一路走走停停,一车人昏昏欲睡,我看了一会儿手机后开始看书,中途以为到了,赶紧到后门,座位没了还差点把伞丢了,如此磨磨蹭蹭,7 时许才到病房。

母亲缓慢好转中,两位老人家商量买一个多功能的床,征求我意见,我自然是同意的,立刻打电话给爱纯,让他到网上搜一搜。年纪大了,一切以方便实用为主,这个思路是对的。

8 时许,与敏一起离开,雨还在下,又是等了很久的公交车。

21 日,周六,一大早就被敏的电话叫醒,她有些情绪激动地说,父亲刚才给她打电话,说母亲昨天晚上睡不着,找医生要了一片安眠药,今天早晨小便又解不下来,让她去看看怎么回事。敏很是无奈,说小便解不下来你找医生啊,我正在买鱼做好了给你们送过去,三哥呢,昨晚不是说好了今天一大早就让三哥或三嫂过去吗?

敏说了一大通后,情绪平静下来,说要不你先去医院看看。我应承下来之后,给三哥打电话,让他先过去,我随后就到。

等我到达病房的时候,三哥已经到了,正陪母亲说着话,母亲的小便也解了。我们一边一个陪母亲说着话,尽量不让母亲睡。整天躺在床上,本来瞌睡就少,白天再睡,晚上肯定睡不着了。

11点半左右,敏到了,她烧了鱼和丝瓜蛋汤,喂母亲吃了一些。我在病房吃了饭后,便先走了,回家补了一觉。下午三嫂、爱闻、爱纯均去了医院。

22日忙碌一天,竟然没有去成医院。

头天晚上写有关杨绛作品版本的文字,睡迟了,起来后收拾一切,约了朋友谈事情,因为比较复杂,耽搁了不少时间。下午近3点到家,吃过水饺又打车去图书城开会,需要解决的问题终于搞定。散会后回家,3个人打车去酒店,参加文友女儿的婚礼。之后又是一些应酬,直至深夜。

医院那边,敏从早晨到中午,侍候老人吃完中午饭后才回家。原先和三哥说好让他下午顶一下,谁知他打电话给母亲,问他下午要不要过去,母亲自然说不要,于是,下午就没有人陪伴两位老人家了。

23日一早,敏就下了面条送到医院,头一天晚上的喜糖、点心也都带了过去。只要有点好吃的或者新奇的东西,都想着给老人家们带一点,敏做到这点很不容易。

写在这个不寻常的父亲节

父亲节前夕,我问父亲,是给他买鞋子还是买衬衣,父亲说鞋子衬衣都很多,不要买。父亲是很有主见的人,他如果说不要做的事情,你硬是去做了,那结果会是很糟糕的。因此我觉得还是听从老人家的意思。敏比我会变通,不让买穿的,就买吃的喝的,盒装酸奶什么的弄了一大堆送了过去。

去年9月底,母亲严重骨折后,父亲的生活发生了很大变化。尽管奇迹再一次发生,母亲历经种种磨难,重新站了起来,甚至借助助步器可以做几乎所有的家务了,但毕竟比以前要困难许多,父亲从以前只负责采买到后来烧煮洗叠样样都来,家务量比以前要大上很多。

母亲身体好的时候,父亲是不问一日三餐的,采买之外的所有的活,都是母亲去做,几十年来一直是如此。但是一旦母亲病了,躺下了,父亲立马就会变了一个人似的,承担起家里所有的家务,尽管没有母亲那么专业到位,但应付一切还是没有问题的。

父母亲不愿意请人帮忙,生活又不愿意太凑合,吃的方面倒不是太讲究,但爱干净,追求一尘不染,而这,是很辛苦的一件事。

5月份,母亲又一次意外卧床,父亲陪住在医院,日夜照顾母亲,同时很正式地告诫我,不允许我在网络上透露一丝消息。老人家的心思我是明白的,不愿意惊动亲友们,但他的态度实在是让人有些不能接受。因此我私下难免在母亲面前"抱怨"几句:当领导当惯了,从来是说一不二,而且上纲上线,喜欢翻旧账,一说就是哪次哪次因为你的微博微信,搞得大家都到医院来探望,好像我犯了多大的错。母亲笑,他就是这样的人,总是端着,不喜欢麻烦人。这么多年了,我早习惯这些了。

母亲的病情复杂,临床控制很不容易,恢复起来更是很难,父亲为此焦虑不安,情绪也变得敏感易怒,弄得我们兄弟很是惶恐。

母亲很理解、心疼父亲,她老人家总是在说,这么受罪,真是不想活了,但我不在了,谁给你爸爸做饭呢?

父亲有一天和我闲聊的时候说,他去年9月底到现在(5月中旬),体重瘦了10来斤。这让我大吃一惊,仔细观察一下,父亲脸部瘦得并不是太明显,但身体的确是消瘦了不少。我的心一下子很难受。

为父亲感到心痛,这似乎是第一次。因为在我的心中,父亲一直是很强大的,是一个顶天立地的汉子。虽然我也清楚父亲和母亲一样在一天天地老去,并尽力给他们以照料,但是我显然是将更多的注意力放在了母亲身上。

父亲已经87岁了,如此的高龄,之所以会被我们淡化和忽视,是因为我们一贯的思维定式和他老人家超常的身体状况。有时候我会忽然意识到,父亲居然是奔九的人了。

母亲住院后,只要没有特别的事情,我每天都会到医院去看望、陪伴她。老人家出院后,更是坚持每天下午下班后直接去父母家里,陪老人家聊聊天,做一些小事情,喂母亲吃饭。即便是有应酬,也会先回家探望,然后再去。哥哥嫂子们也会来帮忙照顾,近期排了班之后,大家都是按照固定的时间到父母家里打理一切。当然,其余时间,都还是要倚仗敏跑上跑下的,敏采买,问医,做菜,做3个全天4个下午的"总值班"。

可喜的是,一个月之后,母亲身体状况大为改观,血压正常了,吃饭有胃口了,大小便正常了,可以自主翻身,可以将床摇起来一些了,甚至还可以尝试着下床大解和洗脚了。

母亲好起来了,父亲自然要轻松一些,但老人家还是感觉心里乱,不能静下来看书、写字,年初开始的家族资料的整理也因此被耽搁下来。

我们兄弟平日去父母家,主要做的事情是烧煮洗刷和家里的卫生,照料母亲的主要还是父亲。父亲是个清爽的人,总是把母亲照顾得干干净净,每次母亲吃完东西,父亲会搓一个热毛巾,为母亲擦拭脸和手,那细致温柔的场面,一次次打动着我。

一个多月来,我和敏也时常交流,如何对待老人,如何让老人感觉更好一些,如何让自己感觉心安。通过交流,我们更明白自己今后应该怎么去做。那就是尽量多一些的陪伴,尽量多一些的分担,不为别的,只为我们面前的这两位老人,他们是如此值得我们敬重,他们是我们人生的榜样,是我们引以为傲的亲爱的老爸老妈。

完 伯 伯

　　从第一次见到他,我就叫他完伯伯,尽管他后来将自己的名字从完艺舟改为完颜艺舟,我对他的称呼一直没有改变过:完伯伯。

　　6月20日上午,我刚刚上班没多久,卧病在床的母亲打来电话:赶紧回来,你完伯伯去世了。我真是大吃一惊,连忙问母亲是什么时候的事情,母亲说是昨天晚上8点40分,是完伯伯的长子早晨打电话来报丧的。

　　按照完伯伯自己的说法,他实际是1919年出生的,今年应该是97岁了,早些时候,完颜海瑞老师(完伯伯的侄子)还在和我说,明年准备按照传统的习惯,为老人家做一百岁,没想到未能等到那一天。

　　回到家,安排好一切后,即冒雨陪同父亲去完府吊唁。海燕哥说起完伯伯临终时的情况:住院有些日子了,但没有什么大毛病,最后基本上属于无疾而终。

　　面对完伯伯的遗像,我心里很难过,多么和蔼可亲的一位长者,曾经给予我那么多温暖如春的关爱。在我的心里,他的学术成就和身份似乎都淡化了,他就是一位亲切随和的邻家大伯,我父亲的好兄长,我的好伯伯。

　　下午查了一下网上资料,对于完伯伯的生平有了一个比较全面的了解,早年从事美术工作,后从事戏剧编创工作。先后任省文化局剧目研究室编剧、安徽省出版局《演唱》主编、安徽省文学艺术研究所副所长、大型理论期刊《艺谭》和《通俗文学》杂志主编,曾任中国戏剧家协会会员、中国书法家协会会员、中国戏曲学会常务理事、中国戏剧家协会安徽分会副主席、中国书法家协会安徽分会常务理事、安徽省通俗文学研究会会长。主要戏剧作品有《拾棉花》、《打干棒》、《三跷寒桥》、《杨八姐》、《两面红旗》、《大别山上》(合作)和《武阳山下》等,电影文学剧本《牛郎织女》(合作)、《寇准背靴》(合作),创作有长篇历史小说《努尔哈赤全传》(《神鹰》《神剑》《神火》)(合作),以及专著《从拉魂腔到泗州戏》《鸡零狗碎集》《凤舟小笺》《艺海拾零》《风雨历程》《完艺舟剧作选》等。主编有《中国戏曲志·安徽卷》《中国曲艺志·安徽卷》。其书法作品入选多种合集及多处碑林。

完伯伯的形象由此变得立体而丰满,一位多面手,一位文化大家。

我初见完伯伯是 1976 年前后,那时他还在出版局工作,有两件事给我印象很深。一件事是他的忧国忧民、愤愤不平,一件是他的处事不惊、从容洒脱。

1976 年是"文革"最黑暗的时期,也是民意即将喷薄而出的前夜,完伯伯和我父亲关紧门窗,小屋密谈的情形给我很深的印象,小小的心灵里有些害怕,也感觉刺激,觉得他们仿佛电影上那些地下工作者一般。

那时候父亲和完伯伯聊得最多的是国家的大事,小道消息,个人见解,有时神神秘秘,有时慷慨激昂。1 月 8 日周恩来总理去世后,百姓的怒火被点燃了,完伯伯旗帜鲜明地表明了自己的观点。记得很清楚,某夜,他指着出版局大门两旁 8 个遒劲有力的大字"巨星陨落,天地同悲"对我父亲说,那是我写的。现在想来,那样的举动是需要很大勇气的。

唐山大地震后,合肥全城的人都在空旷地方搭防震棚,完伯伯没有,不过他在书桌下面为他的小女儿布置了一个小小的避难所,他朗声一笑道:"我们年纪大了,没什么可怕的,倒是女儿太小,所以给她准备些吃的喝的。"当时人心惶惶,但完伯伯却是那么镇定放松,让年少的我很是佩服。

当然我最开心的是每次去完伯伯家,他都会送几本书给我,尽管那时候的书乏善可陈,但对于特别渴望读书的我来说,还是有很多的惊喜。

后来,完伯伯由出版界回到文化界,无论是担任《艺谭》的总编,还是后来主持编写《中国戏曲志·安徽卷》,他都能宽厚待人,将一批专家学者聚拢在一起,做了不少实事。那个时期也是他和陆洪非、金芝、李文、班友书及我父亲关系最密切的时期,他们一起去江西、湖南、湖北、福建考察,一起磋商学术问题,一起静心审稿,认认真真地做事,取得了实实在在的成果,为我省乃至全国的戏剧文化事业做出了很大的贡献。

著名作家刘湘如老师得知完伯伯去世的消息后,非常难过,他在我的微信朋友圈留言道:"完颜老德善皆备,治学严谨,为人谦和,耿介正直,人品高标,当年他主编《艺谭》,我正年轻,经常与他打交道和聆听教诲,他是我心目中尊崇的文艺界长者。"

著名媒体人马丽春也特地把石原皋《闲话胡适》的后记发给我,通过后记,我们了解到《艺谭》对作者的鼓励和支持:从1981开始,用了4年的时间连载其《闲话胡适》。为此,作者特意致谢完艺舟等人。而这样的举动,也充分体现出完伯伯的胆识与眼光。

工作之余,父亲和几位老朋友之间多有往来,串门聊天,把酒言欢,是经常有的事情,印象中,完伯伯夫妇、陆伯伯、班伯伯、李伯伯到我家来要多一些。完伯伯最喜欢吃我们家的圆子,过年的时候,他常会到我们家过圆子瘾。早些年,我祖母在世的时候,他到我家来,一定会先去问候老人家,其恭敬谦和的态度,给我留下了很深的印象。

完刘两家是世交,交往史可以追溯到二十世纪初,完颜海瑞老师在一篇长文里对此有过比较详细的叙述,前两年完伯伯在他编著的《凤舟小笺》扉页题诗一首送给我父亲:"三代交往六十春,不是亲情胜亲情。邪风鬼火多磨炼,笑傲苍穹铁骨筋。"

的确,不是亲情胜亲情,完伯伯每次见到我,都会关切地询问我的工作和生活情况,给予我以鼓励和鞭策。在我看来,它对我那种爱近乎宠爱,他总是会说:老四我要给你写字,你想写什么内容?后来我真的就把我喜欢的诗句告诉了他,而他也真的就很认真地为我写了,让我很是感动。

大概 10 年前,完伯伯和李文伯伯、班友书伯伯到我家小聚,我在一旁对儿子说,今天可是四老会,你见到的都是我省文化界的名流大家,儿子有些惶恐,规规矩矩地待在一旁,合影的时候,很是配合。如今照片犹在,李伯伯、完伯伯都已驾鹤西去,班友书伯伯也卧病多年,此情此景,不免让人唏嘘不已。

清白做人,认真做事,老一辈不但给我们留下了丰富的文化遗产,也为我们树起榜样。继承他们的事业,像他们那样做人是我们人生的目标和方向。

清亮亮的嗓子嗨起来

阜南之行,可以选择的分头考察,给了我一些新鲜感和自由度,让我有机会走近一群学唱"嗨子戏"的孩子,走近几位历经沧桑的老演员,而这样的机会对于我,意义特殊,仿佛一种回归。

我并不是很了解嗨子戏,但我对于戏剧有一种与生俱来的亲近感,这应该是源于我的父亲。从父亲的行动和言语中,我慢慢了解了一些关于戏剧方面的常识和模式,了解一位艺人可能遭遇到的辛酸。

我很诧异嗨子戏艺术学校居然是设在县福利院,通过介绍,我明白了,戏校创办之初,吸收了一批福利院的孩子和一些留守儿童,这样的思路显然是有它的道理的,苦孩子学戏或许会更多一些刻苦和恒心吧,毕竟,这也是一种本事和出路。

孩子们是住宿制,条件相对还是艰苦的,走的是新模式:学戏,同时学习文化。他们十多岁的光景,活泼好动,不论是男孩还是女孩,挤在一起都免不了你戳我捣,闹腾得厉害。但也就是这么一群天真可爱的孩子,每天都要很辛苦地学唱练功,熟悉和掌握了越来越多的唱词和音调,一招一式也慢慢地提高标准,变得像那么一回事了。

我们看了孩子们专门为我们表演的独唱、歌舞和折子戏,听着他们用稚嫩的嗓音有些拘谨地唱着,看着他们努力想做得更好的动作,我的心很不平静。他们还是一群孩子,但是他们因为父母的要求,或者自己的喜爱,一直走到今天,真是很不容易。

其实,我还是有些替他们担心的,因为学戏这条路很辛苦也很残酷,孩子们是不是可以这么一直耐得住寂寞吃得了苦?学不下去学不出来又怎么办?当然我更担心的是戏校的未来,能够一直坚持下去吗?能够获得更多政策上的支持吗?特别是师资问题,如果没有一批热爱戏剧,乐于奉献,有能耐,会教学的好老师,一切都是云烟。

目前学校的戏剧老师尹建民、孙利侠、李振英等都是嗨子戏和梆子戏的老演员,有的还是嗨子戏的传承人,古稀之年还愿意出来教这帮孩子,精神上的动力一定大于其他。座谈中,老艺人们表现出一种悲壮的激情:年纪大了,能做多少就尽力去做。对于现实和未来,他们更多的是焦虑:条件差,缺乏师资和人才,缺乏剧本。当我在发言中对他们和孩子们的坚守表示由衷敬意的时候,他们的眼睛湿润了。事后,他们拉着我的手说,你的话说到我们心里去了,真的是很激动。

其实最激动的应该是我,当老演员孙利霞应我的请求,即席清唱,那神采和韵味,深深地打动了我。老演员真是我们宝贵的财富啊,他们肚子里的戏和多年的舞台经验是无价的,如何保护和继承这些无价之宝,是我们义不容辞的责任。但现实是老演员们一天天地老去,有的甚至永远离开了这个世界,很多艺术形式和绝活随之湮灭,这真是让人很揪心的一件事。

座谈中,我提到我的父亲多年从事戏剧工作,整理、改编和创作几十部戏剧剧本,去年还出版了个人戏剧作品集《戏语》,可以提供给他们,他们听说之后非常激动,连声说太好了太好了。回到合肥后不久,我便给他们快递了5本《戏语》,几乎是与此同时,戏校负责人的电话来了,催要剧本,可见他们对于剧本的需求是多么迫切。

考察回来后,我和老父亲聊天的时候,说到了嗨子戏,没承想老人家居然很熟悉,通过老人家的介绍及查阅有关资料,我对于嗨子戏有了比较全面的了解。

嗨子戏由于主调每句开头，多用"嗨"字起头，然后打板上韵而得名。流行于安徽西北部阜南、颍上、临泉、霍邱，以及河南省的淮滨、息县、固始、商城等地。它是由灯班、花挑、旱船、红灯等民间歌舞发展起来的，戏班主要流动于豫南、皖西各地。在流动演唱中，受到京剧、豫剧、庐剧、花鼓采茶戏的影响，于民国年间开始从歌舞发展成戏曲，从地摊搬上舞台。

1949年后，嗨子戏逐渐兴盛起来，农村业余剧团体不断建立。1958年10月，阜南县建立了职业性的嗨子戏剧团，并开始组织新文艺工作者与老艺人合作，从事剧目、音乐、舞台美术等各方面的改革与建设。1963年成立了阜南县嗨子戏剧团。嗨子戏一时间风生水起，挖掘、整理和创作剧目有100多个。后来由于多种原因，阜南嗨剧团于1982年被撤销，民间班社活动也迅速萎缩，且后继乏人。阜南嗨子戏面临着严重的生存危机，并于2010年被列入国家级非遗保护名录。

其中有两点引发我的兴趣，一是嗨子戏在发展演变过程中受到包括庐剧在内的诸多戏剧的影响，但嗨子戏不能等同于庐剧；二是，既然嗨子戏的名称就是源于"主调每句开头，多用'嗨'字起头，然后打板上韵"，那么我应该能够听到和感受到，但显然这样一个特点被弱化和模糊了。很长一段时间以来，关于地方戏剧推陈出新和好听不好听的争论的结果，一直是以牺牲其个性和特点为代价的。而在我看来，地方戏剧的生命力恰恰在于它的"土"和原生态，唱腔、动作、服饰和舞美上同质化的东西越多，势必会削弱其个性色彩和独特审美。比如这个"嗨"字，不但不能弱化和模糊，而且还应该大声唱出来。

戏校里面那些孩子的嗓音是那么清脆明亮，而让清亮亮的嗓子嗨起来，该是多么值得期待的事情。我想，嗨子戏的明天，首先就要从大声嗨起来开始。

西瓜送给我们的战士

7月7日晚上快12点的时候,我准备洗洗休息之前,浏览了一下微信朋友圈。其中两条微信引起了我的关注。一条是来自枞阳的消息:部队接手防守枞阳城,长江洪峰将至,大闸即将关闭。长河横流危及枞阳,老城上码头、正大街准备放弃,居民处于紧急撤离中。一条是武警交通部队廖振华发的"合肥市南淝河救援夜战即将展开!"。

睡意一下子没有了,为枞阳的百姓担忧,也为南淝河的水情焦心。我知道廖振华所在的武警交通部队七支队前两天从河北驰援安徽,先后在六安、潜山、阜南王家坝等地参加抗洪救灾,日夜兼程,非常辛苦。今天下午,他们到达合肥后,即接受了合肥市政府的命令,鉴于南淝河水位持续抬高,已严重威胁到合肥东部人民的生命财产安全,而一号超强台风又即将到来,所以命令他们联合驻合肥的武警安徽八支队,与合肥驻军一起,连夜修筑南淝河第二道拦洪坝,并将在明天中午完成任务。

部队前两天的情况我是通过廖振华的微信了解到的,最新情况则是与他微信联系后得知的。我当时就很为他们担心,毕竟他们已经连续作战几天了,晚上又要干个通宵,战士们能顶得住吗?但是我更知道,军令如山,这场硬仗是一定要打的。于是我说:部队需要什么?我可以做的。振华没有回复,直接打来电话表示感谢,说现在吃的喝的都有了,暂时不需要什么。天已很晚了,让我不要过去了,明天再联系。我请他注意身体,然后挂了电话。心里仍然很不平静,想着就在这座城市的某个地方,一些年轻的战士正在为这座城市的安全挑灯夜战,心里就有种说不出的感觉。

8日上午,当我将自己想去慰问抗洪战士的想法在"合肥文字"作者群里说了之后,立刻得到了群里所有作家的响应和支持。于是我又与廖振华联系,表明我们的诚心,他再三推托,见我态度很诚恳坚决,便给我们透露一个信息:可以买一些西瓜,既解渴又有益于身体。于是我们决定就买西瓜给战士们送过去。

许辉主席和董静老师因为早就安排好的活动无法前往慰问,特地委托我们代致问候,并捐款支持购买西瓜行动。李海燕大姐是最早想去慰问灾民和战士的作家,为了能够争取参加今天的活动,她紧急联系姐姐过来帮忙带孙子,尽管最后因为时间关系,没有去成,但她那份真诚和热情打动了我。作家苏北、王张应、李学军、杨修文、阿兰、杨立新等因为出差在外的原因没能同行,感觉很遗憾,委托我们一定要把他们的心意带到。蚌埠作家王青得到消息后,立刻表示参加活动,向我们的战士表达自己的一份爱心。其实最遗憾的应该是刘学升了,在单位里请好了假,背上专业相机,打车从蜀麓赶到市内,结果因为沟通上的误差,错过了车子。

姚云在高新区买好50个无子西瓜,与许若齐及他们安徽联想集团的代表一道赶往集合地点;薄其红在政务新区买了10个西瓜,与姚云会合后驱车往东;袁平也是买了10个西瓜,她熟门熟路,直接赶往目的地。最有趣的是我和王维红、吴玲、木桐、叶纯这一路,为了买到鲜甜可口的大西瓜,淑女们也顾不得形象了,当街品尝验证。确定卖家后,我们提出自己的要求,要大,要熟,要甜,要好看,弄得我们自己都觉得有些好笑。卖瓜的姑娘听说我们是去慰问抗洪战士,二话不说,按照要求一个一个认真仔细挑选,最终选出16个符合条件的,一过秤,350多斤,平均22斤一个,真的有些夸张。

一路曲折到达目的地的时候,迎接我们的官兵们黝黑而疲倦的外貌深深地打动了我们,稍事寒暄后,我们立刻开始破西瓜,送给战士,我自告奋勇操刀破瓜,从开始的一本正经地切出一片片周正西瓜到三把两手就解决一个西瓜,我似乎只用了十几分钟的时间,因为我们都想着让现场的一百多位战士能够在第一时间吃上鲜甜可口的西瓜,多点,更多点。

正午的高温让我们个个大汗淋漓,但大家全然不顾这些,帮我切、递、传着西瓜,关切地询问着战士们的情况,当他们得知那些二十刚出头的战士几乎是连续作战 80 个小时后,都心痛不已,嘱咐战士们一定要抓紧一切时间多休息。

面对着战士们那一张张年轻而疲惫的脸庞,我说:"其实我们到这里来真的是帮不了你们什么,一些西瓜和食品也不能够改善多少你们的生活状态,在这样一个晴空万里的日子,我们这座城市的大多数人们并不知道他们所面临的危险,是你们在这里夜以继日争分夺秒,保护着这座城市和城市里的人民,你们是我们的保护神。我们来到这里,就是要告诉你们,我们和越来越多的人都知道你们在为我们而战斗,我们要感谢你们。水位在抬高,超级台风即将来临,但是有你们在,我们会少一些忧虑,多一些安心和信心。"有文友注意到那些年轻的战士都很感动,有的战士眼里甚至有泪花闪动。但我观察到和听到的,更多的是我们这些沉稳内敛的中年人溢于言表的感动。

酷暑之下,大家的心里多了一份沉静明确的情怀。

初春下乡

  河边那条长长的埂堰真的很是寂寞,每次早春去的时候,见到的都只有两排高高的白杨,一地厚厚的枯叶,那树的枝干一律直枝枝地指着蓝天,仿佛还没有恋爱的毛头小伙子。有一次去得迟,很多低矮的植物都长出了嫩嫩的叶子,同行的大姐告诉我,这是蔷薇,那是枸杞,着实让我长了不少见识。

  每次去的时候,野菜野草都长得很茂盛了,当然一行人最关心的是荠菜,今年最有趣,过去挖荠菜的地方居然只有星星点点的几棵,倒是这埂上一窝一窝的,喜人得很。

  因为很少有人去,宽埂上一派原生态的景象,据说春夏之际的时候,埂上绿树繁花,煞是好看,但我见到的总是萧索中露出的些许生机。这让我有些好奇和不甘心,总想着在它一派碧绿、树叶沙沙、野花遍地,微风里夹着乡野特有的气息迎面拂来的时候再去一次,不然的话,总在心里惦记着,仿佛多了一桩心事。

  村子里也是寂寞的,一排排房子虽然不那么高大上,但大多整整齐齐地伫立在那里,间或吹来的风试图推开那一扇扇紧闭的门窗,最终丢下叹息一般的走了,有些灰溜溜的感觉。

  村里的人都出去了吧,四处打工挣钱,或者已经在城里买了房子扎下了根,他们舍不得乡村里的房子和地,但除了就这么放在那里,他们也想不出更好的招。双休日或者节假日,会有一些人回来,打理一下房子里的尘土和房前屋后那些基本上是靠天收的蔬菜。据说春节的时候,村子里会一下子热闹起来,与平时形成很大的反差,忽然而至又飘然而走的人来人往、热热闹闹,让乡村陷入越发的寂寥。

对于这个寂静的乡村,我们的到访显得有些突兀,有些硬生生闯入的感觉。大家在一起说笑的声音打破了村庄的寂静,往四周蹿去,被那一幢幢空屋挡住后又转头回来,如同置身山谷之中,弄得人心里空空的。

不过此时的袁宅真是再热闹不过了。一帮痴迷文字的人聚在一起,说说笑笑,然后作秀似的,走向河边的那片荒地。路上,会经过一个小型的家禽散养场,在林间一片围起来的空地上,鸡鸭鹅优哉游哉地唱着属于它们的歌谣。

还要经过一排农家,照例是门窗紧闭,只有一家,应该是养殖场的主人,开着门,两条土狗在门前,或者有些迷惘地转着,或者趴在哪里打着瞌睡。见有生人,那只黑狗一下子来了精神,可劲地叫着,鸡鸭鹅们也立马伸直了脖子,远远地向这边张望。倒是我们,显得有些尴尬,仿佛一群不速之客,惊扰了它们的生活。有爱狗者,试图和它们亲近,仿佛披着一件蓑衣的黑狗有些敌意地保持着距离,轻易是近不了身的。那黄狗憨憨的,像一个木讷的乡村汉子,有些拘谨地接受着人们的爱抚。今年又去,那黑狗后面跟着条小的,也一样披着一件黑色的蓑衣,也是有些敌意地和我们保持着距离。

挖野菜,照相,是必不可少的,没来由的欢笑声更是乡村之行最难忘的元素,总有说不完的开心话,总有很多理由拍着一张又一张合影,时间瞧着大家把它冷落在一边,很识趣地溜走了。

有人放松,必然有人辛苦。一桌香喷喷的乡间土菜上桌后,还会有人大呼小叫地喊着"吃饭了",那感觉,真叫一个好。

准确说,菜是属于城乡结合型,文友们从城里带来的自家的拿手菜,或者是买来的平时吃顺口的那些熟食,都诱惑着人们的嗅觉和味蕾,考验着人们的自制力。胃口大开便意味着不能够节制,可是不节制又能怎样呢,一年能有几次这样的机会？更何况还有那诱人的大锅饭以及饭底下那焦黄的锅巴,让你想想都会流出口水来。

大方桌、长条凳,生生地把人拉回到很多年前,既然是乡间,既然是放松,那也就不必分什么尊卑长幼了,随意地坐着,或者干脆就这么站着,你一筷子我一筷子地吃着,间或还会于交汇处产生一些筷子间的摩擦和碰撞,想想都会忍俊不禁。

吃着吃着,感觉心里有些不安分了,于是端着饭碗下桌,到大门口去找一个小板凳、小竹椅坐下,甚至就那么随意一蹲,面对着的是一片绿油油的菜地,阳光晒得人暖融融的,那感觉自然没的说。我想,这架势在别人的眼里,应该是入乡随俗吧,但在我这儿,没那么复杂、矫情,不过是一种唤醒和回归罢了。有人戏称我们这做派是城里女婿下乡,嬉笑之余,觉着还真像那么回事。

吃饱喝足之后,就想着玩了,自由组合,屋里一桌,大门口一桌,麻将或者扑克,轰轰烈烈地就干上了,那动静大得,赶上四下大路小道上呼呼跑着的大大小小的车子了。

其实我不懂酒

喝酒这件事,对于我来说,不管情愿不情愿,已经有很多年了。最近更是有机会去了一趟阜阳的种子酒厂,走马观花地了解了酒的制作流程和工艺。但也就是这么走一遭,让我彻底没了感觉,原来,我是不懂酒的。

是的,我不懂酒。

我了解酒历史吗？我不了解。上网查一查,酿酒的历史已有5000多年了,这太让我意外了。李白喝酒的事我们知道,有诗为证;曹操喝酒的事我们也知道,有诗为证;《诗经》里的人物喝酒我们也知道,什么觚,什么金罍,都是与酒有关系的物件。但再早,早到河姆渡、三星堆,那就超出我的想象力了。但陶的、青铜的酒器在那儿放着,由不得你不信。

对于酿酒,我也是一无所知。但专家说,中国古代的饮料酒主要是黄酒和白酒,葡萄酒次之。北魏贾思勰著《齐民要术》中的关于制曲、酿酒的论述,是当时制曲、酿酒技术和经验的总结。书中记载了12种不同的酒曲和20多种酒的制法。李时珍的《本草纲目》更是记载了70多种酒。

白酒多以含淀粉物质为原料,如高粱、玉米、大麦、小麦、大米、豌豆等,其酿造过程大体分为两步:首先是用米曲霉、黑曲霉、黄曲霉等将淀粉分解成糖类,称为糖化过程;其次由酵母菌再将糖发酵产生酒精。白酒中的香味浓,主要是在发酵过程中还产生较多的酯类、挥发性游离酸、乙醛和糠醛等。白酒的酒精含量50%～60%间为高粱酒,浓度60%～70%作为大曲酒。呵呵,不抄了,不懂的东西,没准还会抄错了。不过有一点我是确定的,70%的原酒喝起来感觉真不错。那天在酒厂我是喝出些感觉的,那才叫一个醇厚、火辣。

不懂的何止这些,什么勾兑,什么恒温储存,什么全国最大的单体灌装车间(4万多平方米),听得我似懂非懂,云里雾里。

还是说喝酒。有人说酒是应该品的,既然是品,就应该一口一口慢慢地喝,边喝边咂摸着滋味。但我们往往是大口大口地倒,大杯大杯地往嘴里灌,一两二两甚至更多的"炸蠱子"。怪不得有人说,我们这不是喝酒,是在拼酒。而拼酒的结果,是一个个东倒西歪,更有甚者,"现场直播",弄得狼狈不堪,痛苦不堪。就我个人而言,因为不胜酒力,又喜欢充大头硬来,这样的洋相没有少出,这样的罪也没有少受,事后想起,总会不由自主地冒汗。

不过最近,这种状态似乎有所改变,一方面是自我的意识,一方面是饮酒环境渐渐好了起来。朋友们的理解、呵护,让我慢慢感受到从容、随性饮酒的惬意,而这样的感觉,这些年来很少有过。

懂得酒,懂得品酒,才不会辜负许许多多人的用心和辛劳,才可能让自己的生活诗意、优雅起来,而这,正是我应该追求的。

巢湖距离我们有多远

前几年,稍稍琢磨了一番"庐阳八景",与之有关的诗文,但凡能够找到的,都会拿过来读一读,对于清人朱弦的《八景说》更是用心研读,并据此写出了《庐阳八景新说》。

在阅读这些诗文的时候,有一个问题让我有些不明白,那就是:巢湖距离我们有多远?

比如清人在咏镇淮楼的诗词里,多次提到大蜀山和巢湖,其中邵陵在诗中写道:"巢湖水涨连天白,金斗城高落日黄。"《八景说》的作者,清人朱弦在《镇淮角韵》中写道:"于楼四眺,……南望城堞依依,孤屿隐隐,正如蟠末见旅行之鬐也。"在我看来,那时候城池之中没有什么高大建筑,镇淮楼"凡三层,高五丈三尺",而其基座则高十余丈,登此楼,视野开阔,一览无余,能看到大蜀山,是可能的,但如果说巢湖也能看到,甚至湖中的岛屿也隐约可见,就有点悬了。可是古人都这么说,也不可不信,百思不得其解之后,我只好以一句"不过也难说,毕竟那时候也没有'雾霾'这一说"对付过去。

一天和老父亲聊天的时候,我说起自己的困惑,父亲笑了:"那时候巢湖比现在要大得多啊。"一语惊醒梦中人,赶紧查资料,明白了自一万多年前巢湖初始形成到今天,由于地质运动和泥沙淤积,巢湖的形状一直在改变着,其面积也是持续缩减中。清代的时候,由于大规模地围湖造田,巢湖面积大幅度减少,原本距离合肥很近的巢湖由此距离合肥越来越远了。

小时候,巢湖是一个很远的地方。它不像大蜀山虽然也不近,但如果真想去,乘车(大客车或者大卡车)、骑自行车,甚至步行,都可以到达。但要到巢湖去,那可就是一件比较大的事了。即便是长大了,上班以后,也不是想去就去的。通常是乘大客车去忠庙,然后坐船上姥山,然后再乘车回来。20世纪80年代还曾坐船去过一次,虽然船不大,马达的轰鸣声却吵得人不得安宁。但那份感觉还是不错的。

近年来,去巢湖的频次明显高了起来。交通的便捷使得我们能够从不同的路线走近巢湖,感受它的浩大的气势和粼粼的波光,对于很少有机会亲近大江大湖的合肥人来说,巢湖足以弥补心头的这份缺憾。

大约在3年前,一个楼盘的出现让我和巢湖一下子熟络起来,自己去、和朋友一起去、和同事一起去、和同学一起去,几次三番,乐此不疲。通常是看完房子看风景,然后再找一家饭店,点几样大鱼小虾,再要几瓶啤酒,开开心心地吃起来。酒足饭饱之后,摸摸肚子:嗨!这湖边的感觉真不错。

应该说,那时候我的思维还是比较超前的,在我看来,既然合肥已经完全将巢湖拥入怀中,滨湖新区的建设正大刀阔斧地展开,大湖名城战略稳步推进,作为一个合肥市民,应该在滨湖拥有自己的一席之地。但那时候的阻力的确很大,接连两次的恶劣天气更是助长了反对派的气势,房子终于没有买成。但这个遗憾为我之后所有的投资决策提供了强有力的支持,因为实践证明,我是对的,临湖而居,不仅仅是一个美好而浪漫的梦想,还会有着很好的财富回报。我们毋庸讳言我们对财富的期待和追求,但我们一定要思考,如何能让我们在追求财富的过程中,多一些浪漫飘逸,多一些真心欢喜。

房子没有买成,但去巢湖的兴致却没有减退,从环湖大道分段通车,到整条道路全线贯通;从只是去水边走一走看一看,到登上周围的山远眺湖上的渔船,眼前的巢湖变得越来越全面,越来越立体。11月初,我和文友们的巢湖情结有了一次很大的爆发:驱车 200 多公里,环湖一周。傍晚,当一群人伫立在巢湖边,看着通红的太阳渐渐隐于水天一色,天地变得神奇空灵,一种宁静安详从心底慢慢生发出来。

回来的路上,我忽然发现,巢湖真是不远,开车到滨湖不过几十分钟,即便是老城区,也不过一个小时多点,而在内心的感觉似乎还要近一些。

从很久之前的举目可眺,到后来的越来越远,是沧海桑田使然。而如今越来越近的感觉,则是源于路途的通畅,交通的便捷。相比于几十年前,巢湖还是那个巢湖,距离还是那个距离,但在我们的心目中,巢湖就在我们跟前。

现在,如果要问巢湖距离我们有多远,或许每个人都会有自己的答案。在我这儿,在我的心里,巢湖已然近在咫尺。

洪泽湖的记忆

其实我是应该写一篇洪泽湖纪行的文字的,但是耽搁了几个月之后,那几天的经历已然成为我记忆的一部分,所以以"记忆"冠名这篇文字,也是合适的。

应该是很小的时候,我隐隐约约知道,江苏的泗洪原先是属于安徽的。

去泗洪的路上费了一些周折,也让我们一行人切身感受到泗县与泗洪的差距,不免在心里感慨一番。不过由于那份比较狭隘的地域情结已经淡了许多,由衷的欣喜让有些疲惫的身心变得轻快许多。

直接去了洪泽湖湿地公园。大风的天气,让整个宾馆显得有些清淡,但每个人的心里都有一种激动和期待,一个文学馆,一群文学大家名家的聚集,让这个下午变得不同寻常。

许辉文学馆,王蒙、刘醒龙、范小青,一批文学的追随者,在这样一个时刻,以文学的名义聚集在一起。尽管有些正式,但那份亲切和谐,很让人难忘。

文学馆不大,却能够给人以触动和启迪,我们为着喜爱的东西而孜孜以求,我们为着执着的方向而不懈前行,其实都是在书写一本属于我们自己人生的特别的书。在这本书里,我们度过的每一天,经历的每一件事,都是一个或大或小的点,这些点最终的组合,就是我们人生的故事,我们生命的画卷。

尽管我们就住在洪泽湖边,但是我们感受到的,只有那么有限的一块地方,就如同尽管我们都爱着文学，但我们对文学的了解和掌握是那么有限。只有在一个巨大的存在面前我们才能感受到自己的渺小，在洪泽湖的面前，我们的心胸一下子变得特别放松和柔软。

真是很难得，在一个烟雨朦胧的天气乘坐游艇游览湿地公园。一切都是机缘，当晴朗的天气成为人们首选的时候，飘着细雨的湖面就是一种稀罕。也许是年岁渐大的原因，我感觉现在的自己变得越来越平静，越来越坦然，排除了宿命和消极，"一切都是最好的安排"无疑是一种很好的态度。

在一阵兴奋嚷嚷之后，有人选择继续陶醉于自然美景之中，有人选择围绕在名家周围过一把追星的瘾，还有三五个闺密拢在一起窃窃细语，我们几位文友则另辟蹊径，寻找一两处绝好的位置，以一种比较文艺的形式，将这样一个难忘的时刻定格。

回来整理手机里照片的时候，家里人都说我那张坐着的照片很好，整个一个淡定哥，背景尤其有味道，有一幅名画的感觉。我笑，自然，不做作，才是最重要的。

有时候的确就是这样，什么季节什么天气什么地方并不是最重要的，最重要的是和什么人在一起，又是在怎样的一种心情之下，就如同此次泗洪之旅一般，一切的外在因素都改变不了大家的心情，而一切的细节与心情也都镶嵌在洪泽湖这个大背景下。

于是，有关洪泽湖的记忆，就有了一些特别的东西在里面，在一些特别的时候，它们会浮现出来，给我些许的宽慰和启示。

桃花镇纪行

  合肥的冬天通常要来得迟一些,初冬季节还能看到一派秋景也是太正常不过的事,正如我们此次的桃花镇采风之旅,所到之处,感受到的是一派果实累累,那是桃花镇10年高速发展的成果,折射出好光景里人们的不懈努力和辛劳。

  车子到达桃花镇镇政府的时候,有些转向的我凭着直觉问旁边的工作人员:这是在城区的西南吧?得到的回答是肯定的:是的,北边是大蜀山。我笑,很近啊,距离我一个中意的地方。为了某个小小的梦想,最近一段时间我时常乘一个小时的车到那里。

  桃花镇的名声很大,由肥光乡和长安乡合并而成的它为什么以"桃花"命名,估计是有故事的,听说镇政府大院里遍植桃花,春天花开的时候,很是好看。

  虽然说桃花镇属于肥西,但因为紧邻合肥城区,已经很难厘清彼此间的界线了,因为城市和乡村这样的概念,在这里完全不适用。一样的高楼林立,一样的马路宽阔。

  城市化,工业化,现代化,已然将过去的乡镇变成了现代的城市。当心里的落差渐渐平复之后,疑问会慢慢生出:为什么会这样?接下来该怎么办?会有什么问题吗?

  回答为什么会这样似乎并不难,国家和城市都处于一个快速发展的状态,位于合肥市高新技术开发区和合肥市经济技术开发区两个国家级开发区之间,毗邻政务新区和大学城的桃花镇,抓住机会,及时跟进,借力起跳,打造平台,利用格力效应,引发蝴蝶效应,使得全镇驶上一条高速发展的快车道。他们用了4年时间完成由农业镇向工业镇的转型。10年后的桃花镇,无论是从城镇化建设,民生改善,还是产业升级,经济持续发展,都交出了一份不俗的成绩单。

当我在中科光电色选机械有限公司宽敞明亮的产品成列大厅,面对着神奇的大米色选机和茶叶色选机,感觉有些恍惚的时候;当我走进制作车间,面对着操作台前一张张聚精会神的脸庞,感觉到触动的时候,我对自己说,相对于看得见的改变,这里展现给我们的,是一种根本性的变化,农民变为工人,不仅仅是一种跨界,同时更是一种拓展——从技能层面到精神层面,都是如此。

当然,这种转变里也会有很长的路要走,虽然说农民和工人同样需要面对智力的投入和体力的付出,但相对于传统的农耕,全新的工厂里必定会有更多的挑战。对于桃花镇来说,也是同样如此,他们所面对的问题应该是一样的:接下来该怎么办?

产业的优化从"捡到篮里都是菜"到逐步转型优化,环境治理从简单粗放到精雕细琢,支柱产业从制造业向优势主导产业转化,都需要开动脑筋,用心去谋划。

在一份材料里,我欣喜地看到,桃花人在思考。

比如他们在思考如何解决低效用的问题:众多处于产业链底端的制造业,产能低下,工业产值、税收贡献率低,企业投入和产出不成比例现象比较突出。作为解决办法的推动产业转型升级的思路,则从拓展产业发展空间、重点发展战略性新兴产业和高端服务业、做大做强优势主导产业、加强产业联动四个方面进行分析思考。

如此敏锐地发现问题以及对发现问题之后的思考,对于一个发展中的新型城镇来说是多么可贵。

给我印象深刻的是,桃花人认识到他们的产业结构存在单一低下问题,他们的第三产业明显不足,城市功能也存在着不完善的地方,社会治理和服务水平与融合发展要求不匹配等等。同时,他们也提出一系列的解决思路和解决方案,我以为这些思路和解决方案的意义,不仅仅在于问题的解决,更是一种很好的习惯和风气,因为唯有不断地修正、完善自己,才会有更高更新的视野,更好更快的步伐。

相对于大的方向和指标,我似乎更为关注的是这片土地上的人,那些没有了土地住进了高楼的"农民",他们习惯了吗?他们过得好吗?

当草岗村和桥关村这一旱一涝两个村庄合并成繁华社区的时候,村民们的心里一定会有些不踏实吧?习惯于独门独户、前场后院的他们一旦聚居在一起,住进了一栋栋高楼里,他们能习惯吗?

可当我们走进社区的时候,我感觉心里要踏实不少,因为我看到了用心,十几栋高楼围绕着的是一个7000多平方米的大广场,居民们可以在那里散步、聊天、健身、娱乐,还可以走进活动室下棋、打牌、看录像,特别让我感到意外的是,它居然还有一个庐剧活动室,当韵味十足的庐剧飘扬在广场的上空时,我想这里的居民真是有福了,在很多土著到处追着去听庐剧的时候,他们在家门口就可以一饱耳福,如果愿意,他们也可以站出来亮他几嗓子,过一把戏剧瘾。而庐剧这样一个植根于民间的剧种,也因为有这么一批爱唱爱听的发烧友而得以生存和发展,当所有的体制内的行为失去作用之后,地方戏剧重归乡土,获得滋养和发展,真是一件让人感到欣慰的事。

社区还有图书室,应该属于农家书屋性质,书不少,满满当当十几个书架,其中居然还有我的一本随笔集,也算是一个意外。当然我最关心的是图书总体的品质、更新的频次和借阅量,因为一切公益的最终目的是要让人们感受到并且真正获益。

从广场及周边的雕塑和标语里,我看到了社区管理者的方向和目标,也看到了他们所面临的问题和挑战。一些人走了出去,更多的人拥了进来,这一进一出带来的,是一种碰撞和融合,这对彼此心态的冲击,对于管理层面的要求,都是全新的。严格来说,这片土地上所有的人都是移民,脱离了原先的生活环境之后,需要适应的也不仅仅是心理上的陌生感和距离感，心灵上的宁静感和归属感也是至关重要的。

由长岗、古城、长安三个自然村组建而成的顺和社区，距离蜀山森林公园不足10公里，社区包含62幢27万平方米的居民楼，另外还有一系列的配套设施，居民数超过一万人，是肥西规模最大、规划标准最高的安置小区。

在顺和社区办事大厅旁边，有一个很大的许愿墙，墙上贴了一些许愿卡，其中一个12岁女孩的许愿卡引起了我的注意，因为它上面写的是："我希望有四大名著。"

其实我也明白，一套四大名著并不需要多少钱，因为经济困难而买不起书的可能性基本可以排除。或许是因为这样或者那样的原因，这个孩子不愿意、不敢向她的家长提出，或者她的家长认为四大名著这样的书是闲书，没有必要买，课本上的东西读好就可以了。

我决定来满足这个女孩的愿望，不管其背后的原因是什么，于是我揭下了墙上的许愿卡。回来之后，在为孩子挑选书的时候，我踌躇了，四大名著的版本太多，究竟买哪种版本比较合适呢？我首先想到的是诸如人民文学、中华书局这样的名社，版本讲究严谨，但最后还是放弃了，毕竟是给10多岁的孩子买，必须考虑到她的实际情况。挑来挑去，我选择了四本16开的足本无障碍版本，这种版本是特地为学生们量身打造的，生僻字词的注音注释，结合课本设置一些问题练习等等，可谓用心良苦。我在选择这套书的时候还有一个考虑：假如女孩的家长认为它们是闲书的话，那么他们看到这本书的时候，一定会放下心来，因为它们基本上可以划到教辅书那一类。

当我郑重地把书包扎好邮寄出去的时候，我在心里许了个小小的心愿：愿这套书能够陪伴这个12岁的小女孩走过她的学生时代，愿她长大之后能够明白，这一套书上所承载的不是一个所谓的爱心故事，它是一种善意的传递、心灵的交流。

相对于有限的土地，人的潜力是无限的，那些正在或已经老去的"新市民"，需要有人帮助,在城市里找到自己的定位和感觉。那些年富力强的中年人,在财富积累上没有后顾之忧的同时,需要思考,如何才能走出一条属于自己的人生之路。至于青少年们,境遇的改变无疑是一个巨大的机遇,而对于这个时代馈赠的最好行动,就是做好自己,用自己的青春年华和聪明才智回报这个社会。

诚然,我们通常无力改变我们的环境,但我们可以抓住那些转瞬即逝的机遇,从这个意义上来说,桃花镇和这片土地上的人们,处在同样的关键点,任重而道远。

随 想

蝴蝶与人

  蝴蝶是一种昆虫,它为什么会以这么一种形态生活在这个世界上,我们并不清楚,我们不知道它生命的意义,也不是很清楚它们为什么会长成那样的形状,它们的身上为什么会有那么多美丽的色彩组合。据说"蝴蝶翅膀就像飞机的两翼,让蝴蝶利用气流向前飞进;蝴蝶翅膀上丰富多彩的图案……五彩缤纷的颜色是用来隐藏、伪装和吸引配偶的"。但蝴蝶如何做到这两点的,我们并不清楚。

  现在我们又知道了在可以看清纳米尺度物体三维结构的扫描式电子显微镜下,原本色彩斑斓的蝴蝶翅膀竟然失去了色彩,显现出奇妙的凹凸不平的结构。原来,蝴蝶的翅膀本是无色的,只是因为具有特殊的微观结构,才会在光线的照射下呈现出缤纷的色彩。

  可是这与蝴蝶有什么关系吗?蝴蝶会有那么多的智慧将自己长成如此精巧的地步吗?即便有,那它的目的是什么?是为了隐藏、伪装自己,同时吸引配偶?还是为了让我们这些人类赏心悦目?显然都没有很靠谱的答案。

  那么蝴蝶到底与我们人类有什么关系呢?我想,这倒可以好好梳理梳理。

  首先,蝴蝶给我们带来了美。从视觉上美的享受,到生活中无处不在的借鉴和模仿,美轮美奂的色彩和图案装扮着我们的生活。

  其次,蝴蝶让我们的生活充满了诗意。文学作品里蝴蝶元素的不时出现,让文学的内涵更为丰富,梁祝化蝶可以说是这方面的经典。

最后,蝴蝶给我们以思想的空间和高度,无论是那个著名的"蝴蝶效应"理论,还是眼前这个最新出炉的"蝴蝶本无色"理论,都在教育、启发和引导着我们,要注意事物的细节和关键点,要苦练内功,做最好的自己,要借助科学了解事物的内在的东西。

虽然话说到这儿,已经基本上与蝴蝶没有什么关系了,但理论上还是成立的。做最好的自己,是一个久远而崭新的话题,每一个人都必须面对这个话题,然后做出自己的判断和行动方案。当然,做最好的自己不是为了让别人羡慕嫉妒恨,就像蝴蝶长得那么漂亮并不是为了取悦人类一样。做最好的自己,是为了让自己的人生不被辜负和浪费。只有有所准备,才能有所成就,这样的例子多了去了。

我们品行的修正和完善,会让我们在看似偶然的瞬间,绽放出美丽绚烂的花朵。许多案例表明,一个人内心的善恶,会在关键时刻一目了然。同样,一个人智慧与技能上的开发和积累,也会让他在某件事或某个时刻脱颖而出。一切的偶然都来自必然。

感谢科学,感谢蝴蝶,感谢那些把这些看似毫不相干的东西放在我们面前的好心人,从而让我们有机会思考我们的人生和未来,思考如何去做最好的自己。

对自己负责

　　现在有一种很流行的说法：我们每一个人都是赤条条地来到这个世界的，言下之意，我们两手空空，什么都没有带来。其实稍稍琢磨一下，我们就会发现，这句话是典型的似是而非。我们的血型、相貌、体形、肤质，甚至我们的性格、智力、表情、习惯动作等等，都会和我们的父母有着极高的相似度，有的简直就是如出一辙。否则，怎么会有人一眼就能看出谁是谁家的孩子？因为 ta 实在是太像 ta 的父亲或者母亲了，用合肥方言来说，简直就是"像对（děi）的了"。

　　但是还有一句老话叫作"一娘生九子，九子各不同"。这就有点意思了，许多人一定会问，为什么呢？通过观察，大家也会发现，一母所生的几个兄弟姐妹刚出生的时候，并没有多大的区别，但渐渐地，彼此之间的差别就会出现，而且随着年龄的增长，越来越明显，差距越来越大。于是人们会琢磨，原来，每一个人从父母那里继承的东西，并不都是一个样的，不同的比例和组合，会造就不同的个体。这些属于先天的东西，它的主要责任人是那些做父母的。

　　接着琢磨，大家会发现，父母对孩子的关注、关心程度，早期教育的方式方法，直接影响到孩子智力的开发、习惯的养成，而这直接影响到一个人一生的人生态度和走向。这，应该属于后天的因素。

　　如今人们也很喜欢拿"气质"说事，感觉气质这玩意真是挺神奇的，因为它常常会把相貌、身高等外在的东西比了下去，言谈举止中透出的儒雅潇洒，会让人心生好感、难以忘怀。其实真正说起来，"气质"是一个很虚的东西，品行、才华、心理素质等等是它的主要构成元素。这些元素除去先天部分，后天的努力也至关重要。

当然，气质只是一个人的才智、品行的一种表现方式，我们在生活中的一举一动、一言一行，其实都是它的一种外在的表现。明白了这点，我们就不难理解为什么在面对同样一件事情时，有的人能够从容面对、妥善解决，有的人却是畏缩不前、束手无策；为什么在一些紧要关头，有的人会毫不犹豫、挺身而出，有的人则战战兢兢，临阵脱逃。

当我们夸赞、敬佩一个人的时候，我们应该想到，他之所以会这么做并且能够做到，实际上是和他之前的准备有关的。当然这种"准备"有可能是精神层面的。

当我们羡慕、嫉妒一个人的成就和地位的时候，我们应该明白，他们私下的努力与付出没准会远远超出我们的想象。

有人说，一个人要对自己40岁以后的相貌负责；有人说，人生的画卷需要自己一笔一画去完成。当先天的因素逐渐退去，我们人生的风格、品位和色彩就需要我们自己去把握和描绘。严格地说，外在的因素左右不了我们多少，它们既不能长久地掌控我们，也很难彻底改变我们，真正能够对我们负责的，只有我们自己。

对自己负责，是一种姿态，更是一种高度；对自己负责，是一个目标，更是一个追求。

对自己负责。

励志，谁都需要

周五的下午，阳光似乎有些过早地隐去了身子，莫非它也如那些上班的人们一样，急吼吼地想着早点溜了，去逛街、K歌，或者有牌局、饭局？其实只要是离开，到哪儿都是解脱，否则，人待在那儿，心也是飘飘的不知在哪片云上了。

对于人们来说，一天一天的光阴其实都是挺宝贵的，但这个时刻，人们唯恐它走得太慢。此刻，一寸光阴估计也就是一寸草了，想想心里都发毛。

人就是这样一个矛盾体，把所有的希望和快乐都寄托在下一秒、下一段时光，马上或者以后。对于眼前，则希望越早摆脱越好，在如此的心态下，当下往往是难以忍受的，他们只需要他们的那一点快乐、舒适的时光。

其实很多时候都是误判的，等待和憧憬或许要美好过真正的到来，因为一个是想象，一个是现实，而现实经常总是不如意的。

所以我在想，还是给自己少一些放松和舒适，用更多的时间去期盼和准备，尽量过好眼前这一刻，让自己在下一刻更多些心灵的放松，多一些自信和踏实，或许是一种不错的选择。

童年的时候，小朋友们经常在一起玩。但同样是玩，有的是完成了作业再玩，有的则一直在那里疯，先来的走了又接着后来的玩，人家是一种轻松，自己则多少有些忐忑。大了以后，其实一样的，大家在一起，看上去没有什么区别，仔细琢磨一下,差距大了去了。

小时候,人小心眼不小,为了能够出去玩,或者玩得踏实一些,无非两种办法:把大人 huo 好,或者把功课做好。大了以后,管自己的人少了以后,又冒出来了一个"负罪感"。比较别人的"管",它显然更厉害一些,为了减轻或者消除这种感觉,你必须有所作为和成就,让自己心安。的确,心安,这样的感觉太重要了。

有时候在想,人随随便便是一辈子,较劲当真也是一辈子,是否真的需要那么认真?想了很多次,感觉这全在于自己,每天收拾得干净、利索、体面是一天;随随便便、邋邋遢遢也是一天。关键是你是否在乎别人的感受,你是否愿意处于这样的状态。

你在乎,你放不下,就意味着你选择了另一种生活状态。辛苦也好寂寞也罢,全是自己找的,而自己找的就应该是最好的,其他说什么都没有意思了。

就像这周五的下午,别人在急吼吼地盼着下班,你则有条不紊地做着事情,顺便把前前后后想它一遍,感觉内心立马充实起来。

励志,谁都需要,时不时给自己来一点,仿佛一杯浓浓的咖啡。

没什么，生活就是这样

做得很好得到褒奖，做得不好受到斥责，这样的事情很正常。但如果一向做得很好的因为有些退步而受到斥责，一向做得不好的有些进步而受到褒奖，人们就会觉得有些不对劲，感觉接受不了。其实这样的事情依然是很正常的，没有什么，因为生活原本就是这样。

这里涉及惯性思维，另外还有个心态问题。

从"你从来就是做得很好"到"你就是应该做得很好"，是一个思维方式逐渐改变乃至固化的过程；从"他一向不行"到"他肯定就是不行"，也是一个思维方式逐渐改变乃至固化的过程。无论是被看好还是被唱衰，作为当事人都是有着很大压力的，究其根源，还是太在意别人的评价和感受了。

也许有人会觉得这样的结论太过消极和自我，但我要说的是，其实无论你怎么做，别人都是会有话可说的，只要你尽力了，感觉开心，就很好。

没什么，生活就是这样。

如果褒奖和斥责你的是你的父母或者亲人，你要相信有一点是一定的：他们肯定是为你好，他们希望你越来越好。当然，他们也有自私的考虑：虚荣和实际他们都需要。

如果褒奖和斥责你的是其他人，那就要复杂得多，出于各种动机的都会有，褒奖你的不一定真的是对你好,斥责你的或许还真的是出于善意。总之很复杂,太在意了你一定会很累。

所以,还是做一个粗线条的人最好,用心做自己,放平自己的心态,既不让自己太舒服,也不让自己太累。

当然,如果这一切让一个孩子遭遇到,那可就不那么妙了。我们的教育制度和模式,家长所面临的现状和压力,这些问题都有些大,讨论起来会很占时间,不说也罢。不过,如果从国家的管理者、教育的执行者,以及数以亿万计的家长的角度来说,还是要回到思维模式和心态的问题上来。

我们教育的目的与我们生活的目的,从来就是相通的,且互为因果关系。功利世俗的教育思维培养出来的人,自然是在功利世俗的圈子里感觉最好。急功近利也好,利令智昏也罢,都是很现实很迫切的,都把自己的人生与物质捆绑得太紧,最终彻底地迷失了自己。他们的孩子,从生下来第一天开始,所看到的、听到的一切,长大以后所受到的教育和影响,注定了会与他们高度重合,这样的结果,或许可以称之为"命"。

衡量的标准改变,是"改变"的第一步,在宽松氛围里长大的孩子,他们的生活态度会变得从容。知道自己喜欢什么,知道自己应该怎么做,与别人强加给他的应该怎么想怎么做之间的差别,是巨大的。人格的塑造与扭曲,直接影响的,是未来社会的基本形态,这样的问题,随便想想,都会感觉到压力。

我想,如果在那种大家都乐于见到的环境里,我们可以轻松地说上一句"没什么,生活就是这样",那感觉一定会很好吧。可谁知道呢?因为有些事情,是想象不出来的。

一周"优步"思绪

第一次听说"优步"是4月份,因为太便宜,所以不太相信,甚至有些不屑。前几天,又有同事说优步的优惠,终于动了心,当即在手机上下了优步,并获得30元优惠券。开始几次,由于操作问题没有成功,有些灰心。上周三晚上出门,终于成了,10多元的路程只需4.02元,回来更便宜,0.70元,很有些意外,算是尝到了甜头。

第二天中午又试,18元的路程只要1.62元,现在想来,前三次都是用了10元的优惠券的,但当时并不清楚,这就为后来的教训埋下了伏笔。第三天中午同样路程11.33元,回来的时候中途改变目的地到北一环附近,结果居然是43.79元,第四天早上到西边去,又是"巨款":31.32元。这样的打击有些大,以至于不敢再试。

第五天是周日,上午要到西边装修工地去,和敏留了个心眼,动了点心思。过去的时候分两段打车,首先是优步打到万达附近,3.76元,然后滴滴快车,4.80元,这对我震动很大,巨大的差别,立马让我改变了做人准则,真是没有办法的事情。中午在外面吃饭,去饭店来回都是1.60元。由此明白5公里内一口价1.60元的含义。

傍晚再去西边,优步加快车,6.19元和2.50元,回来亦然。琢磨了一下,短途优步划算,长途有优惠券快车划算,时间点不同,优步计价模式也不同。而且我还有一个直觉：优步鼓励人们分段打车，培养习惯，加深印象。如果你是一个会算计的人，你一定会尝到甜头，得到一些不大不小的便宜，不过，你打车的概率也比之前要多出不少。

优步的出现，一方面刺激了快车，并与之合力，改变了出租车一家独大的局面，对出租车行业造成很大的打击。出租车营运证从前两年最高峰时的120万左右，跌至年初的60多万及现在的40多万。撇开对出租车行业多年的积怨，社会应该对他们给予同情，并有一定的补偿和扶植，现在显然没有，这为以后留下了一个隐患。

优步和快车使得大批有车族加入其中，让大批人有了一个合适的体验和进入市场的机会，让很多人的业余时间变得充实，让很多人的精神状态得到改变，有机会与更多的人接触，摸索和掌握与人相处的艺术。尤其值得肯定的是，让一批年轻人变得踏实肯干，吃苦耐劳，而这无疑抵消了"有车"带来的负面因素，功德无量。

对于我来说，由于装修而必须支出的打车费用，因为优步的出现而立马变得不那么沉重。无论是原本一个来回50多元的开支被削减掉七分之六，还是乘公交时花费的时间被缩减至少一半以上，都是极大的利好。因此，优步对于今年的我，绝对是一场及时雨。烦闷之际每念及此，都会呼出一口气，感受到一种体贴和安慰。

还有一件事情很有意思，优步和快车竟然可以影响到公众的买车意愿。因为便捷，因为全天候，更为关键的是费用低廉，同时还免除了一些事务和牵挂，使得有没有一辆自己的车变得不太重要了。对我来说，原本迫在眉睫的购车计划已经搁置，而这，或许会成为优步和快车被冷落的潜在原因和硬伤。为此我感到一种危机和忧虑。

现在公众普遍的观点是，优步和快车在烧钱，以抢夺市场。我感觉似乎还有更深层次的原因，不过只要不是那种太过诡异阴暗的骗局和谋略，那么对于这片土地和这些人来说，它们的出现无疑是一件革命性的事件。因为它们对人们的改变是多层次多方面的，绝对超出人们的预料。最重要的改变是精神上的，优步做到了。

优步的未来会怎么样？公众多数持悲观态度，我希望它在成熟的同时能够保持其特色，对市场形成持续的刺激和充实，给公众提供便捷有效的服务，用模式的力量树立形象，影响社会。高速发展和变化的社会需要各种力量和元素的注入，而新的力量和元素又往往超出我们的预期和想象，为此我充满好奇与期待。

夏日乱弹

7月份最后一天了,对于即将过去的这个月,作家李海燕用了"水深火热"四个字,我认为很贴切,洪水,酷暑,这个7月给人的感觉是煎熬。尽管昨天凌晨和中午两场暴雨丝毫没有削弱高温的淫威,但我总感觉已经到了盛极而衰的拐点。

8月7日就要立秋了,我已经在期待一场秋雨一场凉的日子。上午骑车转了好一圈,想买一两个好一点的西瓜过过西瓜瘾,然后立秋那天再吃一个,这有西瓜相伴的日子基本上也就过去了。

昨天晚上和父母聊天的时候,说到下午才被证实的市长落马的事情,老人家自然又是一番感慨。其实对于这样的事情我早就没有什么感觉了,倒是几个月前关于颈椎脊椎疾病致人跳楼一事,让我颇感荒唐和意外。翻看了一下自己当时的文字,可以归纳为两点:第一,这个理由是对我们的医院和医疗技术的莫大贬低和讽刺;第二,如果大家相信了这样的解释,那么我们的医院绝对会面临巨大的信任危机。我担心的原因实际上是自私的,家里有人靠医院吃饭还房贷,医院可不能垮。

说到房贷,不由得想到身上背负的巨大贷款包袱,但在目前的状况下,还真的不能说,说多了人家会认为你在炫耀自己的先见之明和类似莽撞的果断。

最近老是有会,上班的地方又远,打车费钱,公交费时间,学会使用优步和快车以后,觉得生活因此而改变了很多。对于这件事,我有自己的思考,并且已经形成一篇文字。我的观点不仅仅停留在便宜、烧钱和市场竞争与规则这个层面上,我想得更多的是优步和快车对我们的影响和改变。

其实今天上午还应该去合肥大剧院见识两位高人的,一位是文坛奇人路内,"当大多数文学青年在大学校园里满怀忧伤地抒情时,19岁的路内已开始在苏州、上海、重庆的工厂里辗转"。他做过钳工、电工、操作工、仓管、营业员、会计、小职员、电脑设计员、小贩、播音员、摄像师、广告公司文案、公关公司老板等等。2007年他因为在《收获》杂志发表长篇小说《少年巴比伦》而受到关注。至2013年,他在《收获》和《人民文学》共发表了五部长篇小说。他今天讲座后将签售的作品是《慈悲》。另一位是为了做好讲座对话人而在一周内读完路内6个长篇的常河,相信今天的对话一定很精彩。

今天大热,哪儿都不想去。前几天一直在琢磨的两个字"落"和"寡",似乎到了瓜熟蒂落的时候了,许久没有写方言随笔了,再写起来能不能有所突破,心里没有底。不过能有个话题可写也算是幸运的,否则,真是干着急。

写作的事情急不得也"积"不得,积压多了就是一个负担和心病,目前至少有10来篇稿子要写,想想都觉得睡不着觉。可我偏偏是个倒头便睡的主儿,这很容易让人感觉有些矫情和虚伪。

没办法,有些事情还是不解释为好,越描越黑。就像这夏天,不能多想,不能焦虑,启动保命机制,静静地等待就行了。

生活，有时就像一盘腊味糍粑

又是月底了，连日忙忙碌碌的，没有察觉时间的快，忽然意识到，已经到了一个月的最后几个小时了。有些小小的低沉的同时，想，还好，这一年还有 4 个月，而且是黄金般的 4 个月，尤其是天气，最有利于做事。

傍晚开始，把一个征文写好了，这会儿已经收拾好一切准备睡了。靠在床头，翻看着手机里的照片，看到一张前几天拍的腊味糍粑，感觉真是不错。

我曾经多次为这家不大的饭店里的几样菜做广告，腊味糍粑就是其中一种。上好的米，自制的香肠、腌肉，独特的工艺，使它成为众多腊味糍粑中的佼佼者。相比于有的单薄油腻，有的夹生僵硬，有的非生即煳，有的旁门左道，这款腊味糍粑集色香味于一体，着实让人难以忘却。

生活有时就像是一盘腊味糍粑，几乎同样的米、同样的油、同样的水、同样的炊具，做出来却完全不是一回事。有时候就差那么一点点力道，有时候就差那么一点点火候，有时是思路不对，有时是工艺不行。

生活，有时就像一盘腊味糍粑，你能吃出香，吃出味，吃出感觉，吃出享受。

生活，有时就像一盘腊味糍粑，让你没有食欲，没有感觉，没有回味，没有念想。

赏心悦目，入口入心，这样的腊味糍粑，这样的生活，应该也算是一种享受吧。

2016 年微博思绪

　　一年开始的时候,总会做些计划的,这一年怎么过,有哪些具体目标,等等。在我看来,所谓的年度计划一定是实实在在、切实可行的,太虚、太高大上,都没有意思。个人的计划尤其是要务实。又不是拼高调、拼政绩,然后谋求升职高就,没必要搞那些华而不实的东西。关键还是在于做,把事情做好了,比任何计划都要强。

1 月 1 日

　　安心做事,很不容易。外面的诱惑和干扰是一方面,内心的浮躁应该是主要原因。但要有所收获,必须要踏踏实实做一点事情。平日里的风光只不过是一时的热闹,过去了也就没有了。因此,收心,戒躁,至为关键。新的一年,以此自励。做几件实事,出一些成果,为自己寡淡乏趣的生活注入一些内容和色彩。

1 月 2 日

　　唯有把握住时间的人,才能把握住自己的人生。这样的话,一定有哪位名人说过。试想,如果一个人不能有效地控制和利用自己的时间,他又怎么可能全力以赴去做自己愿意做、应该做的事情呢?其实把时间用在吃喝玩乐上还真的不能算是太浪费。最浪费的是那种整天迷迷糊糊、无所事事、干什么事情都不在状态的庸碌。

1 月 3 日

如今这世道，但凡做事，最忌杂念太多，心思不在事情上。一心一意尚且不能够保证把事情做好，多了那么些个杂念，其结果可想而知。所谓杂念，少不了一个"私"字——以个人私利为中心的利益和关系。杂念多了，牺牲的一定是公心、品质和结果。世间许多事情，往往都是毁在这上面。许多的浪费和失败也是因为这个。

1月4日

我内心对北京有一种莫名的亲切感。到北京很多次，每一次都很有些收获。一年一次的北京图书订货会，现在基本上不再现场订货了，但其展示与交流功能不可小觑。很多信息与合作意向都在这里获得和产生。因此，相关责任人和单位对此都非常重视。的确，生活中一些看似没有什么意义的事情，其价值大了去了。

1月5日

参观中国现代文学馆，有几点感受：一、无论什么时候，都不可低估文学的力量和价值；二、政治对文学的影响太大，势必会损害文学事业的发展；三、一个作家的地位如果不是由其作品确定的，那么他的地位一定是尴尬和充满变数的；四、权威性和公正性直接决定了一个展馆的水平和档次，而要做到这一点很不容易。

1月6日

如果你是一个爱书的人，那么当你置身于一个图书的海洋，你一定会有一种莫名的激动和愉悦。惊喜不断、赏心悦目，特别是一些名社大社，其大手笔与新奇之处令人耳目一新。市场的选择和挤压，会激发出许多智慧与能量。而未来的图书市场，一定会是一批专业敬业、出新出奇的出版人和机构顶起的一片崭新蓝天。

1月7日

周恩来总理逝世四十周年感言：一、周恩来的非凡伟大、人格魅力不需要谁说三道四，同样，他的伤心苦闷、委屈落寞也不是谁都可以理解的；二、评价一个人，一定要将他放在他那个特定的时代，否则，都是不科学和不公平的。

因为它不属于任何人，所以很少有人真正对它负责，位居高位者想的是如何巧妙实现自己利益的最大化,将大家的东西变成自己的东西。他们说起大话来口若悬河、大言不惭,做起事情来利令智昏,丑态百出。所有不合常理的背后,都有一个一目了然的个人原因:欲望随着位置升迁而膨胀,话语权随着地位下行而衰减。

1月9日

名副其实,是一种肯定,更是一种境界。有实无名,或名不副实,难免有些失落,但只要是有实力,这"名"一定会以另外一种形式体现出来。有名无实,或者名大实小,尽管可以糊弄得了一时,但时间久了,露出马脚,更是会遭人笑话。因此心里一定要明白,相对于"名","实"重要得多,也实用得多。

1月10日

现在去政府各部门办事,态度好了太多,效率也高了很多,杂七杂八的收费也没有了。但是一些规则还是很让人烦恼,城市大了许多,只要一个字据存根发票找不到或者没有带,你就得至少颠颠地多跑一趟。劳神费力耗时。过日子真是件细致活,大大小小的物件资料都得小心收藏保管好,否则你迟早要为你的马虎埋单。

1月11日

说习惯了也好,说麻木了也罢,每天过着平平常常的日子,基本上没有什么感觉。但在某一个特定的时间点,或者一个特定的地方,一些感受,一些情感,会忽然涌现出来,让人有些百感交集。这个时候你才会发现,一些原本以为已经遗忘和丢失的东西还在,只不过时间太久了,被一层又一层地压在很深很深的地方。

1月12日

匆忙的日子,就是想起了这个忘记了那个,做了这件事误了那件事,瞌睡的时候不想睡觉,睡觉的时候想着什么时候应该起来。匆忙的时光,就是感觉总是有事要做,又总是觉得正在做的不是最重要的,有种隐隐的焦虑,又有一种淡淡的失落。匆忙的时刻,时常会感觉自己有些迷糊:我在哪?我在做什么?我是谁?

1月13日

"不讲究"似乎是一个老词了,因为现在似乎没有多少人说"讲究"这个词了。之所以一连用了两个"似乎",是因为我不能够确定,因为"讲究"从来就是做人做事应有的态度,而"不讲究"一定是出不了精品、成不了大事的。不过老话老理儿有时候好像也不太灵,当不讲究成为一种常态的时候,"讲究"就成了过去式。

1月14日

一群人能够抛却所谓的社会身份、社会地位等因素,很放松地聚在一起,除去许多世俗的客套礼仪,大声说笑,大口吃肉,然后再大呼小叫地打着纸牌,睿智风趣地说着闲话,真是很难得。这样的组合和这样的情感,值得我们珍惜与呵护。我想,多年以后,这些人这些事这些场景,一定是我们记忆中最明媚温暖的那部分。

1月15日

到五河考察民俗的路上,读了一些有关民俗的专著,对于民俗有了比较清晰的了解。民俗就是传承在广大民众中的社会文化传统,是被民众所创造、享用和传承的生活文化。而民俗学就是研究民众所传承的各种民俗现象的本质、特点、作用及其产生、发展和演变规律的学问,是隶属于人文社会科学领域的一门学科。

1月16日

民俗包括物质、行为和精神三个方面,相对来说,物质的保护要简单易行一些,行为上的记录与保护则有一定的操作难度,至于精神上的整理与研究,则属于一种较高的层次。保护有形的,记录无形的,同时勤于思考,是民俗工作的基本内容。干预生活,规范生活,乃至引领生活,是中国民俗的独特之处和历史使命。

1月17日

冬日思绪:一、尽管历经坎坷得来的结果更让人学会珍惜,但人们还是向往一蹴而就的成功;二、把合适的东西放在合适的地方,或者是交给合适的人,也会有一种成就感;三、明白自己需要一件东西的理由,会让自己有更多的自信和动力;四、凡事刻意去做也许会做得很好,但总不如水到渠成、自然而然更多一些趣味。

1月18日

如今时兴"打造",动辄"高端大气上档次"。结果往往是钱花了不少,结果却很难如愿,甚至适得其反。长江中路是这样,所谓女人街(小马场巷)也是这样,所谓香街(七桂塘)更是这样——几乎是了无人迹。游人如织,摩肩接踵的盛况都哪儿去了?私利和政绩(也是私利)祸害了多少条街巷和广场?只有天知道。

1月19日

装着两本书的包丢了,这让我感觉很不好受。人民文学版《莎士比亚全集》第二卷,三十多年前的版本,丢了一本整套就失配了,真是很糟糕。我想,如果丢的是其他什么东西或者一些才买的新书,我是不会这样的。此刻,我才真切感受到,我的这些藏书在我生命中的意义和价值,失去它们,我会如此沮丧和难过。

1月20日

因为丢失一本书弄出这么大的动静,惊扰这么多人,让我感觉很不安,朋友们的关注和关心,让我深受感动。微博微信的大量转发,传递出的是一批认识或不认识的朋友的理解和爱心。贴心的评论和留言更是让我感受到一种温暖。雪夜,全城寻找一本书,雪夜,收获的是新年第一个难忘的记忆。深深地感谢!

1月21日

丢书这件事,到今天算是告一段落了。最后一种可能被否定之后,查找也因故无法进行下去。很多时候,我们的人生就是这样,没有那么多规整的"全套",突如其来,又戛然而止。通过这件事,让我对网络的影响和能量,对人际关系新的表现形式,都有全新的了解和认识。一种新思路也随之涌来。

1月22日

寒冬思绪:一、当严寒在我们的期待中如约而至,我们才发现,严酷的现实好像并没有那么浪漫;二、对于寒冬,似乎我们在心理上做了准备,但我们却忘了增加铺盖和衣裳,其实都在箱底柜头放着,但太多年不用,我们早已忘了它们的价值;三、一个人个性鲜明会给人留下比较深刻的印象,但也不是那么招人喜欢。

1月23日

思绪:一、比起那些娴熟的世故和分寸感,我更喜欢有些突兀的直截了当,爽快,不憋屈;二、从任何一件事情上,都可以读出很多东西,当然这需要阅历和眼光;三、当一个人过于投入某件事情或者爱好的时候,没准就会对其他人产生一定困扰;四、盲目地自我陶醉是一件很糟糕的事情,长此以往,难免会遭人耻笑。

1月24日

其实我们经常控制不住自己,这个想干那个也想干,这个喜欢那个也要据为己有,其实我们的人生有限,精力有限,能力更有限,我们不可能满足我们总是在膨胀的欲望。所以我们一定要清楚,什么是我们最想做的,什么是我们最想得到的,然后凝神聚力地去做。而所谓成功,就是不断地提醒自己向着既定的目标努力。

1月25日

读清人小品,太多感慨。自然流畅的文字,随性雅致的生活,倜傥畅快的人生,无不让人羡慕向往。回望自己几十年的日子,几多懊恼和叹息,差得不仅仅是一点两点。不过,有些经历,与古人相仿类似,回忆起来,颇多意趣。或者也可以如法炮制,为记忆找出一些亮点和色彩,当然,最重要的还是过好以后的时光。

1月26日

思绪:一、一个关于图书的意外惊喜给人带来的,是有别于平常的特别感觉,畅快,开心,写作时的那些辛苦与坚持,现在想来还是挺值得的;二、阅读带来的惊喜和快感真是难以言表,不期而遇,豁然开朗,深受启发,等等等等;三、年关时节,种种的忙乱。大家都是这样,也都习惯了,心平气和,的确很有意思。

1月27日

生活中很多事情，你不想做不去做，或者你做得不好，必定要有别人去做。而自己是否意识到了？是否应该庆幸感恩？因人而异。如果把别人当成傻子，或者久而久之习惯了，觉得是应该的，那就错大了。当然，也可能你是那位总是在做的人，那么你可以想想，自己是否应该？是否值得？并由此判断出自己究竟应该怎么办。

1月28日

人生，有时候像私家车，你想到哪里就来到哪里；有时像出租车，你让它到哪里就到哪里；有时像公共汽车，你只要选对了，它一准能把你送到特定的地方。但有的时候，人生像单位班车，你赶上了，它一定会准时把你送到单位或者家门口。但是，如果你错过了，那就很麻烦了，因为没有第二次，错过了就永远错过了。

1月29日

思绪：一、人一辈子，总是在不断地获得和失去，久了，获得的喜悦和失去的伤感，都会变得很淡；二、为什么有的时候我们会对一间空空的屋子依依不舍，那是因为在那里面有我们太多的记忆，高兴或者沮丧，离开了它，我们会感觉自己的心有些慌，的确，我们的记忆需要一个落脚的地方；三、新年也意味着告别。

1月30日

笔记：一、故事不在于讲什么，而在于怎么讲。同样，小说不在于写什么，而在于怎么写；二、文学作品一定要具备思想性，艺术性和可读性；三、文学作品最忌装腔作势、总是端着，让别人看不懂；四、小说首先要抓住故事，不要以为讲故事就是通俗，没有档次。怎么讲故事，怎样把故事讲得高级，是问题的关键。

1月31日

当我们一直渴望着的城市变得很大，这件事成为现实，变化是显著的。我们的眼界开阔多了，可以去看的地方多了，大的场面和活动多了，相应的城市影响力也大了许多。同时我们生活的成本和代价也大了很多，你似乎找不到城市的边了，你不认识的地方和道路太多了,在路上花的时间越来越多,并且时常晕头转向。

2月1日

春节近了,过年的气氛越来越浓了,一年到头,有个比较长的时间放松放松、休整一下,亲戚朋友之间走动走动,真是很好。在我的潜意识里,过了春节,一年才真正开始,以至于将一月写成十二月。其实这也没错,辞旧迎新,春节比元旦更有感觉。而且春节更多一些人情味,更多一些世俗的快乐。因此我喜欢春节。

2月2日

朋友的故事:夜半回家,打一出租,司机为一中年妇人。关切道:你一女子也开夜班车?答曰:否,要过节了,把车检修一下。一路闲聊,感觉尚好。到家,17元,朋友给她一张50元。妇人借车灯验看,然后找其3元。下车回家,良久,忽想起,30元未给。朋友郁闷,我劝:失小财而警醒,春节将近,诸事小心为是。

2月3日

思绪:一、无处不在的选择,考验着我们的眼力、判断和魄力,当断不断,错失良机,之后必定会后悔不迭,懊丧不已,而基于理性分析之后的大胆选择,一定会给你带来成功的喜悦和自信;二、"一年之计在于春"这句话,包含着许多内涵,理解透彻之后,必定会有很好的收获;三、某种意义上,立即行动胜过千思万想。

2月4日

城市连续拥堵多日之后,慢慢地空了下来。判断一个城市是否足够大,只要留意一下它春节期间的空旷程度,就可以知道。有钱没钱,回家过年,多少年的传统,你不想随大流,一定要特立独行,也不是不可以,只是让人家感觉有些不得味。亲戚朋友们聚在一起放松几天,再抽出时间做一些自己想做的事情,挺好。

2月5日

我们每天所做的一切,一部分因为惯性,一部分是为了心安。很多时候,真是不想那么多,想多了,会感觉有些灰心。这样的话我应该不止说过一次,它只能说明我始终有这样的感觉。人生其实挺短,没必要你争我斗地没完没了,一家人之间尤其如此。戾气太重真是要不得,自己不开心,别人也跟着受气,何苦来哉?

2月6日

除夕对于中国人来说,是一种标志,其仪式感大于实际。它有一种潜在的力量,掌控着人们的生活节奏和色彩。可以一年忙到头,但春节一定要回家团聚,既符合人们的心理要求,又提醒着人们不要忘记家的方向。也正因为此,人们一直过着年,一直记着过年要回家,回家去享受几天天伦之乐,享受一段放松的日子。

2月7日

春节是一个节日,一个十几亿人放下手头的工作,纵然在千里之外也想着往家赶的节日;春节是一个舞台,一个在千家万户上演着一幕幕有关亲情和友情,团圆与离别的舞台;春节是一个平台,一个亲戚之间走动,朋友之间联系的开放的大平台;春节是一个起点,一个开启新的一年工作学习事业与生活的新起点。

2月8日

比较稳固的交情,就是彼此不反感,彼此能够理解包容对方,在一起有话可说,有一定的共同爱好,相互可以有所需求,但没太大的利益上的瓜葛。血缘联系起来的关系,尽管说是打断骨头连着筋,但也一定包含着些许或者太多的委屈和无奈。非血缘关系的同学朋友,少了这层束缚,聚散在缘,感觉就没那么辛苦了。

2月9日

失去后的重新获得,一定是比一直拥有更觉得宝贵,但其过程应该也会伴着或多或少的懊悔和痛苦。每个人大多都有这样的经历,有的人还可能总是这样。没有办法,不同的心智和性格决定了各自的人生轨迹。准确地说,人的一生最终还是失去,彻底地失去,但在我们能够掌控的时光里,我们还是应该仔细地过好它才是。

2月10日

现在我已经可以确定,这个年注定是让我记忆深刻的。它改变了我的一些观念,也必将会改变我的一些行为。应该说,在多数的时间和场合中,简单不是一种合适的做法。很多事情我们觉得很委屈和郁闷,其实根本原因和责任还是在于自己。在选择一种行为方式的时候,一定要想到可能由此而会有的一切可能的结果和场面。

2月11日

当你完全进入了一出戏里面的时候,也许这出戏即将走向它的尾声;当你感觉已经适应某种状态的时候,也许这种状态很快就要结束了;当你觉得跟朋友有些难舍难分的时候,没准彼此的缘分已经到了尽头;当你的生活完全由着惯性走的时候,没准行进的轨迹正在发生改变。过年,或许就是这样,人生,或许就是这样。

2月12日

很强烈的挫败感,控制不住自己的精力和时间;很糟糕的无力感,仿佛挣脱不了某种隐形管制;很沮丧的方向感,渺茫的目标伴着迷茫的路途;很失落的成就感,些许的收获瞬间没有了踪影。是阴郁的天气容易让人压抑低沉,是灰暗的情绪总会扰乱内心平静,或者日复一日总是如此的?或者人的一生本就是充满无奈的。

2月13日

能够成功地将自己禁闭起来,是一件很不容易的事。这里所谓的禁闭,不但是大门不出二门不迈,还要能够静下心来,认真做一点事情,哪怕是看一点书,研究点学问,写一点文字,或者其他一切比较有意义的事情。喧哗浮躁的社会里,最容易迷失自己,最容易在看似热热闹闹的一天天里,把大好的时光给荒废了。

2月13日

这几天,在思考有关方言写作的问题。应该说,我的所谓方言写作是不够准确的说法。因为我既不是完全用方言写作,更不是关于方言的语言学方面的专业研究论文,我那不算多的关于方言的文字,充其量只能算是一种泛方言的写作,或者是以方言的名义进行的写作,是对方言研究的一种放大,类似于杂文或随笔。

2月14日

了解一位作家,只是看一些介绍的文字是不行的,一定要读他的作品,然后才能对他做出你自己的判断。如同了解一个人不能只听别人说道,需要自己去观察、了解。当我们的水平、角度和高度不足以让我们做出准确判断的时候,我们可以看看别人怎么说,并从中找出我们所认可的东西。如此,也不失为一种好办法。

2月15日

如果一定要在平淡的日子里找出些亮点和话题的话,那么平淡、安静就应该是话题。如何能够在平淡的日子里保持一种安静和从容,对每一个人都是一种考验。寂寞是人生的一种常态,也是人们总想摆脱却总也摆脱不了的东西。改变的方法是让自己投入地做一件自己感兴趣或者必须做的事情,在充实感里寻找平衡。

2月16日

因为捡漏,掏钱购买了一批又一批的书;因为捡漏,邂逅了一堆写得很好、编得很好、印制得很好的书。我想,其中应该是有一种缘分,心中因此多出些庆幸和珍惜,这样的事情和感觉真好。很多时候,我们不知道会遇见什么人,碰到什么事,收获怎样的东西,但我们的确要相信,有些惊喜,会在某个地方等着你。

2月17日

回顾、回味一番走过的路和做过的事,也不失为一件很有意义的事情。我们一直在路上,我们一直埋着头往前走,忙碌、辛苦。但我们很少回望,很少放慢脚步,喘口气,想一想。我们有过些许成功,更多的应该还是失误,事后能够意识到,知道差错在什么地方,对于以后的日子,绝对是有益的,我们的人生也需要反思。

2月18日

当一群人很和谐地处于一种非常好的状态时,的确应该珍惜并感恩。因为不是所有的时候你都能遇见一群这样的人,也不是所有的时候大家都能保持这种状态，一批投缘的人在很好的状态下相遇，是彼此的幸运和福分，一定要小心呵护才是。必须是大家一起努力，用心尽意，用心享受，才不会辜负了这美好而惬意的时光。

2月19日

决断一件事情的时候，有个心态问题在里面。权衡利弊，想清楚一切后，便无须再犹豫不决。人生在世，能够拥有的财富，本无定数，自己挣一些，不妨让别人也能有一些。何况相比于财富，人缘价值更大，不经意留些什么在某处，或许有一天，它会演绎出一些意想不到的桥段来。这社会，想不到的事情还多着呢。

2月20日

思绪：一、社会的肮脏与无趣，源于某些人的无耻与卑劣。冠冕堂皇道貌岸然之下，是无限膨胀的私欲和龌龊不堪的伎俩；二、所谓民意，无非是那些源于一己利益的判断和观点，充满了个人色彩和私利，但如果很多人的观点和意见趋于一致，那么应该就是这社会或者机构出了问题；三、多行不义者，可以拭目以待。

2月21日

读书，当相隔几百年前的文字直抵眼前的时候，当依然鲜活生动的语言跃然纸上的时候，当闪烁智慧光芒的思想洞察人生的时候，当善与恶交锋数百年仍难分伯仲的时候，你不能不感叹，先人的伟大和我们的无奈。岁月流逝，带走的是我们的伟人和哲人，留下的是他们不朽的文字、睿智的思想，为此我们应该感到庆幸。

2月22日

一本正经地做着无聊的事情，是当下的通病。几乎所有的事情都可以形式主义，几乎所有的事情都可以变成利益。然后大张旗鼓，浮华铺张，然后偃旗息鼓，不了了之。其结果一定是损公肥私，劳民伤财。由此可见，很多事情不是决策的问题，而是在执行的进程中严重变形走样。当然，或许还有更深层次的原因，不说也罢。

2月23日

流言大多源于猜测和臆想,用世俗乃至更加等而下之的思维,去看待有悖常理、不可思议的人和事。但一些所谓的流言,却是另外一回事,说的的确是事实,却没有一个正式的发布传播渠道。无论是怎样的一种情形,流言盛行的时候,一定是大环境出了问题,或者是一些人真的有问题,或者是另一些人真的有问题。

2月24日

思绪:一、应该说,没有婚姻的人生是有问题的,怀才不遇的人生也是有问题的,可那又怎么样呢?只要活出自己的精彩,那些什么遗憾和自责,都没有必要;二、有的时候,当你预料之中的一个不堪结果出现的时候,你感觉自己并没有想象中的那么开心,那是因为你有一份感情在里面,在你的内心,你还是希望它好。

2月25日

思绪:一、机缘巧合,有偶然的因素,更有必然的东西在里面;二、生活的乐趣,在于你喜欢的东西,以一种意外的形式得到;三、价值,有时在于感觉,你喜欢,代价再高都值得,如果能够轻松获得,那就是惊喜了;四、执着于一件事,一般不会觉得辛苦,因为其中必定会有乐趣,即便这乐趣在旁人看来不以为然。

2月26日

不到一个地方,你永远不知道会遇到什么人,自己会是怎样的一种心情;不到一个境界,你永远不知道会领略怎样的景致,感受怎样非凡的感觉。旅行是这样,读书也是这样。我们的一生其实并不长,晃晃悠悠几十年就过去了。努力向着高一点的目标前进,会感到一种压力,让你不至于懈怠,同时也会有一份别样的体验。

2月27日

思绪:一、所谓距离,就是你向这边,人家向那边;你选择这样的生活,人家选择那样的生活;你在乎一些东西,人家在乎另一些东西,久而久之,就有了差别和距离；二、所谓光阴，就是你做与不做、努力或者不努力，它都按照一样的节奏运行，而你与别人之间渐渐产生的区别，都在于你自己，与它没有任何关系。

2月28日

思绪：一、总体来说，生活是平淡的。但它趣味的色彩时常会在你不经意间呈现出来，让你眼前一亮，精神为之一振；二、再一次告诫自己，要相信自己的直觉，预料中的结果一定会出现，只是时候没到而已；三、在等待那些歹人下场的过程中，要防止自己的心态扭曲，平心静气，做自己的事，顺便看看，就很好。

2月29日

关于财富，有些人只看眼前的利益，没有一个长远的眼光，肯定是不行的；有些人具有前瞻性，有投资眼光，自然能够赚得不少的钱；有些人敢于冒险，目标是巨额财富，很刺激也充满危险；还有些人很有眼光，但心态放松，不那么急吼吼的，悠悠地赚着或多或少的钞票，可能永远不能够大富，但也不会遭罪，挺好。

3月1日

关于房市疯长，耳边听到最多的，是谁谁谁几天里多卖了几万几十万，谁谁谁年前没买亏大了，谁谁谁年前把房子卖了现在肠子都悔青了，谁谁谁幸亏年前下手转眼便赚了一大笔。当然也有其他声音，比如为多赚一些钱而临时毁约，良心会感觉到不安；比如不把钱赚尽，留点利润给别人；比如妈妈，不要趁火打劫！

3月2日

思绪：一、不能果断拒绝，事后一定后悔。性格决定命运，说得有些大，但也不无道理；二、当你感觉压力大得难以承受，没准就是到了解脱的时候，前提是你一直在想办法摆脱它；三、想做一点超越自己能力的事情，很不容易。只是想想，或者只是一般的用心，都是不行的；四、总是想对别人倾诉的，内心一定不够强大。

3月3日

思绪：一、平静源于内心的定力，看明白了，想好了，就不会动辄躁动；二、置身事外,静观其变,其实也挺好;三、放松,应该是心态,而不应该仅仅只是状态;四、积少成多,集腋成裘,只要坚持,总能有所收获,写微博如此,做其他事情,也应该如此;五、细致而充分地准备,是做好一件事、一项活动的前提。

3月4日

莎士比亚说:"超乎寻常的亲族,漠不相干的路人。"一语道出多少家庭的尴尬与无奈。原本是至亲的一家人,因为人生观和价值观的差异,因为一些或大或小的利益,生发出各种各样的矛盾,甚至反目成仇,老死不相往来,真是让人感慨、无语。大家庭小社会,总体的素质放在那儿,没有矛盾几乎不可能。

3月5日

我们的人生,是一个不断充实和改变的过程,而我们要做的,就是尽可能地抓住机会,学习和掌握我们所不了解的东西。它们是我们的底气和自信所在,也是我们的层次和境界所在。最糟糕的事情不是我们掌握得不够,而是我们不知道我们缺什么;不是我们做得不够好,而是我们根本就不在做。光阴荏苒,当时常自省。

3月6日

当我们觉得自己的日子平淡无趣的时候,我们就想着给它增添些内容和色彩,我们没办法改变太多,但我们可以改变一下眼前的时光;我们没办法预知未来,但我们可以知道现在自己在做什么;时光就这么流逝,我们更多的只有无奈,以及一些不甘心。当岁月试图带走一切的时候,我们可以尝试留下点什么。

3月7日

如释重负的感觉真好,它意味着之前的某种压力得以释放,或者是完成某项工作,或者是了却某个心愿,或者是得到某件心爱之物,或者仅仅是读完一部长篇巨著、写完一篇文章。人生总得有些追求,也一定会有所追求,于是就会有压力,于是,就会有如释重负。在生命的某个时刻,在看似平平常常的某一天。

3月8日

当做成了一件事,某种压力没有了,那一种心底里的轻松真是很好,好像是经过很长时间的艰难攀登,终于到达顶峰;又好像苦苦寻觅,终于找到心爱之物。其实我们的人生是需要这样的过程和感觉的,尽管这的确有些冒险,因为谁也保证不了我们一定会成功。但它也一定能够让我们的生活多出一些动力和滋味。

3月9日

思绪:一、生活中,少不了一些很具体很琐碎的事情,有的可以忽略掉,有的则不行,调整一下心态,以一种主动的姿态去做,或许也会感觉到乐趣;二、如何做人,是个大学问,其中需要把握拿捏的地方很多,不是一句两句话可以说清楚的,但有些东西一定是需要的,正派、善良、智慧、用心和坚持,必不可少。

3月10日

当一个人决定用自杀的方式结束自己生命的时候,他的心情一定是万念俱灰,或者他感觉自己活着一定是生不如死,或者他无法忍受将要失去的一切,或者他没办法面对即将到来的现实。总之,那一刻,他觉得唯有一死才可以解决一切。这无论对于个人还是家人,无疑都是一场悲剧。活着的人都应该引以为戒。

3月11日

总有事做,总是日程满满地生活,无疑有些辛苦,但也一定是充实而有趣的。因为很多事情往往都是自己找的,而自己找的事情往往又都是自己愿意去做的,这样的状态应该不错。其实过一种有目标的生活,也意味着你必须付出,比别人更多一些地付出。在这一点上,绝对是人人平等的,付出才有回报,这话是没错的。

3月12日

联合一批人,确定一个目标,大家在一起做一点事情,的确很有意义。所谓朋友,只是关系好,只是在一起吃吃喝喝玩玩,而没有精神层面的交流和合作,一般都难以长久。另外,大家在一起做一本书比起一个人独自出一本书,无论是从影响上还是意义上,都有着很大的区别,而我之所以用心尽力自然也是因为此。

3月13日

思绪:一、世上很多事情,有它的偶然性,也有它的必然性,任何侥幸都是要不得的;二、谨言慎行,对自己负责,也就是对家庭负责,最大的孝顺,是做好自己,让父母安心;三、好时光是极其珍贵的,必须细心呵护,因为任何一个极小的因素,就可以将它打碎;四、安于平淡、追求不凡,是一个目标的两个方面。

3月14日

春天的妙处,在于一切都是生机勃勃的。无论什么植物,你都能在它身上发现美,哪怕一片嫩绿叶,一朵小小的花。但春天也的确容易让人生发感慨,因为一切都太快,转瞬即逝,让你手忙脚乱、顾此失彼,于是难免感觉有些失落和伤感。这都是没有办法的事情,大自然年复一年周而复始,老去的只有我们的心。

3月15日

回味咀嚼方言,实际上也是一种回顾。过去的生活,过去的人情世故,一幕又一幕,过电影似的,有时候进入太深,感觉尤其独特。想着自己之所以一直执着于此,应该是一种眷恋和不舍,更何况有些事情,现在不做,也许以后就没有机会和精力去做了。回望,将许多感触和滋味汇聚,一笔一画记下彼时的生动鲜活。

3月16日

某种意义上,我们一辈子都在努力地压制我们内心里那些魔。因为诸如自私贪婪冷酷欺诈懒惰虚荣等等劣性都属于人性的一部分,我们稍一松懈,没准就会让某种劣性抬头,进而做出一些让自己后悔的事情来。评判一个人做得好与坏的标准,应该就是人们所说的名声。一个人如果不顾忌这个,那他一定会肆意妄为的。

3月17日

思绪:一、与心机太重的人保持距离,可以避免一些不必要的烦恼;二、但凡心机重的人,迟早是会被别人发现的,只不过是时间问题,也与彼此的智力和敏感度有关系;三、人生在世,难免被人利用,在不情不愿的状态下被人利用,心态要好,明白就行,权作体验一把;四、乐此不疲,心机重的人也是这样。

3月18日

人一生会有很多失落,也会有不少机会,不能着急,但始终得用心、努力。的确不知道什么时候机会或者运气就会来了,但这一定要看你是否合适、突出,所谓"桃李不言,下自成蹊",说的都是这个意思。寂寞辛苦是一定的,你如果不会八面玲珑、投机取巧的话,那除了做实诚人,下苦功夫,应该没有其他更好的办法。

3月19日

为俗事操心,为俗事纠结,都是免不了却又很烦恼的。只要我们活着,就一定会有很多欲望,物质方面的,精神方面的,尽管我们会有所偏重,但绝对偏向哪一边似乎也不可能,于是我们常常会游走于二者之间,患得患失。这真是没办法的事情,精神的我总是想飞得更高,物质的我则贪念更多的享受,两者总是在打架。

3月20日

思绪:一、坚持,有时候是为了某个目标,有时候是为了某种原则,有时候仅仅是因为没有其他更好的选择;二、喜欢并且善于操纵别人的人,一定是具备某种特质,这样的特质如果用对了地方,也不失为一个优点;三、其实一个人一言一行是出于什么动机和目的,大多数人都是心知肚明的,只不过不想说出来罢了。

3月21日

开始的时候,强迫自己调整好心态,强迫自己安静下来,强迫自己笑对一些无趣的人和事,强迫自己读书,强迫自己写些东西,久而久之,竟然也就习惯了,心平气和、有条不紊地做着一切,这个过程,应该就是一种修炼。知道自己可以放下什么,明白自己应该做些什么,清楚什么对自己最重要,如此,也是修炼。

3月22日

一个人能够时时把握住自己,稳稳当当,不出问题,非但是不容易,几乎就是不可能。因为它意味着付出和辛苦,意味着你不可能总是随心所欲,有时候甚至还需要你的隐忍和委屈。底线亦即红线,突破了,一切都会变了。完全不同的另一番境遇,唯有高人才能从容面对,进退自如。我等凡人,还是小心一些好。

3月23日

心态决定一切,这话有些道理。不回避,不曲解,理性对待,方为上策。改一句名言:"这是一个最坏的时期,也是一个最好的时期。"如此,就应该坦然,就应该利用好了。否则,那才叫一个不划算。照说人生这本账,没有什么应该不应该,划算不划算,不过,具体到某一件事,某一个时刻,这账还是得算一算的。

3月24日

周末思绪:我有时候在想,人随随便便是一辈子,较劲当真也是一辈子,是否真的需要那么认真?想了很多次,感觉这全在于自己,每天收拾得干净、利索、体面是一天,随随便便、邋邋遢遢也是一天,关键是你是否在乎别人的感受,你是否愿意处于这样的状态。你在乎,你放不下,就意味着你选择了另一种生活状态。

3月25日

对于孩子,我们强调陪伴,但是这个"陪伴"不仅仅是形式上的寸步不离,更应该是一种心灵上的如影随形,这个很难,需要用心尽力。其实我们身上的许多东西已经通过遗传给了孩子,后天能够改变的没有我们想象的那么多。如果既不能在大的方面给予支持,也不能在小的方面给予帮助,那真的只有靠天收了。

3月26日

参加和主持了很多期沙龙,每每都有感慨,以某种名义,把一些人聚在一起,不是特别正式,但是比较认真,因为说的都是一些比较实在、到位的话,所以往往可以吸引人和打动人。因为它的随机性,所以经常会有不少期待之外的收获。这或许就是沙龙的魅力,也是它一直为人们所关注,并且乐于参加的原因之一吧。

3月27日

思绪：一、用简单的方法对待复杂的世界，难免会受伤，或者被边缘化。你要么接受这样的宿命，要么努力去改变自己，除此之外，没有其他更好的办法；二、应该说，自得其乐也是一种幸福，不过它意味着排他性和有那么一些孤独和寂寞；三、对于自己所处环境的判断，取决于你的心态和修养，因为一切都是相对的。

3月28日

思绪：一、在大多数时间和场合，善良、轻信、盲从不是优点，它会被人利用、看轻，甚至会被人欺负；二、粗暴、草率的为人处世态度和工作作风，势必会对别人造成伤害，最终也会对自己产生不利的影响；三、明理，是做人的最低也是最高的要求，不明事理，一定会做出一些错误的判断，从而伤害自己或者别人。

3月29日

当一个心愿完成的时候，回望曾经的纠结和忧愁，真是有太多感慨。一直不放弃，也不可能放弃，因为别无选择。人生在世，所追求和在乎的，各有不同，但成功时的喜悦，应该是差不多的。那是一种心底深处的轻松快乐，是历经风雪严寒之后的春暖花开，是长久迷茫混沌之后的豁然开朗，是信心满满地面向未来。

3月30日

沉下来，安静下来，时间太快，时不我待。属于自己的时间本来就不多，能够静下来的时间更少，不想自己日后懊悔，只有强迫自己沉下心来。其实感觉并不是那么好，但又没有什么太好的办法，尽管人生永远是顾此失彼，但在没有更好的选择之前，姑且这么做着，保持一份信心，保持一份期待。至于以后，再说吧。

3月31日

忙碌的日子，很辛苦也很充实。人生永远也不可能面面俱到，甚至不能够做到两全。但那又怎么样呢，人生的最高境界无非是随遇而安。想通了之后，内心便能坦坦然。一切都是过眼云烟，一切都是一笑而过。因此，我告诉自己，想开、放下，除此之外，又能怎样呢？怎样都是人生，怎样都是最好的结果。放下，彻底地放下。

4月1日

　　清明扫墓应该是实质大于形式的。匆匆忙忙的日子,我们很少有时间想起我们的先人,但他们一定是我们不应当也不可能忘怀的。他们是我们的过去,我们的根。每当想起他们,我就会有一种惆怅,一种感恩,一种沉甸甸的责任。我想,在这样一个日子里,我们对人生,应该多一些理性和明白,多一些动力和勇气。

4月2日

　　思绪:一、从对待老人的态度,可以看出一个人的品行和修养,也可以反映出一个社会的文明程度;二、随着年岁的增长,老年人与社会的距离越来越远,社交圈越来越小,孤独感日益加深,因此,从某种意义上说,精神上的陪伴要比物质上的赡养更重要;三、很简单的一个道理,对老人的忽视,其实就是对自己未来的忽视。

4月3日

　　一幅《清明上河图》,你可以从中看出一千多年前的生活状态、风俗民情,可以看出那时候人的衣着打扮、精神面貌,还可以看得出画家的功力与水平、思想与好恶。如实反映与有所取舍是不矛盾的,好的作品一定是高超技艺和个性思想的有机结合。时间可以验证一切,时间可以告诉我们很多很多,但时间过去了也就过去了。

4月4日

　　形式主义,公然造假,是这个社会的通病,并长期盛行。这真是一件很糟糕的事情,无论是对社会风气,还是个人品行,均贻害无穷。而缺乏有效的监督,则使得这种现象有恃无恐,愈演愈烈。即便是表面上的有所收敛,也维持不了多久。最可笑的是,看似大家都不喜欢,实际上又都热衷此道,轻车熟路,乐此不疲。

4月5日

　　老百姓的日子,老百姓的事情,很难有亮点和精彩之处,除非你躬下身子,仔细去看去听去琢磨，或许会在凌乱平淡之下，发现一些深刻难忘的东西。其实，一个人如果有不平凡的思想和行动，那一定会有不平凡的成就或者故事。当然前提是思维清晰，做派务实。不总是去想要做成什么，而是踏踏实实做好眼前的事情。

4月6日

有意义的事情有时候也是单调琐碎的事情，因为有一个目标在那儿，所以也就忍了，坚持做下去。这与旅游、登山有些相像，过程或许辛苦、单调，甚至乏味，但为了到达既定的目的，依然精神抖擞地往前走。在有些事情上不能看得太透，否则会让人瞬间没了动力。其实人生也是如此，看穿了一切也就失去了一切。

4月7日

人生在世，真是有做不完的事情，太多的琐碎，牢牢地拴住了我们的手脚。年轻的时候，简单，事少，想到哪里抬脚就走，过得随心快乐。偶尔也会想得久远一些，一会儿工夫便抛在脑后了。现在不行了，条件反射，遇事大脑自动启动运转程序，便很快得出结论。世俗得可以，现实得可以，唯独没有了那份自在潇洒。

4月8日

一帮留守儿童，一些老年戏剧工作者，聚集在福利院的四楼，教、学一种名叫"嗨子戏"的地方戏，让人很是感慨、感动。戏剧的命运，戏剧工作者的遭遇，孩子们的生活状况，都让人唏嘘不已。特别是看到孩子们演出折子戏，老演员现场清唱，以及他们对我所表现出的亲近感，让我感觉自己应该为他们做一些事。

4月9日

一个人能够张弛有度，左右逢源，既把里子做得实，又把面子做得光，很不容易，假以时日，一定能够成就一番事业。当然，前提是得有定力，有"哈数"，有一个相对宽松的环境，有一群善良包容的人。否则，能不能做成事，是不是可以落个好名声，都是个问题。所谓机遇，所谓运气，其实都是些自己掌控不了的东西。

4月10日

无论是27年还是10年,今天都是一个值得说一说的日子。我想,现在的我完全有资格感叹一番时光太快,人生如梦。没有什么会比岁月流逝更让人失落和伤感,也没有什么会比经历、记忆更让人难忘和宝贵。好在自己越来越清楚自己未来应该怎么做,人生有哪些东西才最值得珍视和追求。如此,从容淡定,心平气和。

4月11日

　　当一座城市的支柱产业遭受严重而持续的危机的时候,其负面影响一定是全面而惨重的。同时还会随着时间的推移扩散放大,最终造成范围广大的恶性循环。渐渐失去活力的城市是冷清、低沉的,大家都在苦苦支撑,等待着回暖的那一天。其实受影响的何止这些商户、这座城市,看似莫不相关的人们之间其实有着千丝万缕的联系。

4月12日

　　我们一直在享用先人留下来的财富,包括物质的和精神的。我们也应该为后人创造和留下一些什么,物质的或者精神的。前者是我们给的福利,后者是我们的责任。从个人的角度来说,它是我们自我价值的体现,是我们人生追求的目标。如此,我们会有一种使命感和荣誉感,执着坚定踏踏实实地做着一件件很具体的事情。

4月13日

　　思绪:一、我们常常不会判断,不愿判断,不敢判断,久而久之,我们失去了判断能力,这是很可悲的一件事;二、对于一个人来说,胆气和见识同样重要,有见识没胆气,体现不出价值;有胆气没见识,或四顾茫然,或误打误撞,难免让人看轻;三、徒有其表,真是一件令人尴尬的事,不思改变,多半会自取其辱。

4月14日

　　读书,思考,有所启发,有所收获,没有比这更好的事情了。囿于境界、学识和个性,我们达不到、做不到、看不到的东西太多。好在尚能自知,明白差距,继续学习,继续努力。责任感和使命感的激励,承前启后、发扬光大的憧憬,都是生活中的动力和目标。个人的成就,家族的荣誉,诠释的都是生命的意义和价值。

4 月 15 日

好为人师,是一种病,看了听了经历了一些事情以后,自以为了不得,有一种满的感觉,有一种强烈的表达愿望,抓住一切机会说出自己的判断和想法,试图把自己的价值观强加灌输给别人。而这恰恰反映出其认知的浅薄,心态的浮躁。喋喋不休的结果,往往是令人反感,遭人耻笑。这样的人和事,过去现在都不少。

4 月 16 日

无论是戏剧、电影、电视剧,还是诗歌、散文、小说,必须要有能够引起共鸣的细节和语言,必须要有让人难以忘怀的东西在里面,打动不了人的作品,哪怕再多华丽的辞藻、服饰或场景也是枉然。某种意义上,悲剧是人生的宿命,因而有着悲剧情节和色彩的作品往往更能够感染和打动人,其实质是一种唤醒和共鸣。

4 月 17 日

真切感受到,无论是写文章还是编稿件,水平和能力是一回事,用心和态度又是另一回事。精力不专,用心不够,一定会影响稿件的质量和观感。其实做其他事情也都是这个道理,虽然有时投入与回报没有那么对等和合拍,但做与不做,投入得多与少,一定是不一样的。只要方向正确,方法得当,勤能补拙便是真理。

4 月 18 日

整天紧紧张张,大事小事不断,似乎总要一路小跑才可以。工作上的事情,应该做的,不应该做的,无趣无聊者居多。自己愿意做的事情,需要时间,需要精力,有时候也很琐碎繁杂,如此状态下,一天很快就过去了,倦怠不堪地爬上床,睡上几个小时后,又是紧紧张张的一天。时间久了,疲惫,焦虑,一股脑地涌来,感觉很不好。

4 月 19 日

有时候，一首歌一首诗之所以能够引起你的共鸣和感动，是因为它说出了你此时的状态和心情，让你感慨叹息。比如这两天我在听方言歌曲《好大事》时，就感觉特别不是滋味。"我忙伤得了，我忙屁得了，天亮到天黑，我忙个不歇，就是为了个房子？"我倒不是为了房子忙，可我到底是为了什么？心里真是有些迷茫。

4月20日

一位画家，自小喜欢画画，大学毕业后一直从事与绘画有关的工作，画插图，画漫画，做出版事务，最终开始画系列漫画图书，已经坚持了6年。从其作品里，可以看出他扎实的功底、娴熟的技巧。东北人，却有着南方人的内敛、细腻，低调而执着。其实生活中这样的人不少，各行各业，各个地方，都会有他们的身影。

4月21日

应该说，有的时候无用功是难免的，但大多数时候是可以避免的。不过就当下的现实来说，很多时候有些事根本就不该有，不该去做，所以从一开始就注定所有的一切都是没有意义的，都是无用功。这就是人生的无奈了，当一切都是那么冠冕堂皇，个人的力量显然是微不足道的，生气郁闷其实真没有必要，笑笑算了。

4月22日

很多时候，我们根本不是所谓的获利者，我们不过是某个局中的一个道具，配合的同时得到那么一点点甜头而已。不明白这一点，多少有些短视和糊涂。不过有一点是确定的，那就是你一定身有所长，否则你连被利用的价值也没有。从这个意义上来说，也是某种肯定，尽管这样的肯定有些可笑。

4月23日

对于我来说，"世界读书日"是仅次于几个重大和传统的节日的一个重要的日子。每年的世界读书日到来之前，我总是在想，能否有一些新创意，可否有一些新方式？总是简单对付，总是重复自己，既没有必要，也没有意思。因此，才会有今年出一本书的创意，才会有《我们的莎士比亚》这本书。虽劳神辛苦，但也欣慰舒心。

4 月 24 日

无论什么时候,我们都需要自信,但我们又常常会栽在我们的经验和过度自信上,这真是一个让人哭笑不得的事情。其实问题的根源是我们缺乏理性的态度,没有意识到这个社会始终处于变化之中,尤其是我们这片土地,无处不在的改变时时发生着。尽管有的的确属于瞎折腾,但我们也只有面对,并且努力去适应。

4 月 25 日

如今,似乎很多人都在重视读书这件事,各级部门也纷纷举办一些活动,号召大家读书。但现实是,大众的自觉读书仍然处于消极的状态,这不能不说是一件很糟糕的事情。应该说,读书与民众的素质和文明程度有着极大的关系,如何切实有效地鼓励和引导大家读书,是一个必须面对的问题——我今天向王蒙先生提问。

4 月 26 日

生活中,我们总是会遇到必须连天带夜去做的事情,这个时候,只有迅速调整状态,甚至强打精神,尽力去做好要做的事情。其实谈不上辛苦委屈,因为生活往往就是这样,它不可能那么四平八稳、按部就班地早早计划好,也不可能总是提前把一切都告诉你。不过若真是那样,这本身就平淡的生活还会有多少趣味呢?

4 月 27 日

日子过得太快,在这个节点很多人会感慨。说来也是,转眼间,一年过去了三分之一。尽管说时间对任何人都是公平的,但这种公平实在让人找不到感觉。似乎还没怎么的,一个人就大了,老了,没了。其实伤逝是最没有意思的,就这么一天天过吧,任它一天天流逝,只要我在,一切都很好。其他的,就不去无谓地多想了。

4 月 28 日

因为意外而震惊、悲凉,陈忠实先生的去世让我好一会儿缓不过劲来,一整天都有些恍惚。我在微信里写道:"陈忠实,《白鹿原》,都将是不朽的。"晚上开始一种化零为整的工作，踏踏实实做一些事情，做我们这些活着的人最应该做的。两手空空，碌碌无为，真是有负于我们的生命，让无趣的人生更加没有意思。

4月29日

迄今为止，我只读过陈忠实先生的《白鹿原》《蓝袍先生》和《日子》，它们分别是长篇、中篇和短篇小说，读后都让我感慨激动不已。在并不是刻意的情况下，能够让我与陈先生的三部代表作以这种奇特的方式相遇，实在是有些意外而庆幸。好作品不必太多，能够让人过目难忘，就是成功。我们应该记住这样的启示。

4月30日

又一次面对生命的脆弱与无常之后，我深深地感受到一种紧迫感和责任感，老人的事是最大的事，真的是不能有丝毫的懈怠和差池。每个家族的过去和遗存，有些东西，其意义仅限于一个很小的范围，而有些东西，却有着很高的文化、社会和史料价值。因此，我们必须要拿出时间和精力，踏踏实实地做好这样的事情。

5月1日

一个人的人生悲剧，往往是由很多因素造成的。社会的，家庭的，个人的，一种乃至几种因素，会彻底改变其人生的走向。抓住好时光，做一点有益于社会、家族和个人的事情，留下一些有价值的东西，很有意义。想到了就去做，争取做得好一些，将几代人的生命痕迹，记录下来，集中起来，的确是时不我待的事情。

5月2日

把一篇篇文字按照一定的规律和章法编排，一本书就完成了；把一件件小事情和细节认真细致地做好，一件大一点的事情就做成了。有个计划，有点恒心，耐得住寂寞，吃得了苦头，或许就能做成一点事情。这样的道理很简单，但这样的过程不是那么容易。因为通常很难做到的事情，往往都是大家都能够做到的简单事情。

5月3日

很多人热衷于做的一些事情，尽管很假、很折磨人，但一定是有这样的大气候和市场。问题是竟然会有那么多人深谙此道,并且乐此不疲,做得跟真的似的,这的确是一件很糟糕的事,让人感觉心情很不好。其实我们已经适应了很多貌似不应该、不能够适应的东西,我们还要适应多少类似的东西?还真是不好说。

5月4日

《白鹿原》是陈忠实唯一的一部长篇小说,但就是这一部作品的几十种版本、几百万的印数,为他赢得了巨大的荣誉和财富。这是一个很有意思的事情,也是一件值得我们思考的问题。如何去做事?怎样去写作?这其实是人生的大命题。在这样一个急功近利的社会里,唯有守住一颗淡定的心,方才有可能做成一些事情。

5月5日

跟风,恐怕是人的通病。这几天大家都在转有关陈忠实的微信,也有不少人在购买陈先生的作品,一时间洛阳纸贵,而且估计这股热潮还要持续一段时间。但我关心的是到底有多少人能够认认真真地读一遍《白鹿原》,或者陈先生的其他中篇、短篇和散文。最好的纪念是阅读,唯有它能让我们有所收获而免于浮躁。

5月6日

对于是不是要养一些宠物,我一直比较纠结。精力是一方面,最主要的问题是居住条件。将原本满世界撒欢的小动物们禁锢在一个很小的范围内,是不是一种伤害,是不是有悖道德,我有些疑惑。面对笼子里的鸟,狭小空间里的鱼,高楼房间里的猫和狗,我在想它们快乐吗?我们快乐吗?我们一定要以这种形式相处吗?

5月7日

造成人性淡漠和扭曲的原因很多,最基本的一点,是社会风气和教育缺失。被遮掩的溃败,被亵渎的良知,被淡化的亲情,被纵容的自我,伤害的是我们这个社会,我们每一个人。不知道感恩,不知道尊重,极度自私,利令智昏,实际上是一种扭曲,一种心智的残缺,在伤害别人的同时,也糟践、败坏着他们自己的名声。

5月8日

是选择循规蹈矩、平静坦然的生活,还是选择欺瞒狡诈、心惊肉跳的生活,其实就是选择什么样的归途和结局,彼此之间巨大的差异,造成相互之间的费解与轻蔑。而这与对方没有丝毫的意义,走自己的路,过自己的日子,替别人操心与替古人担忧其实是一样的。爱看热闹就慢慢等,生活与一出戏很像,精彩的是过程。

5月9日

当生活只有一种很单一的状态,当很多色彩都被悄悄地抹去,我真不知道是应该高兴还是郁闷,很多曾经狂热喜欢的东西,如今已经渐渐地淡忘,冷落像灰尘一般将它们掩盖,曾经愉快的时光和忘我的付出,仿佛都是虚幻,无影无踪。是不是人生原本就是这样,繁华只是路过,最终注定的是一无所有?感慨疑惑中。

5月10日

这几天,一直感觉心里堵得慌,一条条鲜活的生命,就这样没有了,仿佛他们从未存在过一样。粗暴的行径,拙劣的谎言,伤害的不仅仅是逝者和他们的家属,而是所有善良的人们对生活的信心和希望,这真是一件很糟糕的事情,也是一件不可忍受的事情。在这件事上谁都不是旁观者,因为它与我们每个人息息相关。

5月11日

"老人的事是大事"不仅仅是一句话,它包括许许多多很具体的事情,而且往往都是一些小事情。如果你不去想不去做,那么它们就会变成一些大事情,让你吃惊、懊悔。这里面有品行和良心问题,也有责任和能力问题。准确说,一切都不是做给谁看的,一切都是为了自己心安,为了自己以后想起来少一些后悔。

5月12日

老年人严重缺钙骨质疏松,会引发各种没来由的骨折,这种状态会给老人带来巨大而持久的痛苦,也给家人带来不小的压力和负担。眼看着老人逐渐衰弱,做子女的爱莫能助,焦虑痛苦不已。人生注定是一场悲剧,无论你经历过多少繁华,到底都是一场空,逐步失去,最终消亡。百般不忍,纠结于心,人之大痛,莫过于此。

5月13日

城市还是乡村,是很多人纠结了一辈子的事情。早年想方设法利用考试、当兵、嫁人、寻找关系等进入城市,后来可以花钱买户口了,再后来买房子可以带户口了……等到那些想进城的人都拥进了城市之后,忽然之间,城市户口不值钱了,很多人又在想方设法到农村圈块地、盖间房了。生活有时候就是这样让人哭笑不得。

5月14日

我有真切的感受,有时候,活着真不是一件很轻松的事情。它意味着要经受许多的痛苦和煎熬,作为亲人,也是会经受类似的痛苦和煎熬,这样的过程太折磨人。但无论是怎样的境遇,我们都必须面对,逃避不了的事情,也只能面对。所以必须要有一个坚强的内心,有充分的思想准备,做好自己应该做的,并且一直坚持。

5月15日

当人们身上的恶都被激活和释放出来,真是一件很可怕的事情。经历过这一切的人们,都已经不可能再回到从前,扭曲、畸化,变本加厉,罪恶的毒菌肆无忌惮地繁殖、变异,继续祸害着这片土地上的人们。加害者也可能是受害者,受害者又可能成为加害者,如此恶性循环,使得这片土地逐渐变得让人失望甚至绝望。

5月16日

民意是什么?民意是老百姓基本正当的诉求。民意管用吗?有时候管用,有时候不管用。民意会被忽略吗?大多数时候都会被忽略。民意会被利用吗?经常会。民意有价值吗?肯定有,有时候还有很高的价值。违背民意会怎么样?积聚不满,招致民怨,影响其最终评价。民众负面的情绪和意见是民意吗?我认为不是。

5月17日

很多时候,我们放不下,是因为我们有一份感情在里面。其实真不必在意别人怎么样,自己做到了便可以安心了。既然我们左右不了别人什么,我们就不要因为别人的做派而不开心。我不止一次地提醒自己，在这个世界上，什么样的人都有，不要把那些让你不舒服的人太当一回事了，有时候，我们需要一点阿 Q 精神。

5 月 18 日

情绪不稳定，耐受力降低，应该也是衰老的一种表现吧。如此看来，衰老也是一个很糟糕、很让人感到悲哀的事情。我们可以努力去理解和原谅老人，可是等我们老了的时候，会有人以理解和宽容的态度对待我们吗？天知道。人生或许就是这样，不断变换着角色，不断改变着状态，而且绝对是不以人的意志为转移的。（0519）

一条关于杨绛先生病危的误传，冲淡了人们对海峡对岸的焦虑，以及对浪漫"我爱你"的关注。杨绛无疑是一位著名的学者、作家，但多年低调，20 世纪 80 年代后逐渐为世人所知，又免不了夫贵妻荣的嫌疑。钱锺书先生去世后，杨绛著书立说，作品颇丰，赢得普遍关注和赞誉，很了不起，而百岁高寿，又是一奇。（0520）

"低调的姿态，传奇的人生，回顾一番收藏和阅读杨绛先生作品的经历，感觉自己收获的，不仅仅是作品本身，一些触动和思绪给予我的，或许会更多。"这是我今天写的《漫谈：杨绛先生作品版本》一文的结尾。对杨绛先生作品版本的梳理，的确让我很有感触，做人为文，切忌虚荣浮华，因为最终还是用作品说话。

5 月 21 日

今天参加一个规格很高的婚礼，下个月将要在另外一个婚礼上说话，由此想到有关婚姻和婚礼的一些东西。准备从几个关键词着手，把调子降低，逐步展开，家常语言，寻常道理，说的一定是自己真实的感受、祝福和期待。有时候，可以尝试改变一下程式化的仪式和程式化的语言，真诚的话语没准可以打动更多人。

5 月 22 日

空虚的时候找点事干，郁闷的时候找点事干，在忙忙碌碌当中摆脱空虚和烦恼。有时候想，是不是就应该保持这种状态？或者这也是一种借口和逃避？又想，在自己没有那种高度和境界的时候,如此不失为一种办法。否则怎么办?忍受空虚的痛苦?在烦恼中消沉下去?这些都不符合我的性格,而且我显然也做不到。

5月23日

"机会是给有准备的人"这句话的前提是"有准备",不确定因素是所谓"机会"有可能根本就不存在。所以,要相信这句话,但又不能绝对相信这句话,因为它并没有说的那么绝对。还有就是,这个"机会"也是需要我们自己去发现和把握的,送上门的馅饼毕竟太少,可见"准备"的内涵从来就不可能是单一的。

5月24日

一个人的品行,是很多方面细节的综合,正直、坚强、执着、仁厚等,来自家教,来自修养;一个人的教养,同样反映在很多方面,礼貌、宽容、节制、内敛等,发乎于心,浑然天成。不论是何种情况,做人还是厚道一些为好。不合时宜的信口雌黄,不但招人厌烦,也暴露出其品行的缺失。老吾老以及人之老,信哉。

5月25日

如今这社会真是很不厚道!如果杨绛先生有后人或者杨绛先生真如某些人所说的那样,是体制制造出的大师,为权势所追捧,那么谁敢如此肆无忌惮,胡言乱语?一位孤独的老人,低调地活着,不想招惹谁,有她的高人之处,也一定有她的问题。可以议论,可以评判,但一定要心平气和,实事求是,特别是要知道尊重。

5月26日

多年缺乏一个清晰、长远的计划,对轻重缓急的事情处理得不好,在一些无谓的事情上用力太多,面子薄,定力差,抵制诱惑的能力差。其实自己的问题自己最清楚,也逐渐在改正,但按照这个速度,显然收效甚微。人生其实真不必有太多的抱怨,很多时候都是自己的原因,想通了这点,或许可以心平气和一些。

5月27日

一个人从小到大,要经过很多次自我提高和超越,有时候貌似不可忍受的事情、不可逾越的坎,过来之后,会感觉其实没有什么。作为家长要做的,无非是爱心、细心和耐心。要相信一切都需要我们用心,一切都是可以过去的。一棵树能够长成材不容易,而对于一个人来说,应该要更难一些,要有充分思想准备。

5月28日

调整好心态,真是太重要。对老对小对外人,甚至是对待自己,都需要及时调整心态,否则,结果或许会很糟。就这个环境,就这样一些人,如果自己想不开,处处硬扛,时时硬顶,受伤最多的一定是自己。放弃一些东西,原谅一些人,不一定就是退缩,很多事情还是看远一些,一时一事得失有时候的确不必太计较。

5月29日

看着父母一天天衰老,真是一件让人特别难过的事情。它与感觉自己一天天老去时的心情完全不一样,眼睁睁地看着他们的面庞渐渐变样,身躯不再挺直,而没有一点点办法,心里很不是滋味。很多道理我们都明白,似乎也做好了心理准备,但真正面对,却又是另外一回事。因为有亲情在里面,有你深深的不舍在里面。

5月30日

一幅原本实际造价200多万元的"凤凰壁画",竟然用了5000万元,而且还擅自动用了国家防治地质灾害资金,这笔钱相当于县财政年收入的一半以上。广西"画鸟书记"黄得意因受贿、滥用职权被判处十年半有期徒刑。利用工程索贿受贿,巧立名目,将国家和集体的钱据为己有,这样的人和事可谓屡见不鲜,较起真来,又会倒下一片。

5月31日

家族的历史,我们从哪里来,我们的先人曾经有过怎样的生活,都是值得我们关注和研究的,记录下来,留传下去,很有意义和价值。有些记忆,再不记录就会遗忘了;有些事情,再不去做就做不了了。我们要有一种紧迫感,也应该有一种责任感。陪伴，交流，记录，将老人们的记忆变成文字，让他们寂寞的时光变得充实。

6月1日

形式主义，集体造假，大家都心知肚明，大家又都一本正经，真正的荒诞荒唐。这种情况之所以愈演愈烈，根源还是在各级机构。个体的涣散必然导致群体的沦落。而立国兴邦之本，必须是个体与集体的真抓实干，努力进取，来不得任何侥幸和虚招。当下扭转不了大局就做好自己，不放弃，不苟且，全心全意做好自己。

6月2日

年轻好学，出类拔萃，既是族群兴旺发达的标志，更是国家民族的幸事。我们有义务培养、保护有潜质、有前途的年轻人，为他们提供支持与服务。同样，继承和保护老一辈文化人有形和无形的财富，也是一件非常重要的事情。它需要我们踏踏实实、用心尽意地去做。记录与继承，引导与呵护，时不我待，任重道远。

6月3日

昔日码头和老街的繁华，已经在岁月沧桑中渐渐消失，本来留下来的就不多，经年损毁，自然所剩无几，梦想回到从前，几无可能。但不妨换一个思路，着力振兴老街经济，打造老街特色，让老街恢复活力。吸引人，留住人，老街或许可以走出一片新天地。时光流逝，新街便又成了老街，所谓良性发展，或许就是这样。

6月4日

某种意义上，"性格决定命运"这句话是有道理的。因为你是这样的人，因为你不是那样的人，所以你做了这样的事，所以你做不了那样的事。即便做的事于己不利，甚至的确有害，而没做的事情绝对利好，或者着实应该，也是自己难以改变的决定。当然，肯定不是盲目的，一定是有自己原则的，而且很难改变。

6月5日

无论什么事情，不管不顾，强势推进，是有风险的。不顾及别人的感受，就是把自己置于大多数人的对立面。如果所推进的事项缺乏正当性，那就更是危险之至。

很多事情就是这样,你不屑放下姿态,很可能就会面临某种被贬斥的境地;你不懂事,很可能就会在一种尴尬状态下明白道理。从某种意义上说,一切都是自找的。

6月6日

做得很好得到褒奖,做得不好受到斥责,这样的事情很正常。但如果一向做得很好的因为有些退步而受到斥责,一向做得不好的有些进步而受到褒奖,人们就会觉得有些不对劲,感觉接受不了。其实这样的事情依然是很正常的,没有什么,因为生活原本就是这样。——应约赶写高考作文《没什么,生活就是这样》的开头。

6月7日

尽管人们对高考制度多有诟病,但不可否认,高考是现今社会少有的一件比较公平的事情。由于各种各样的不公平的存在,仅仅凭着自己的努力,和所谓的"真才实学",就想着在这个社会出人头地,是很令人怀疑的。钻营、交易、公器私用,假公济私等等行径,遍布我们生活的角角落落,严重动摇着人们的价值观。

6月7日

了解祖先,了解他们的经历和故事,了解他们的努力和荣誉,其实质是一种尊重。搞清楚我们从哪里来,为的是明白我们要到哪里去;搞清楚我们的祖先曾经有过的生活,为的是明白我们以后的日子该怎么过。时光流逝,岁月悠悠,无论是对于家族还是对于社会而言,我们都有责任和义务做好家风的记录、传承与弘扬。

6月8日

对于我来说,无论小长假,还是双休日,或者平时业余时光,都会拿出一些时间陪伴父母。父母身体日渐衰弱,是不容回避的现实。无可奈何的同时,我们能做的,就是尽可能多地照顾和陪伴。老去的父母,需要我们的爱心,更需要细心和耐心。生活上的服侍和精神上的赡养,这时候显得同样重要。

6月9日

对于一些人来说,节假日是放松的日子,大吃大喝,外出游玩;对于我来说,这个"放松"表现在可以从容地做一些平时没有时间做的事情,比如收拾房间,搞搞卫生,比如整理新近购买的图书。一天又一天,急急忙忙的,把很多应该做的事情都耽搁了。实际上是一种焦虑,让我们静不下心,习惯性地把事情推到明天、后天。

6 月 10 日

一个行业的口碑,一定是大家共同建立起来的,拥有一个好的口碑不是一件容易的事,它需要长时间的努力。同样,一个行业口碑很差,也不是一朝一夕的事,通过很多人和很多事情,渐渐在人们心中达成一种共识。有人说好的口碑往往会毁于一旦,而想摆脱不好的口碑却很难。其实不然,两者应该都是一个渐进的过程。

6 月 11 日

现在的婚礼流于俗套,除去婚礼的形式和主持人的风格这两方面主要原因,还有就是主婚人和证婚人的表现通常太差。抄来抄去的主婚词和证婚词,连篇累牍的官话套话,让大家觉得无味又无趣。其实好的主婚词、证婚词,并不在于其文采和长短,一些真心真情话,一些有自己独特见解的话,都是可以打动人的。

6 月 12 日

将一条路写得很好很抓人,是一种能力;在一条平常的路上找出特点和亮点,更是一种能力。在各个城市和街巷同质化越来越严重的今天,想写出一条街巷的个性和特色,的确不容易。但是城市需要记录者,需要有人做认真细致的工作,付出自己的努力,留下一些资料。在这个过于匆忙的年代,需要有这么一些人。

6 月 13 日

选择是一件很重要的事情,也是一件很令人头痛的事情,左思右想,患得患失,会让选择的过程变得痛苦不堪。有人说人生无时无刻不在选择,但关键的选择并不是很多,它一定关乎你未来的道路、人生的走向。随波逐流的人生是消极的,适时选择,果断转向,义无反顾,趁势而行,既是一种行动,又是一种姿态。

6 月 14 日

一位老人就是一个宝库，几十年风风雨雨，所见所闻所思，对于这个时代和后人，都是非常宝贵的财富。而记录、整理这些东西，是一件刻不容缓的事情。很多人无视忽视了，很多人想到了但没有去做，一些人做了但不精不细，也没有抓紧时间，更不用说结集成册了，但对于我来说，这件事不但一定要做，而且一定要做好。

6月15日

　　如果说越是驾轻就熟的事情越是容易出一些差错的话，那是因为我们的大意和忽视。自以为了如指掌，自以为不过如此，结果问题就出来了，有时尽管只是一些小问题，也足以让人紧张冒汗。所以，永远不要认为自己已经很有经验了，永远不能麻痹大意、掉以轻心。只有保持一种热情和状态，才能做好每一件事情。

6月16日

　　整个社会风气的变异，一定体现在一个个怪异的个体身上。不屑于踏踏实实地做事，总想着奇招怪招大动作，其实都是为了一己的利益，为了自己的财富和升迁。有恃无恐、肆意妄为的背后，是种种布局和安排。或者，这社会从来就是如此吧；或者，一切都会有它的劫数在等着吧；或者，天空不会总是这样阴郁不堪吧。

6月17日

　　写一条自己仅仅去过一次的巷子，是有很大风险的。但我觉得自己应该去写，这既是一种责任，也是对自己的一个挑战。一个非常古老的巷子，一个过去的一切片瓦不存的现状，一个无法安放愁绪的地方，撮造山巷真是让我很为难。不过既然我去了，或许就会有收获，或许就会写出一些东西。现在看来，我是对的。

6月18日

　　我关于父亲的文字不算多，但今天我要写一写他老人家。这9个月来，老人家所受到的压力太大，过得也很辛苦。所幸母亲一次次挺了过来，这里面有母亲的坚强和配合，更有父亲的耐心和执着。如今父亲已是奔九之人，对待生活平和淡定，作为子女,应该感到珍惜,多一些陪伴,多一些分担,多为父母做一些实事。

6月19日

晚上开始写回忆完伯伯的文字,在其中一段中我写道:"面对完伯伯的遗像,心里很难过,多么和蔼可亲的一位长者,曾经给予我那么多温暖如春的关爱。在我的心里,他的学术成就和身份似乎都淡化了,他就是一位亲切随和的邻家大伯,我父亲的好兄长,我的好伯伯。"这是我真实的感受,他是我这些年人生的榜样。

6月20日

最近写小街小巷有些上瘾,估计与生活的积累和出书的压力有关。能有一个比较好的写作状态着实是件不容易的事情,没有了郁闷,没有了压力,头脑清楚,思绪顺畅,享受行文的快乐,品味成稿的喜悦,真是很畅快。我想,我会珍惜这样的时光,矢志不渝,努力去做,尽可能多地把有限的时间用在有意义的事情上。

6月21日

大雨天,衣裤鞋袜俱湿,又在空调车里待了半个多小时,办公室没有备用衣服,怎么办?同事支招:穿上午休时候当被子盖的薄棉袄,将衬衣放在一旁晾晒,再穿新买的袜子换上拖鞋,然后站在室外空调外机前,让热风吹拂,把风寒与潮湿一同消除。然后再将鞋子放在外机前,上置一伞,砖头固定,至中午,重又体面如初。

6月22日

当一个人沉浸在对往事和故人的回忆中的时候,他的心一定是不平静的,渐渐淡化并最终消失在时光里的一切,曾经都是那么鲜活、生动,充满着温度和色彩。而文字所能做到的,是记录和保存,让一些人一些事一些场景和画面得以最大可能地再现,为自己和族群的记忆、后人和学者的探寻,留下一些资料和线索。

6月23日

总想着做些什么,又总感觉自己做不了什么,这就是现在很多人的尴尬。的确,我们大多是平庸的,没有多少才华和能力,但我们又有些不甘心,于是,有的人踏踏实实去做事,有的人想方设法地折腾,但无论如何,成功的还是少数,更多的是无声无息地终此一生。想通了,压力会小一些,就这样了,反而没了包袱。

6月24日

相比为文做事,做人是最重要的,也是最难的。很多人之所以做人上有问题,是因为其人品问题,或者由于其人格缺陷,相比之下,与其文化水平的关系要小得多。当然,做人上有问题的人,不一定会吃亏,没准还会更讨巧,更没有心理负担。想想也是,这是个不看重人品的时代,纠结于做人的好与差基本上没有意义。

6月25日

越来越有一种心虚的感觉,很不踏实,太不用心,缺乏系统的学习和研究,没有明确的专业方向,以至于作品写不深写不透,缺乏高度和张力。而当务之急,是抓紧时间,记录、整理家族记忆,并以此为契机,逐步深入,争取能够在一个较短的时间里,做好基础准备,确定主攻方向,为人生的意义和价值,努力去学去做。

6月26日

糟糕的天气,恼人的现实,疲惫的身体,都容易引发心理上的问题。其实道理大家都懂,但事到临头,却不是都能够保持理智,没办法,这就是现实。有人说只有空虚的人才会郁闷,实际上充实的人也会在忽然之间烦闷不堪;有人说内向的人心胸狭隘,实际上开朗的人有时也会非常脆弱。总是能把握好自己的人应该不多。

6月27日

关于家风,我感觉实质大于形式,身教胜于言教。孩子身上的问题,根源往往在大人那里,先天的基因遗传,后天的言传身教,对孩子都会有很大影响。有些东西一时看不出来什么,时间久了,就会显现出来。当然,用心、细心、耐心是必不可少的,因材施教、灵活变通也是必需的。所谓百年大计,莫过于人的培养。

6月28日

不要说自视清高,不要说恃才傲物,也不要说不通人情世故,更不要说不知道察言观色、委曲求全,一个社会如果不能容忍一个杰出的人才,让他没办法生存下去,那么一定是这个社会出了很大的问题。而一个不知道珍惜人才、爱护人才的社会一定是令人绝望的,也注定是没有前途和希望的,绝对没有。

6月29日

时光太快,转眼半年过去了,心里很不是滋味。一天又一天,一年又一年,真是没多大意思。人之所以没有小动物过得开心,估计与人喜欢胡思乱想和多愁善感有关。不过这也是我的臆想而已,小动物的世界我也是没办法知道的,或许另一种更高级的生物看我们,也是羡慕不已呢。况且,还有什么其他选择吗?没有。

6月30日

解决问题一定要从根本,主要还是思路入手。不深入去思考,不认真去解决,只是被动地、从表面上去对付,一定会为将来留下后患。还有一个取舍问题:是牺牲部分解决全局,还是抱残守缺,退而求其次,需要我们理性地思考,正确地判断。其实很多时候,我们或许也想到了,但是畏难,下不了决心,以致最终错失良机。

7月1日

一些罪恶,假冠冕堂皇之名,可以糊弄一时,不可能糊弄一世,更不可能糊弄历史,迟早会有一个明确的说法。一些罪人,罩着炫目的光环,会迷惑一些人,不会迷惑所有人,更不可能迷惑历史,最终脱不掉他应有的罪名。要有这个信心,要相信正义和良知的力量,大是大非上,不抱任何侥幸,不随波逐流,做好自己。

7月2日

有时候,感觉生活的确很不错,有快乐有趣味;有时候,感觉生活真是不容易,又琐碎又辛苦。这些应该都是真实的感觉,生活原本就是这样五味杂陈的。其实最难耐的是平淡的日子,没有波澜,没有色彩,自然也就没有什么趣味。而所谓修炼,就是要在这样的日子里,尽力保持一颗平静的心,一笑了之,云淡风轻。

7月3日

忽然想起两个有点类似的词：为非作歹、胡作非为，想搞清楚它们的含义和异同。于是查了一下，解释分别是"做种种坏事"和"不顾法纪和舆论，毫无顾忌地做坏事"。于是又琢磨它们的区别，感觉它们一个仿佛是"地痞流氓"，一个是"贪官污吏"，而且后者的危害程度要远甚于前者。严惩胡作非为者，已然刻不容缓。

7月4日

"没有愧疚感"是我今天听到的一句话，把我堵塞的心一下子说通了。实际上这是一种反应和态度，是对于某种不公平、不正常局面的抵触和逆反。"没有愧疚感"不等于心安理得，不代表没有情绪，只不过是某种程度的放松和放下。而这种"放松和放下"对于自我状态的调整、自我人生的重新定位，无疑是很有好处的。

7月5日

雨季的时间太长，会影响人们的生活，更会影响人们的心情。天晴，天阴，刮风，下雨，其实都是一些自然现象。如果过了，就会引起人们的一些反应，有时甚至会很激烈。这与我们的情绪有些相像。喜怒哀乐是属于我们的正常表现，一般情况下大家都能够接受，但如果太过分，不加节制，肆意宣泄，势必引起反感。

7月6日

政治永远是眼皮子浅，很现实。这也是没办法的事情，当权者永远只顾眼前，想不了，或者不愿意想那么多。在自己的势力范围内自以为是、说一不二、指鹿为马，是他们的习惯性动作，至于历史记录和评价，他们左右不了，也就懒得去管。从这一点来看，他们其实也挺无能和无趣的。能够预知的未来，还是很让人泄气的。

7月7日

最可怕的危险，是危险就在身边但自己毫无察觉，这个时刻，如果有人想到有人去做，防患于未然，的确是功德无量。人生其实有很多这样的遭遇，有时候是在危难之际别人伸出了援手，有时候是自己帮助别人脱离险境，无论哪种，都是刻骨铭心、难以忘怀的。平淡的人生也会因为这样的事情,显现出别样的色彩和滋味。

7月8日

形式与内容孰重孰轻,不言而喻。但往往就有人舍本逐末,追求一些外在的东西。或许是一种投机心理,或许是不自信的表现,希望能够用某种元素上的高度掩饰实质上的不足。说到底是一种虚荣和贪心,有些自欺欺人的味道。这样的事也许可以糊弄得了一时,但时间久了还是会露出马脚,成为世人口中的笑柄。

7月9日

必须承认,个人魅力营销有其独特的效果,但如果碰上反感和不买账的,往往会适得其反。不过擅长个人魅力营销者,大多有一定的能耐或者绝活,这一点不容忽视。所以必须要有一个良好的心态,要善于鉴别吸收自己需要的东西。过于反感、排斥,会让我们错失和错过。胼有感性的状态、理性的心态,方能海纳百川。

7月10日

利用碎片化的时间写一些碎片化的文字,也不失为一种办法。交通车上写微博,每天"一事一议",两则微博280字,一年下来就是10万字,可谓积少成多。半年过去了,一直在坚持。"一事"主要是一种记录,类似日记。"一议"则偏重思想,想一些事情,发一些议论,触景生情,思辨抒怀,放下和积累,兼而有之。

7月11日

有些事情,你不去做,日后一定会后悔抱怨。有些事,尽管辛苦一点,但会安心,会有一种成就感。人生的问题,有时候就是选择什么样的结果,决定着你采取什么样的行动。有时候不计较是一种释然和不屑,但更多的时候它是一种放弃和逃避。因此,在自己在意、看重的事情上,该用心尽力的一定不能含糊、避让。

7月12日

小街小巷是一座城市的骨架和血管,它们的历史和现状,值得我们去认真探究和记录。一些事件,一些人物,一些景色,一些风情,通过富有感情和温度的笔触,会展现出其独特的色彩和魅力。这些文字对于这座城市来说,是可贵和不可替代的,为此,有关部门应该重视,作家们应该努力,让一条条街巷生动鲜活起来。

7月13日

没办法的时候,我们就会说心态,强调要有一个好的心态,要学会及时调整心态。可有的时候,感觉"心态"似乎是一个借口,掩饰自己的无力和无奈,是给自己留的后路、找的台阶。的确,很多时候我们都是被欺凌和压迫的,我们反抗不了,斗争不过,只好忍受,只好对自己说心态,说一些自己也不一定相信的道理。

7月14日

无意中发现《享受合肥方言》中"神之无之"这个词写错了,应该是"神知无知"。而"不知进退,不知道天高地厚"这个解释也比较精准。原来以为只有合肥人喜欢说"神知无知""无知无识",后来发现很多地方的人也这么说。知:晓得,明了,另外古文中它还通"智",说到底,还是智商问题。当然,刻意为之除外。

7月15日

很多事情,都是因为自己回不住面子、约束不住自己,不一定是什么了不起的大事,但确实会反映出性格中的弱点。你是什么样的性格,就会是什么样的人,去除所谓公众标准,很难评说孰是孰非。当然,各自命运上的差异也就怨不得别人。改变不了或者没有决心去改变,那你就得认这个命,并接受相应的一切。

7月16日

对于这座城市的过去,不少人太过随意和轻慢,信口开河,想当然,以至于以讹传讹,造成很不好的影响。长此以往,势必会误导和贻害我们的后代,因此这件事情必须得到重视,必须有机构和个人做出努力。缺乏相应的文史资料,缺乏沉下心来的研究者,缺乏严谨细致的把关人,如此局面必须切实有效地改变。

7月17日

老百姓对官场的幸灾乐祸,其实也是一种民意。长期遭受不公平对待,处于比较压抑的状态,没有正常的发泄渠道,也看不到改变的方向。因此,某些官员出事的消息对于他们无疑是兴奋剂,让他们感觉到一种开心和希望。有时候感觉其实老百姓也挺悲哀的,眼界和环境决定了他们能够看清楚、弄明白的事情实在太少。

7 月 18 日

生活有时就像指示牌,你相信了就到沟里去了;有的人也是这样,专家似的,一本正经,像模像样,实际上就是在那儿装装样子罢了。指路牌应该就是绝对正确的,如果错误的指路牌混迹其中,其危害不言而喻。人生中如果遭遇这样的指路牌,那绝对是很糟糕的一件事。现实生活中,很多人的一生就是这样被毁了的。

7 月 19 日

把方言里一些看似不相干的字词放在一起,分析、演绎,再把它们与生活联系起来,使其有了筋骨和血肉,同时也使这样的文字富有趣味和特点。当然,关键还是要有自己的思考、观点和主题,若为文而文,泛泛而谈,肯定是不行的。生活中很多东西急不得,要有耐心去等去琢磨,文字上的事,也是如此,水到渠成。

7 月 20 日

天大热,迅速进入烧烤模式,真正的夏天开始了。酷暑天里,保持好心态很重要,盛极而衰,否极泰来,的确需要保持一种乐观的心态。已经这样了,还能怎样?生活中,如果以一种旁观的姿态看人看事,或许会多出许多从容和乐趣。所谓置身事外、活出境界,不知道说的是不是这个?如果是,那就值得去追求和努力。

7 月 21 日

文字上的事情,真是永无止境,原本感觉已经成熟的稿子,经高人这么一动,立马感觉不同,自己再仔细琢磨,一个字一个标点符号的增减,都会起到意想不到的效果。因此,多想、多琢磨、多修改是绝对必需的。其过程本身,就是一种学习和提高。先天不足功底薄弱之人,唯有自省自觉锲而不舍,方能有所提高。

7 月 22 日

接受并掌握新事物,勤于并善于思考,是一个人必须要做到的,否则他一定会落后于时代,脱离社会,处于一种尴尬失落的境地。任何的理由都是出于内心的排斥和抵触,而拒绝新事物正是衰老和自闭的开始。所以,要时刻提醒自己必须面对和接受新事物,时刻质疑自己那些看似充足的理由,任何时候都不放弃自己。

7月23日

所有问题的解决,往往都是一个妥协的过程,据理力争,各让一步,是一个过程的两个方面,也是解决问题的基本方法。太过强势与太过软弱均不可取。其中也有个"度",见机行事,处置得当,切忌没有分寸的"强"和没有原则的"弱"。到了一定年纪,会发现,达成目标是最终目的,争强好胜则没什么意思。

7月24日

连续一周大热,今天达到一个高峰。第一次夜半大汗淋漓地醒来。下午开会,却被空调冻得够呛,室内屋外真真是冰火两重天。夏天大热,实际上是一种自然规律,大热过后,一年也就走向它的第三版块了。因此,酷暑严寒恰恰是最容易被忽视和浪费的时光。想来人生真有意思,享乐中过,便是快乐;艰难中过,便是痛苦。

7月25日

有些神经质的人,往往可以成就一些大事,前提是他有足够的智慧。神经质的人有些一根筋,不管不顾,一条路走到黑。可以说是执着,也可以说是偏执,总之,绝对有异于常人。和有些神经质的人在一起,你会有一种压力,你必须忍受,也会得到某种享受和感受。当然,对于缺乏智慧的神经质,还是离他越远越好。

7月26日

和父母聊天,谈一个人面临选择的时候应该怎样去做的问题。在我看来,一定要有一个清醒的判断,明辨是非利弊,要明白自己到底要什么。尤其是到了一定的岁数,更应该做减法,摒弃那些无谓的虚荣,做一些切切实实的事情,否则,难免落得个热热闹闹一辈子,两手空空一个人。看看身边,这样的例子真的是多了去了。

7月27日

读一些自己难懂的书,做一些有些困难的事,道理是一样的,都是提高自己的一个方法。比如一种写作,资料积累阶段是烦琐的,是在做基本功,真正下笔写作的时候,也就是所谓收获的时候了。所以必须沉得下心,给自己一些理由,往前走,往下做,把一个个寡淡的日子过得有些滋味。所谓人生的意义,无非如此。

7月28日

"落马"这个词很形象,应该是游牧民族语言中的词。从高头大马上掉下来属于一个意外,只要没有摔伤,还可以再骑上去。但在当今社会,落马已经成为被拉下马的代名词,一旦落马,必定是已经被掌握了大部分情况,审判收监也就是顺理成章的事。因此,"落马"成了一个敏感词,成为官员们避之不及的梦魇。

7月30日

在合肥方言中,依照字义的变化,"落"字可以解释为"得到,积攒"的意思,也可以是"私自截留"的意思,还可以是"贪污"的意思。这和过去一些含有"克扣,中饱私囊"的词汇(落钞、落腰、落阁、落钱)意思是相近的,和"捞、赚"一类词的意思类似。另外,"好歹落一头"这句话也很有意思,现实而有个性。

7月31日

有些官员老总,喜欢动不动做工程、"放卫星",不仅仅是好大喜功,大多都是为了自己的政绩,为了自己能够爬得更高。为了达到目的,他们不惜采取各种手段,挥霍国有资产,强力卡压下级,肆无忌惮造假。这样的人,品行上一定是有问题的,此风如果持续盛行,这样的人如果得到提拔重用,则祸国殃民,害莫大焉。

8月1日

一个人的命运充满许多不确定的因素,有着很多的偶然性,机遇、运气、实力等等都是十分重要的。尤其是起点,至为重要,而这,恰恰是很难由个人把握的。在没有外力的时候努力壮大自己,在没有机会的时候认真做好自己,有实力的人不一定能上得很高,但一定会走得比较远,让自己的才华用另一种方式体现出来。

8月2日

喜欢忽悠人糊弄人的,都是自以为聪明,自以为可以鼓动人、操纵人为其效力卖命的。这样的人如果是单位的头头脑脑,那就是一场灾难。一面肆无忌惮,中饱私囊,一面谎话连篇,信口雌黄,用一些看似极富煽动力,实则逻辑混乱经不起推敲的话语,忽悠人们为其政绩卖力拼命。年复一年,这样的人和事似乎越来越多。

8月3日

古人说"文章不厌百回改",父亲说文章写出来要放一放,均属经验之谈。下午将关于"寡"字的文章发给资深编辑看,专家在鼓励之外还指出了一点问题,很有道理,随即修改,晚上再看,又发现一些小问题。带着偏执情绪或急急忙忙写出来的文字,都会有问题,写成之后,一定要放一放,静下心来再看,一定会发现这些问题。

8月4日

很多时候,成功和不成功的差距就那么一点点,一个台阶,甚至一层纸。问题是我们并不知道,我们不清楚成功在哪里,我们还要努力多久才能豁然开朗。或者根本就是方向错了,那就悲剧了;或者选择的目标太大太高,远远超出自己的能力,这也很麻烦。所以人生需要努力也需要判断和运气,知道自己干什么和怎么干。

8月5日

婚姻这件事的确是最让人难以想象和预测的,也没有什么规律可遵循,不过有一点是肯定的,双方的教养和人品至关重要。所谓门当户对其实就包含了教养,当然还有价值观的认同、性格的互补,彼此之间有一种信任和依赖,看重而不紧张,放松而不随意,用心经营,细心呵护,在一种动态平衡中达到享受生活的境界。

8月6日

立秋,是一个标志,不管它还有多少天地域延期,大趋势已经不可逆转。中午暴雨的时候我在想,对岁月四季轮转的渐渐淡漠,是一种麻木和消沉,还是一种成熟和理性?不过人生如斯,淡然一些未必是坏事。压力的确还有,很多事情等待收尾,时间却不是太多,这一点我像个农民,一年又一年,总惦记着那点收成。

8月7日

平静对待每一天,实际上是一种达不到的境界。但是可以努力去做,尽力让自己的心情变得好一些,用我多年前的一种理念来说,有热情做一些自认的闲事,有兴趣操一些自找的闲心,说明你是健康而富有精力的。某种意义上,这也是一种幸福。因此我告诉自己,不要烦,不说累,尝试着去体味和享受,从而放松身心。

8月8日

曾经以为自己最着迷的爱好居然没了感觉,曾经以为自己最崇拜的偶像居然几乎忘却,曾经以为自己最陶醉的目标居然早已放弃,曾经以为自己最向往的生活居然偏离太多,岁月改变了我们太多,有些是一种进步,有些是一种成熟,有些是一种无奈,有些是一种失落。理性和现实的代价一定是某种妥协和放弃。

8月9日

竞技的双方实力过于悬殊,是件很尴尬的事情。棋逢对手,不相上下,才会有惊险、有变数,也才会吸引人。由于要照顾到面,奥运赛场也免不了时常出现尴尬局面。没办法,全世界的运动会,一定是要照顾到多数人情绪的。世间的事往往就是这样,妥协中庸的结果,势必有所取舍有些无趣,而且谁都会遇到。

8月10日

翻看自己的书,发现不少问题,一些是因为个人的专业水平,一些则是自己不够细致耐心。一边校改一边冒汗,图书出版3年以来,基本上没有人给我指出这些问题,不知是大家碍于情面不愿意说,还是大家根本就没有用心去琢磨。当然,语言上的事有一定的难度,不了解的人看不出什么,此种情形之下,更当慎之又慎。

8月11日

带着感情写作,也是一种放下,遮遮掩掩,蜻蜓点水,很难写出打动人的好作品。当然这与环境和性格有很大关系,环境不行,顾忌太多;性格谨慎内向,势必缩手缩脚。所以,唯有尽量放下一切,才有可能写得顺畅尽兴。其实为文和做人是一个道理的,真实放松是一种境界,想得太多,安全感有了,很多东西都没了。

8月12日

一个人想做一点事情,的确是要吃一点苦、受一点罪的,收得住心,耐得住寂寞。其过程所谓乐趣,应该属于那种一厢情愿式的,你在意它就是,你不在意它什么也不是。不过有一点是绝对的,那就是实实在在的收获,有形的和无形的。它是你努力的证明和回报,也是你继续走下去的动力。至于到底能走多远,真不好说。

8月13日

场地设备不行,各种准备不到位,没有一位可以深入发挥的对象,都会影响一场沙龙的开展和效果。主持沙龙,既考验你的应变能力,更考验你的知识储备。因此,作为一名主持人,需要比较好的综合素质,同时必须认真对待每一场活动,大意不得,马虎不得。发挥好自己,衬托好嘉宾,控制住场面和节奏,如此而已。

8月14日

讨价还价实际上就是一种谈判,自然也就有艺术,熟悉对方情况,摸清对方底线,了解对方心理,就会在谈判中处于比较有利的位置。当然,一定程度的妥协是必要的,即便你掌握着主动权。时间紧迫的时候,把握节奏和主动权,不给对方太多回旋的时间,速战速决。如果时间充裕,那就会是另一种模式,张弛有度。

8月15日

心态的确是太重要了,心态好,做起事来就不会觉得太苦太累太委屈。事实上也的确是这样,每一件事里总会有它的乐趣和意外收获,同时也丰富你的经验和阅历。必须要去做的事情大多是自己不太熟悉甚至不太喜欢的,但往往又是锻炼考验你的好机会。开启励志模式,调整好个人状态,一切就会有声有色有味道的。

8 月 16 日

所谓成就感,实际上就是做好做成事情后的一种轻松愉快的感觉。过程越复杂困难,或者占用拖延的时间越多越长,成就感就会越发多且强烈。成就感是奖励更是动力,一连串大大小小的成就感会使我们的人生处于一种良性循环的状态。应该说所有的人都是需要激励和安抚的,成就感则无疑是一味再好不过的安慰剂和刺激素。

8 月 17 日

你在意什么便会追求什么,并且享受其过程和结果。当这种追求成为一种常态和惯性的时候,自然难免会有些乏味和麻木。但这还不是最糟糕的,最糟糕的是那种到头来不过如此的幻灭,那种无法再来一遍的绝望,以及随之而来的迷茫和沉沦。准确地说衰老不是最可怕的,最可怕的是强烈的挫败感和一事无成的失落感。

8 月 18 日

走出去,不仅仅是距离上的移动,更是视野上的拓展,所以我愿意尽可能多地走走看看,体力和精力上的超支也权当是打个突击了。一个地方待久了,的确是有问题的,惰性和狭隘会慢慢消减我们的敏感度和视觉宽度,所以千万不要让自己那些所谓的理由占了上风,生活中永远不缺乏借口,倒是实实在在地做起来不容易。

8 月 19 日

当我们走进名人故居的时候,我们看到只有静静的院落静静的房间,没有了主人的宅子,多了些沉寂,少了些温度,仿佛一部历史书。慢慢地走,细细地看,想着曾经有这么一位了不起的人物,在这里生活、工作和思考,心里便会有一种特别的感觉。走进故居走近名人的那一刻,收获和感受到的,是一些不同寻常的东西。

8 月 20 日

三十多年前,郎平以"铁榔头"闻名于世,那个时候,她和队友们是家喻户晓的英雄。三十多年后的今天,郎平又带领中国女排重回巅峰,赢得了尊重。郎平的伟大,在于她的坚韧、刻苦与执着,在于她敢走一条自己的路,并一次次成功地登上一个又一个新的高度。栋梁之材,国之骄傲,致敬郎平!

8 月 21 日

量力而行,实际上还是有这个能力的,超出自己能力太多的事情真的是做不得。诱惑无处不在,但必须面对现实,理性有时就是一种妥协和无奈。其实大家都明白,一切不过是暂为己有,但在利益享乐面前还是抑制不住自己。不过从另一个方面看,欲望也是一种动力,促使人们不断努力与提升,把自己最好的一面展现出来。

8 月 22 日

自卑和自恋的人是有问题的。过度的自卑或者自恋,无论是对自己还是别人,都是一件很麻烦的事情。宽容的人或许可以容忍,但大多数的人最终会不耐烦的。问题很简单,你总是在蹬鼻子上脸挑战别人的底线。自恋的实质应该就是自卑吧,因为自信的人不会整天为自己一点点的收获和进步而沾沾自喜,喋喋不休。

8 月 23 日

一场悲剧发生后,人们往往会问,是什么原因造成的,是谁的责任,殊不知很多事情早就埋下了根。要说责任,谁都逃不了。人性的弱点和缺陷,注定很多时候我们不能遵从内心的判断。覆巢之下,安有完卵?谁碰上了谁倒霉,侥幸逃脱的依然过着浑浑噩噩的日子。所谓看穿看透,然后退隐江湖,实际上就是一种逃避。

8 月 24 日

人生忙啊累啊纠结啊折腾啊,然后有了或多或少的名声和财富,然后,就老了。这种没有意思的事情,每天都在重复着。于是人们会努力为自己找一些理由和意义,然后去做去拼,想来也是,不这样还能怎样?生命的意义或许就是一种接力,你享受着前辈创造的一切,同时为后来者做着一切,发挥潜能,体现价值。

8 月 25 日

生活中有不情愿做但还是要去做的事情,也有很期待但迟迟没有到来的事情。勉强去做的事情感觉一般但很考验人,很期待的事情一旦到来那份快乐非同寻常。其实如果麻木了,那就没有什么了,都是一些打发时间的东西。所以人生最怕的应该是麻木,当一个人觉得什么都不过如此,他这辈子也就不过如此了。

8月26日

好的工匠,其实就是艺术家。把一些简单的事情做到精致,把一些繁重的工作做到有条不紊,轻松自如,就是一种境界。我们会经常抱怨生活的种种不如意,但我们不清楚,不如意往往是生活的常态。脚踏实地,一桩桩一件件地做起,兴许会渐渐找到感觉,找到说服自己的理由。麻木和有目标的生活,失之毫厘,谬以千里。

8月27日

一个人能有所成就,从来不会是简简单单就能够得到的,即便看上去潇潇洒洒轻轻松松。不同的天资不同的经历之外,一定有人后的辛劳与付出,一定有不为人知的寂寞与痛苦。有了一些成就之后,还能够继续往前走、往上攀爬,很了不起,因为很多人会被或多或少的成就麻痹和拖累,怡然自得的时候整个人便会松懈下来。

8月28日

"切中肯綮,入木三分。最后点题准确到位!"这样的评价虽有过誉之嫌,但透露出的肯定和感谢,让人温暖。真心实意地帮别人做一点事情,能够得到肯定甚至感谢,自然很好。如果没有也没什么关系,原本就不是冲着别人感谢去的,有没有自然没什么关系。但是如果因此还惹出一些是非,落得一身不是,那就悲剧了。

8月29日

做好一件事,需要细心耐心恒心,有时还需要一些技巧,一些沟通,还需要一些忍耐甚至忍受。为了做成事,吃些苦头,受些委屈也是再正常不过的事。不过这样的道理并不是总能够说服自己,在自己非常愿意做的时候或许可以做到,其他时候总觉得有些憋屈,应该还是某个方面出了问题,而我也不是在为自己找理由。

8月30日

月末情结尽管有些搞笑,但不失为一种动力。失落感和紧迫感促使我们努力去做,试图多做一些弥补一些。其实没有什么必要和意义,时光流逝,大多数时间和东西是我们抓不住的,能力的不同又决定了我们很多的努力是徒劳的,很多时候,我们只是为了让自己心安,对自己的人生有一个交代。想得太多,身心俱疲。

8月31日

开学的日子,也是一年最后三分之一开始的日子。相信每一个人对于这个日子都有自己的独特的记忆和感受,也都会在潜意识里有所触动和感慨。每个人在这最后120多天里自然也会有所行动和表现,在经历大自然盛极而衰的同时,接受自己还是最终失去这个现实,同时通过类似苦肉计让自己感觉好一些,如此而已。

9月1日

很多时候事情和压力都是自找的,有时为了多一些经历,有时为了多一些虚荣,有时感觉义不容辞,有时有些英雄主义。或者兼而有之,没有太清晰的界限。但是如果撒手放下,其实也没有什么,让绷得太紧的弦放松一些,让疲惫不堪的身体舒缓一些,从来人生都是有失有得,而得到的没准远比失去的更有价值。

9月2日

长时间缺乏甚至严重缺乏睡眠,直接影响一个人的身体乃至情绪,造成一定程度的焦虑和不稳定。这种情况其实是很可怕很严重的。民间有"三天一头猪,不如一觉呼"这么一说,现代科学也强调睡眠的重要性,问题是每天一到晚上,就不想上床,仿佛睡觉是一种浪费和无趣。久而久之,成为恶习和顽症,当引以为戒。

9月3日

替别人想得多,一定会委屈自己;太在意面子的,会失去其他东西;在外面很卖力,回到家多半慵懒;钟情于某件事,肯定要放弃许多。虽然不一定完全正确,但大多还是很有道理的。其实类似的意思我已说过多次,其中有自己的感悟与懊悔在里面。但是也没有什么好办法,因为就这么一个人,所以还会做同样的事。

9月4日

和有眼光有高度的人聊天,是一件很有益的事情。冷静地看待和评判问题,能看出好的地方更能发现问题,而不是一味地说着客套和溢美之词,这样的朋友应该属于良师益友。我们容易习惯性地自我感觉良好,我们本能地喜欢听别人说的好听的话,但如果我们想做得更好,就必须克服这样的心理,理性面对真实的自己。

9月5日

能够有效地自我调节,的确是太重要了。保持内心的平静,保证身体的平衡,繁杂无趣而不恼,平淡无味而不厌,云淡风轻,游刃有余。准确地说,一个人一生做的大多数事情,都是没有什么意义和趣味的,只不过有的是自己愿意做的,有的是自己厌烦的,所以有必要调整心态,忍受、适应,直至最终从容面对。

9月6日

紧锣密鼓与有条不紊是一件事情的两个方面,前者是阵势,后者是状态。任何事情,无论你是怎样地提前筹划准备,都有一个攻坚阶段,在一个极短的时间里做好一切。有计划有预案就会忙而不乱、解决一切问题,反之则会相互推诿掣肘、造成某种混乱的局面。置身于一个大项目之中,最要紧的,是明白自己干什么和怎么干。

9月7日

一个大项目启动的前夜,有一份放松,也有一份压力。这个时候应该做的,是把一切的质疑、情绪和辛苦都放在一边,因为做好即将到来的一切是第一位的。人生就是这样,该复杂的时候一定要多想想,该简单的时候则尽量简单。选择决策的时候不用心不作为,执行实施阶段就不要有那么多的抱怨,尽力去做好一切。

9月8日

尽力做好一件事,享受成功带来的快乐,也算是人生一大幸事。没有大气魄大能力,就努力把一些自己能做好的事情做好,哪怕只是一些不起眼的小事情。有些时候,日积月累,小事情可以变成大事情,有时候你做得再多,小事情永远就是小事情,要有这个心理准备,并用心享受做好每一件小事情后的欣慰与放松。

9月9日

一个人一生里特定的日子,一些很有意义和价值的事情,这样的交汇似乎已有多次。或许这就是所谓的命吧,时刻提醒着我自己的工作和使命。使命这个词有些大,但人生在世,的确是肩负着一定使命的,你认可它并为之全力以赴,你就会拥有一种所谓的成就感,你漠视它不愿意付出辛劳,或许你也感觉不到失去什么。

9月10日

主持,站台,聆听,见新朋老友;翻书,看书,选书,掏银子买书。这两天整个人就泡在了书会,集中见了一批大家名家,集中参与一些活动,受益不小,收获很大。爱书的读者也是有福了,一本又一本的签名书,一张又一张合影照,一幕又一幕难忘的场景,一个又一个美好的记忆,让这个秋天充满了书香和文艺范。

9月11日

当身体睡眠上的欠账累积到一定程度的时候,报应就开始了。道理谁都清楚,人生在世其实不必太赶太拼太亏待自己,但总有需要赶需要拼只得亏待自己的时候。于是我们就会一次次煞有介事地反思,一次次发誓一般地说以后会如何如何。其实也就是糊弄糊弄自己,自己给自己找个台阶,事到临头该怎样还是怎样。

9月12日

尽管我们都知道水到渠成是最佳境界,但我们大多不耐烦辛苦寂寞的日子,总想着有那么一条乃至数条捷径可以一蹴而就。人的惰性导致了社会的风气不佳,社会风气又反过来影响和左右着每个人的思维方式和具体行为。于是,一夜成名、一夜暴富就成了人们津津乐道、梦寐以求的事情。于是,还没有什么水,渠已经成了。

9月13日

　　很多发现都是在不经意间,这谁都知道,但前提是你得有个具体行动,比如走出家门,比如打开书本。静止不动、死水一潭是很可怕的,它消磨我们的信心,遮蔽我们的眼界,让我们在事情开始之前就自我否定了,让我们的想象力和创造力逐渐萎缩。但是畏难情绪和惰性又往往会让我们找出很多理由,拒绝行动和改变。

9月14日

　　我们的时间里的滋味,是真实的还是我们想象的,似乎还真不好说。但我们的日子却是一分一分地从我们的眼前流过去的,这很真实却又有一些虚幻。因为特别真切,因为不可思议,所以常常会处于一种亦真亦幻的状态。这或许就是人生特有的形态,让我们有一些想象和回转的空间,仿佛飞扬的风筝和那根结实的线。

9月15日

　　凡事自己不去操心,完全指望别人,是不可取也是不现实的。很多事情不亲身经历,你不知道其中的艰难,同样也体会不到其中的乐趣。生活是具体的琐碎的,试图有所选择有所逃避是不现实的也是不可能的。因为我们不能预知明天和未来,即便是经过了的事,对其的感受也是因人而异的。所以还是应该踏踏实实地去做。

9月16日

　　用一天的时间,把一件繁杂的家居事情重新捡起来,作为人生的一种经历和历练,它能丰富我们的人生。时间不够用,静不下心看书写字,其实都是杂事太多、杂念太多。我们惯常的思维和行动,都是被动式的,都是希望有某种力量能改变自己的境遇,而不是主动地有所作为。等待有时候是很可怕的,很多时候不能等待。

9月17日

　　出发,一件很简单容易的事情,也是一件很困难麻烦的事情,原因是我们的思维和身体慢慢僵硬了。当习惯于某种生活状态后,我们就会渐渐习惯成自然,不想改变也懒得改变,许多的想法和计划都在渐渐地淡化和虚化。某一天我们回首的时候,会发现那种几乎感觉不到的改变改变了我们许多。当务之急,必须有效阻止这样的改变。

9月18日

生活中我们会面对各种各样的场面和各种各样的人,不管你喜欢不喜欢,愿意不愿意。如果改变一下心态,其中还是有很多滋味和乐趣的。如果能够用心琢磨一番,不定还会很有收获呢。这里面有一个心态和能力问题,达不到某种境界,吵喳喳就是吵喳喳,闹哄哄还是闹哄哄。而人生的感悟、素材的积累更是无从说起。

9月19日

认真踏实地去做好一件件或大或小的事情,收获有时候是眼前就可以看见的,有时候它没有那么快和那么直接,而是攒在一起,给你一个"零存整取"。想来也是,哪有那么多的立竿见影,浮躁和虚荣是治学做事的大忌,也是阻碍我们提升发展的障碍。既然我们生来平庸,那么只有调整好心态,实实在在地做人做事。

9月20日

一系列的消息让我全身一麻,不是同情难过,而是在第一时间想到了他们的年龄,他们父母和亲友们的感受。毁于一旦的,除了财富,还有名声,还有多年树立起来的社会形象和地位。这是一个能让人一夜成名的时代,也是一个能让人瞬间身败名裂的时代,人生在世,太多不易,惜之慎之,善始善终,便是大智慧和大成功。

9月21日

故地重游,触景生情,尤其是类似的场景出现的时候。时间太快,快到往昔的磨难已经成为一种平淡的记忆。不过平静之下,那些感动和感激还在,于心灵的深处发酵升华,最终融入血液和生命中,让我们的心灵变得更加柔软、宽阔和强大。

我们没办法预知我们的人生,但是我们可以将生命中最宝贵的东西留下来。

9月22日

最美的风景不一定是最奇绝的,但一定是记忆最深刻的;同样,最美味的食品不一定是价格最高的,但一定是总也忘不了的;人也是一样,最珍惜的朋友不一定是地位最显赫的,但一定是最可靠放心的。因此,对于那些美好又难忘的人和事,一定要善于发现、判断和珍惜,人生的财富其实就是这么一点一滴慢慢积攒起来的。

9月23日

一个人的见识,与他受过的教育、读过的书有关系,也与他走过的路、到过的地方有关系。当然更与他的悟性和用心有关系。这是没有办法的事情,人与人之所以有差别,关键点也就在这里。明白了这一点,就知道自己该怎么去做,做了之后大概有怎样的结果,从而能够保持一种平静的心态,一种持续向前向上的动力。

9月24日

挫败感有时会让人清醒,许多浮华和泡沫消去之后,才是真实的状态。但真实的状态往往让人感觉不太好甚至尴尬,这也是没有办法的事情,该面对的迟早都要面对,自我感觉良好其实就是自欺欺人。面对现实,面对真实的自己,踏踏实实地做事,或许还有希望改变一些,提高一些,毕竟只要在做,就有改变的可能。

9月25日

时间可以解决一些问题,所以有些事情不妨拖一拖;但时间解决不了所有问题,因此该努力的还是要努力,该用心的还是要用心。很多时候我们的确不知道应该怎么办,很多时候我们没有信心去做好一件事,于是我们选择了消极。其实不去想那么多,尝试着去做一做,没准也能够成功,毕竟,未知的事情谁也说不准。

9月26日

结束一件事,又开始一件事,人生就是这样循环往复,周而复始。不可能都是自己感兴趣有意思的事情,也不可能都是那么不可忍受,一件一件这么做下去,感觉和趣味渐渐就会出来。闲着,能不做尽量不去做,又会怎么样。太阳不会为他迟一秒钟下山。在我这里,充实便好。

9 月 27 日

很顺畅地做完一件事,说到做到,都让人感觉不错,很有些成就感。因为不是所有的时候都能够行云流水般地把事情做好,也不是总是有条件和决心实现自己的诺言。在寻常的日子、平凡的人生里,这也算得上是一种小成功,一份足以让我们舒心的小惊喜,周折啊奔波啊自然也不在话下,显得那么微不足道。

9 月 28 日

一个城市里的小街小巷所承载的,不仅仅是民风民俗、人文历史,还有许多个人的情感和记忆,独特的景致和风格背后,是它特有的记忆和内涵。我们现在去写身边的小街小巷,就是要挖掘这些记忆和内涵,让一条条看似普通甚至有些雷同的小街小巷展现出自己特有的魅力和色彩。了解一座城市,从小街小巷开始。

9 月 29 日

当一个人逝去之后,他便处于渐渐隐去的过程,包括他的形象和名声,大多数人最终都会被彻底忘却,即便是在他后人的记忆里。但也有些人,因为其事迹和成就,为各种文献所记载,其创造的作品,为后人所使用和阅读,因而能够让许多人记着,这些人实际上已经活在他们的成就和作品里。吹沙见金,时间还是公正的。

9 月 30 日

在假日里开启一种轻松的模式,是一个美好的愿望,心沉不下来,基本上做不到。以轻松的名义累着,是假日的常态,也是我们每每事后追悔莫及的。生活在尘世之中,周边有太多的诱惑和牵挂,完全抛开一切,一般人做不到,那么只有随着世俗的路子,做一个庸俗而快乐的人。放下之后,这种快乐又会被放大许多。

10 月 1 日

事后诸葛亮,事后追悔莫及,似乎没什么意义。当局者迷倒是普遍现象,只不过有的人迷得恰到好处,被称作执着,有悟性,判断准确;有的人则迷得不是地方,被耻笑为顽固,糊涂虫,缺乏主见。这应该与个人天资和综合素质有关系,一部分靠学,一部分靠悟。而知道什么该做什么不该做自然也是人生的一种境界。

10月2日

功利的人际关系其实没什么不对,人生苦短,时间有限,拣最紧要的事去做,包括找关系,探门路,请客送礼,都无可厚非,人活得现实一点其实也是一种简单。当然,也可以选择依靠自身实力,遇事顺其自然,随遇而安。只是这样的人与现实多少有些距离,会在不自觉中和一些人拉开距离,不过人各有志,勉强不得。

10月3日

有人说现在的楼市新政是"赶羊",这块的草吃完了,再赶到另一块去。长假期间,这座城市的人们纷纷跑到周边的城镇,看房、订房、买房。其实这也没什么不好,既然周边城镇的人都拥到这座城市里来买房安家,那么这座城市里的人到周边城镇去投资买房无形中维持了一种平衡。大家都乐此不疲,那就继续玩下去。

10月4日

一个家族的人,如果长期不交往,那么他们就是陌生人了。血缘这东西,你说它不重要好像也没什么,许多偶然的因素大家成为亲戚,个体显然是被动的,而被动的状态下最容易产生逆反心理。要说重要它的确很重要,骨血之联系是其他联系所不能比拟的,它会在某些特定的时刻让你怦然心动,有一种亲切温暖的感觉。

10月5日

总是勉强,总是要让别人赶着往前走,或者总是赶着别人往前走,大家都会感觉很累,久了,还会产生厌烦情绪。因此还是需要一种自发的动力,一种发自内心的喜欢。"当回事"很重要,如果不当一回事,就会感觉有些随意,很难有常性;如果当回事了,自然会很上心,会持之以恒地做下去。正所谓心态决定状态。

10 月 6 日

为人刻薄,实际上是在阻断一些东西,是在为自己划出一圈真空地带,让别人有些犹豫和担心。人生在世,不设防、不用心是一定会吃亏的,但太过敏感、计较也是有问题的。有时候心里明白就好,吃一点小亏也属于正常状态。水至清则无鱼,人太精明则很少有朋友,做一个宽容明白的人,享受简单生活的放松和快乐。

10 月 7 日

一个人的优缺点是相对的,不同的时候和地方,它们会发生变化,甚至会走向它的反面。所以无论是用人还是交友,都要有一个准确的判断。用人的时候怎样发挥他的优点,避免他的缺点,交友的时候怎样做出比较正确的选择,同时用心呵护,这些都非常重要。人无完人是常态,扬长避短是必需,清醒理性则是根本。

10 月 8 日

时光催人老,是人生最大的无奈。而衰老其实就是一个减法的过程,将一个人的肉体和精神上的一些东西一点点抽走。而家庭就是一个互助的组合,年幼的孩子,强健的中年人,衰弱的老人。而照顾好老人孩子的主体无疑是处在中间的中年人,义不容辞意味着付出与牺牲,包括辛劳和委屈。传递温暖,就是生命的意义。

10 月 9 日

和生活保持距离,是一名写作者应有的姿态,但如果和生活距离太远,也是很有问题的。做人和为文是有很大关系的,个性上的东西,无论优劣,都一定会折射到作品里。太过功利,做人容易失衡,为文容易流俗。作家作家,说千道万,还是用作品说话。一个在生活里欲望太多的人,到底还有多少精力用于作品,很值得怀疑。

10 月 10 日

克制、从容、富有张力的作品,的确很打动人。一部好作品大多会有一些让人意想不到的情节,一些让人难以忘怀的语句和细节,而作者对作品的把控实际上就是对读者的把控，引导读者一步一步往下走，在读者逐步适应的时候，又适时给读者一些出乎意料，让读者直至结尾，依然沉浸其中，感觉意犹未尽，回味无穷。

10月11日

在做一件繁杂的事情时，的确要有耐心，冷静下来，不想那么多，一桩一件去做，直至最后完成。一些不懂的东西，去学；一些不明白的东西，去琢磨。想着因此会了解掌握一些新的东西，心里应该会平衡一些，想着甚至还会有一些意外的收获，心里没准还会有些快乐。呵呵，本来就很辛苦，犯不着给自己找憋屈。

10月12日

诺贝尔文学奖的启示：一、文学的范畴很广，包括诗歌自然也就包括歌词，还会包括一切以文学的语言表述的作品；二、题材的宽泛意味着获奖者选择范围的加大，以后或许还会有更多的黑马甚至黑骡、黑驴出现；三、相对固定的评委有利于评选标准的连贯性，同时也容易陷入一种僵化的思维模式中；四、一切都是游戏。

10月13日

能够静下心做事真是一种享受，当然，安静的环境、宁静的内心，缺一不可。静心做事的时候，既出活又能够提高品质，顺畅的节奏让内心充满愉悦感。其实不只是做事，安静地走走路，运动运动，都是很好的享受。人生很多美好的瞬间，会在我们不经意间出现，没有意识到也没有什么，很明确地感受到了，自然更好。

10月14日

在一些生活事务上一个人能够一直坚持自己的选择，不为旁人的游说和做法所左右，很不容易。脚踏实地，量力而行，简单大方，舒适放松，就是很不错的结果。浮华虚荣的东西自然没意思，但品质高端的东西肯定是好的，关键是是否适合和可行，是否让自己因此承受过多的压力。需要定力，需要眼光，也需要感觉。

10月15日

分享几句收藏品鉴定专家的话：一、凡收藏者，必须具备一定的文化知识、历史知识和鉴定知识,否则一切无从谈起;二、但凡收藏名家,都是经过长期的实战,从实战中学习和锻炼出来的;三、收藏者一定要谨记,勤学习,慎交友,平常心。其中平常心尤为重要,捡漏不是平常心。——天下一理,为文做人,也是如此。

10月16日

复杂和简单,永远都是相对的,该复杂的时候不能太简单,该简单的时候不要太复杂,说起来轻飘飘的,做起来可不容易。人人都说简单点好,但又有几个人简单得了?实际上即便是简单,也还是要有所思考和权衡,然后做出最为简便易行的选择。可见简单不是没有城府和心机,只不过不想也不屑那么复杂和麻烦罢了。

10月17日

坚持做哪怕很小的一件事,也不容易,不一定要时刻记着,但绝对需要总在心上。而且,时间一久,很多有趣的事情都会变得无味,而坚持做下去的理由,自然是某种信念,以及对于目标的憧憬。某种意义上,"坚持做,就是成功"有它的道理,更何况成功也是一个相对的概念。在能力不够强大的时候,坚持尤为可贵。

10月18日

鲁迅先生,不管是真的忘记了,还是假装忘记了,还是永远也不会忘记,他都是一个宏大的存在。任何强加在他身上的各种标签和符号,都与他没有什么关系。真正的鲁迅,在他的作品里,在同时代人的记忆中。

10月19日

不想让自己失去信心,一直以积极乐观的态度对待生活中的一切,这样做看似很好,实际上是一种懦弱和不自信。无视或者不愿意承认并不能改变什么,时间久了还会产生一种错觉和麻痹,对现实造成误判。直面需要勇气,需要理性客观,在心理上障碍去除之后,才会有比较准确的判断,才不至于最后生发出深深的失望。

10月19日

早晨在青菜里吃出个大青虫,顿时没了胃口,中午也不想去餐厅了,跑到外面对付一顿。不是矫情，只是给自己一个缓冲期，这餐厅的饭以后还得吃，不会因为一条虫子就再也不去那儿了。没有多少选择是一方面，一直以来还凑合也是一方面，人生其实就是这样，不能太较真，但也可以由着性子走上一段，不憋屈自己。

10 月 20 日

机会即是深渊，这话说得有些耸人听闻。但现实中这样的事情多了去了，有的人一路顺风，好运不断机会多多，有的人沉寂多年，好不容易才得到一个机会，无论是哪一种，只要机会来了，就意味着风光、荣耀和财富会接踵而至。再往后，渐渐如鱼得水，游刃有余了。再往后，居然落马了，身陷囹圄，机会由此变成深渊。

10 月 21 日

实力和运作哪个更重要？当然应该是实力，因为实力是根本，是运作的前提。但现实中似乎不是这样，一个善于运作的人，同等条件下，机会和利益上都会好一点或者好许多，即便是在实力上不如别人或者差很多，也没准会混得很好。专注技能、自恃清高的人往往为此郁闷不已，殊不知自己在一些方面和别人差距太大。

10 月 22 日

人生关键几步理论很早就听说过，但真正理解必须要到一定的年龄，起初不经意的选择有时候就决定了你一生的方向，让人不免唏嘘感叹。不过话又两讲，无论怎样的方向和道路，都需要一步一步走过，都会有不小的空间任你发挥，同样的道路因此也会有不同的表现，更何况还有修正和拓宽的可能，一切在于个体的状态。

10 月 23 日

做父母的最在意的，应该不是孩子出多大名挣多少钱，他们在意的是孩子有没有一个目标，有没有生存于世的能力，当然与此同时还能够有所成就自然是更好，如果是自己期望的方向那绝对是喜上眉梢。从表面上看，做父母的似乎还是虚荣和贪婪的，对孩子的期望太多太高，但其实质是希望孩子们过得好一些更好一些。

10 月 24 日

回顾过去,特别是过去的一些印象比较深刻的事情,内心自然是五味杂陈的,当时所经历和感受的一切,经过时间的发酵往往又是一番滋味。有时候想,我们所做的每一件事,转眼便是记忆,便是未来日子里回忆的内容,还是很有压力的。不过人生也不必想得太多,大多数的时候顺其自然,应该果断的时候决不含糊便可以了。

10 月 25 日

　　"压力就是动力"是一句经常会被人们挂在嘴边的话,也是一句非常有道理的话。压力成为动力的过程一定是被动的,包含着无奈和叹息。当然也可以不理会压力,回避忽视它,只是与此同时你也就选择了放弃和退让。所以有些人能锻炼出一种能力,在压力面前呈现一种激情状态,仿佛被激活一般,义无反顾,愈挫愈勇。

10 月 26 日

　　防患于未然,永远是至关重要的。麻痹大意,心存侥幸,迟早会出问题。越是熟门熟路的事情越是要小心,越是感觉万无一失的时候越是要谨慎,所谓江湖越老胆子越小,或者可以理解为是一种成熟和稳重。当然什么事情都是因人而异,个性上的问题很有可能制约了我们的能力和能达到的高度,很多问题根源就在这里。

10 月 27 日

　　不论是平凡故事还是传奇故事,如果没有了记录,都将会湮灭于时间的长河里,文字的功能则是记录下这些故事。这样的记录流传范围的大小和时间的长短,则与文字本身和一些相关的因素有着密不可分的联系。因此文字的意义,是记录、积累和传播,是将一个个个体、一段段人生串联在一起,使它们成为人类共同的财富。

10 月 28 日

　　诗歌的记忆是和青春的岁月联系在一起的,那些痴迷的日子,那些随意挥洒的时光,随意、任性。想来,那些懵懂的情愫、朦胧的感觉,诗歌或许是最适合表达和宣泄的方法。如今回首,一切都显得那么遥远,远得让人惆怅不已。所有的一切都是一去不复返了,渐渐模糊渐渐没了色彩,包括那些曾经痴迷不已的诗歌。

10月29日

参加一个活动,听到一个观点,感觉很是准确犀利。"旅游文化无底线地伤害地方文化"已然成为一个很严重的社会问题,胡编乱造的所谓传说和故事,似是而非的历史和文化,对游客来说是一种欺骗和误导,对地方和景区来说,则是一种肆无忌惮的歪曲和伤害,长此以往,危害的是地方的文化和国民的素质和修养。

10月30日

太久的阴郁天气,不但影响人们生活的方方面面,更影响着人们的精神状态,而压抑的情绪所传递出的,则是种种负面的东西。相比于气候上的不堪忍受,人生的阴雨连绵阶段,应该是更为糟糕的,特别是那种看不到尽头和希望的日子,绝对让人灰心丧气失去信心。远去的时光里,多少人就是在这样的环境里抑郁而终。

10月31日

当退休的日子到来的时候,心里会是怎样的一种状态,我想象不出来。其实我可以自以为是一厢情愿地认为这是很好很放松很开心的一件事,也可以老气横秋故作深沉地认为一定会很糟很伤感很郁闷。我知道,每一个人的感受都是与他的境遇和心态有关,不可一概而论。不过在于我,那绝对是一种解脱,一个机遇。

11月1日

无话可说包含几层意思,无感,的确是没有什么可说的;不想说不屑说,感觉说了没什么意思;不能说不敢说,预判后果,有所顾忌。相比于畅所欲言,无话可说是一种茫然、高冷和压抑。或者无话可说也是一种修养和境界,闭上嘴巴,有时候或许是最好的选择。遇到让人无感的环境或者无语的人,无话可说,挺好。

11月2日

决策的意义,在于它确定要什么不要什么,比较起拍脑袋做事和意气用事,决策有一个思考和论证的过程,从而确保事情的顺利完成并取得良好的结果。很多事情之所以一开始就错了,就是因为决策上出了问题,没有想好自然也就不可能做好。人生其实有很多需要决策的时候,但是我们往往采取回避和惧怕的态度。

11月3日

一件久拖不决的事情,似乎到了合拢阶段,很多东西需要比较和确定,很多事情需要要全盘考虑,劳心费力,必然焦虑。凡事总是这样,当所有的经历和感受尝遍了,下一个轮回又会到来。或者人生就是如此,或者只是这些年多了一些,又或者一切都是相对应的,你有怎样的精力,就会有怎样的遭遇,需要承担并且承受。

11月4日

教学相长意味着付出的同时也有收获。其实也可以理解为一种形式的温故,将一些熟得不能再熟的东西说出口的时候,你会发现,一些新的东西自然而然地就加了进去,实际上那些东西都是你最新的知识积累和经验的总结。由此可见我们需要这样的机会,对自己的知识结构和储备进行梳理,欣慰的同时收获感悟和动力。

11月5日

徜徉山水,应该是件挺不错的事情,但如果心没有跟上,还是很有问题的。身心放松,才是最佳的境界,否则一切都只是流于形式。人生在世,各种欲望和烦恼,极难摆脱,因而才会有负担和压力这么一说。因此,能够做到做事的时候全力以赴,出游的时候放下一切,就是一种大境界了,真要做到自然也就很不容易。

11月6日

坚持每天都做一件哪怕很小的一件事,也很不容易,因为每天都得想着它,都得用心对待它。而凡事一旦用心,问题就来了,因为不是每天都有那么不长的一段时间,也不是每天都会在状态。其实这也是一种锻炼,通过这么一件小事渐渐让自己具备某种能力,从点点滴滴到集腋成裘,没准它就在每天的坚持和每次的用心中。

11月7日

　　我们做的每一件事情，都应该是乐趣和烦恼的综合体，只不过二者所占的比例不尽相同罢了。乐观的人，多会去想一想好的一面，再苦再累，心情也会轻松一些。悲观的人，则总是抱怨总是觉得难以忍受，心情自然好不起来。说白了就是一个心态问题，更何况我们做的所有事情都是有所获得，利益，心情或者一些成就感。

11月8日

　　人生没有预设的结果，一切都必须等到最后的那一刻。如果命运和你开了一个玩笑的话，你要想到还有人比你更不走运。一切没有什么应该不应该，一切都会有它的理由，只不过我们没有看透，而我们被蒙在一个虚幻的真实里。所以尽管去拼去做，但对于结果还是看得开一些。当然这只是旁观者的轻描淡写，要做到很难。

11月9日

　　等待花开的日子是缓慢、寂寞甚至无趣的，但也是真实、生动，充满着快乐和惊喜的。做一件事，做一件大事，着急不得，也偷懒不得，总是付出才会总是有收获，总是用心才会有更好的结果。因此还是要沉下心来，把一天天的等待变成一件件实实在在的事情，做细，做好，做出乐趣来，一直到心里也开出一朵花。

11月10日

　　这个市场真是有问题了，旧的正在没落消亡，新的看似来势汹汹，却不能完全取而代之。如同一个家庭老的老了，也不招待见了；小字辈牛义哄哄的，却不能完全顶起门楼。一味贪图廉价必然要担负假冒伪劣的风险，况且大量的廉价同样损耗银子。实体店肯定要改变，网店也需要及时调整升级，二者融合应该是方向。

11月11日

　　可以说一切考试都是在考一个人的综合素质，包括心理方面的和知识层面的。从来没有随随便便的成功，遗传、训练和日积月累的学习，都不可或缺。有时候，一些看似不相干、距离很远的知识,都有可能发挥很好的作用,看似信手拈来、轻轻松松,实际上功夫早就下在前头了。所以不要太多地抱怨,还是多一点反思吧。

11月12日

被安排的周日,没完没了的事情,是一种生存状态,颇有些无奈。但是责任感又告诉我,一切都是应该去做的,哪怕有些勉强,有些力不从心,都需要去做。有一种声音对我说,你是什么样的人决定了你过什么样的生活,吃怎样的苦,享受怎样的快乐。因为很多东西在于你的心态,在于你是否看重、是否在乎、是否有感觉。

11月13日

一个人没了,对于个人来说是一种结束,这个世界从此与他没有任何关系。但是对于他的亲友们来说,他还在记忆里,在一些特定的时刻,他们还会被想起和提及。如果他还有一些作品,还有一些出众的才能和德行,那么他会被更多的人记住和提起,他在这个世界上存在的时间还会更长久一些。不过如此,也只能如此。

11月14日

一定要对自己有一个基本的判断,否则就会做一些让别人难受自己尴尬的事情。方向不对,越是努力越是悲剧。动机不纯,急于求成,结果往往适得其反。很多时候,我们都在为能否成功焦虑,可没准埋头做自己事情的时候,成功它就来了。与其事后让人说三道四,不如之前多下点功夫,硬是要找所谓感觉是一种冒险。

11月15日

有始有终是一种态度,越是难做的事情做过之后越是有成就感。我们经常给自己找很多理由,我们也常常会陷入某种失落,但最终我们会明白,所谓理由都是借口,所谓失落都是一瞬间的虚荣。只问耕耘,莫问收获,是基于一直在做的时候,其实已经拥有一种充实和满足,而收获这东西,从来不是一个简单的结果。

11月16日

文字是一种纪念,逝去的先人,过去的生活,某种情感,一些思绪,在我们的文字里得到记录和再现。而这样的文字汇聚在一起,应该是可以打动读者,获得共鸣的。有时候想想,幸好还有文字,否则我们的人生将会多么令人伤感和惆怅。文字是一种纪念,无论是对自己还是对别人,这种纪念都是鲜活而富有意义的。

11 月 17 日

旦夕祸福,尽管有运气的成分在里面,实际上也多有伏笔。人生总是会有许多不确定性在那里等着我们,自然也会遭遇一些意外。因此,一定要有足够的危机意识和风险意识,一定要清楚,未来充满着许多不确定,过好每一天应该是一种基本的态度。从某种意义上讲,的确是人生苦短,的确是需要认真对待,仔细度过的。

11 月 18 日

读万卷书,行万里路,是一个人应该确立并为之孜孜以求的目标,唯有如此,才能够丰富和充实我们的人生,也才有可能让我们的心胸变得开阔,让我们的视野变得辽远。但现实中,我们生活的圈子的确太窄,太多的东西不为我们所知。而这种状态对于一名写作者来说,的确是很糟糕的一件事,必须得到有效的改变。

11 月 19 日

人格缺陷是一个致命的东西,即便你在某些方面很优秀,即便会有很多人包容你,也还是很糟糕。因为不可能所有人都能够容忍和原谅你。一切都是互相的,一切也都是相对平衡的。曾经可以行得通的事情不代表可以总是如此,指望别人改变而自己我行我素,最终的结果一定会很难堪,其人生的结局也是可想而知的。

11 月 20 日

很多时候,那些满嘴花言巧语,擅长做表面文章的人,往往能够脱颖而出,得到提拔重用,而那些不善言辞,踏实做事的人却总是被忽视和怠慢。即便是特别出众和优秀,但是不善阿谀之术,锋芒毕露,也不会有好的结果。这样的事情太多,也很难得到根本的改变,因为人格上的东西往往都是定了型的,奈何不得。

11 月 21 日

  寒冷的夜晚,温暖的的士,和司机散散地聊着天,也是一种乐趣。各色人等,趣闻逸事,或让人叹息不已,或让人忍俊不禁。这世间原本就是一个大舞台,的士司机则既是其中活泼的演员,又是见多识广的观众。职业让他们到处游走,也给了他们丰富多彩的见闻,只是这样的福利,常常是被他们忽视忽略了。

11 月 22 日

  年富力强的年龄,精神饱满的状态,真的让人羡慕。想来每一个年龄段都会有它让人羡慕的地方吧?尽管我们总是忽视了自身的这些优势,总是将关注点放在那些还没有达到和做到的地方。诚然有些东西是需要我们努力的,但有些东西时间会给你的,不用急,时间一到自然会有,就如同有些东西,说没有就没有了。

11 月 23 日

  峰回路转,山不转水转,这样的事情总是会在某个地方等着我们。它似乎在提醒我们,有些时候,我们真的不需要那么灰心和失望,不泄气坚持住,就一定不会太糟。人生其实就是由一场又一场或大或小的较量组成的,我们不一定总是会赢,但我们的意志一定不能垮。况且所谓的输赢都是相对的,眼光必须要看远一些。

11 月 24 日

  忙里偷闲,给自己一些放松的时刻,是对自己的一种爱护和理解。许多时候我们忘了这些,随着惯性浑浑噩噩地往前走着,忽略了自己内心深处的声音。人生的悲剧,不在于你身在何处,别人对你怎么样,而在于你忽视和看轻了自己。自爱的含义应该包含灵魂和身体两个方面,只顾及一点或者全然不顾,都是有问题的。

11 月 25 日

  能够做好自己愿意做的事情,感觉的确很好。更何况主持沙龙这样的事情还能够让自己有所受益,在别人的叙述和回顾中得到启发,在与别人的交流中得到帮助。很多东西刻意去寻求往往很难得到，只要一直想着念着，没准哪一天就会在不经意间遇见。况且有时候并不是没有，而是我们没有发现的能力，生生地错过了。

11月26日

一些人似乎不知道自己到底要什么，总是跟在别人后面走，追求气派和档次。有的人对此很不理解，甚至嗤之以鼻，殊不知那些人追求的就是所谓的时尚和面子，至于是否实用和舒适，不在他们考虑的范围。说到底这是一种不自信和不自爱，为一些虚的东西放弃了自己真正的需要。

11月27日

竞赛这件事，尤其是业务竞赛，考的是综合实力——心理素质、身体素质和知识储备。平时积累不够，仅凭着一段时间的集训，希望有一个大的提高甚至突破，几乎没有可能。竞赛的确有运气成分在里面，但那是可遇不可求，指望不得的，因此还是不要心存侥幸。不如把时间用在自身的修炼上，积攒一些看家本领。

11月28日

蛰居乡村，执着地写着散文诗，真是很不简单。当今社会里，能够耐得住寂寞，执着于自己的爱好，并把它变成自己一生的追求，这样的人无疑是值得我们敬佩的。我们都曾经有着自己的梦想，但随着岁月的推移，梦想渐渐被我们遗忘了丢弃了。现实的诱惑太多，现实中有太多的无奈，坚持一些东西必定会放弃另一些东西。

11月29日

别人熟视无睹，你看不下去，你就得站出来或者伸出手；别人没有底线，你做不出来，你就得损失利益遭受白眼；别人有恃无恐，你忍无可忍，你就得得罪一些人一群人；别人漠视节操，你视若珍宝，你就得忍受排挤乃至攻击。生活中这样的因果关系很多，不一定合理，但肯定存在。所以在做人做事之前一定要想好。

11月30日

一万多元的衣服两千多买到手，这件事挺值得玩味。或许是一种理性回归，原定价虚高；或许是一种错判，生产过剩销路不畅；或许是一种无奈，经营原因和市场原因。总之，一定会有它特殊的原因，也一定会折射出一些社会问题，再往深里，可能还会涉及社科、经济与政治等等方面，琢磨一下还挺麻烦，于是不再去想。

12月1日

关于投资置产，很多时候，我们会有一些很冲动的想法，冷静下来之后，理性自然便会回归。因此的确需要三思而后行，特别是事关重大、后果麻烦乃至糟糕的，更是要慎之又慎。冲动有时其实很可爱，没有冲动便少了许多活力和机会，所以不能一出问题便把责任推给冲动，倒是要多关注一下冲动之后的心态和判断。

12月2日

"匠"指有手艺的人，也有灵巧、巧妙的意思，同时它还指具有某一方面熟练技能，但平庸板滞，缺乏独到之处。而"专注于某一领域、针对这一领域的产品研发或加工过程全身心投入，精益求精、一丝不苟地完成整个工序的每一个环节"。可称其为"工匠"。有手艺的人很多，匠气太重的人也不少，稀缺的是工匠。

12月3日

我们的身体一直在变化着，这是谁都知道的事情，但由于这种变化是一个渐变的过程，又往往会被我们忽视。因此，我们一定要聆听它内部的声音，关注它发出的信号，重视它，呵护它，给它充分的营养和休息，过分的饮食、过少的睡眠和过度的运动，对于它来说都是一种伤害。衰老不可避免，但我们可以尽力延缓它。

12月4日

应该能够容忍理性的声音或者不同的声音，因为往往它们会对我们有所启发和帮助。真理不一定在多数人手里，同样，真理没准就在不同的声音里面。情绪激动的时候，关乎自己切身利益的时候，我们通常不能够做到理智平和，先入为主、人云亦云、不管不顾等等，都会直接左右我们的思维，导致我们做出错误的判断。

12月5日

"心穷"是一种病,对金钱贪得无厌,对财富期望过高,对未来充满惶恐,对占有过度依赖,都有可能导致"心穷"。心穷的人一定是不满足、不踏实、不快乐的,一定是想方设法获取更多的钱财,而一旦不能如愿或者遭受挫折,也一定是如坐针毡,反应过度的。心穷的人心理上有障碍,行动上有问题,活得太累太无趣。

12 月 7 日

有实力不一定就能让人高看一眼,但没有实力、花拳绣脚一定会让人瞧不上眼。过于在意别人对自己的态度,其实是一种不自信的表现。我们尽管去做自己的事情,尽管在人后吃点苦受点罪,自然会有收获。比较,也一定是为了发现差距,获取动力,而不是无谓的妒忌和失落,因为有些差距,不是努力去做就可以消除的。

12 月 8 日

"那些背影,渐渐模糊。冬天的树枝上,还有几片叶子在风中飘着,有些迷茫的路灯下,我和着心灵的节奏,走出轻快的脚步,这世界睡了,而我却意犹未尽。"因为一句话,凑出一大堆,很多作品好像都是这样,很多事情似乎也是这么干的,没有什么不可以,只要大家都习惯了,就没有问题。太较真了就不好玩了。

12 月 9 日

晚上陪父母聊天,聊到横街,发现很多东西都值得写。老人家一生经历太多,尽可能地记录保留下来一些东西已到了刻不容缓的境地。其实每一位老人,不管他曾经做过什么,有着怎样的文化水平,都拥有宝贵的经历和记忆,当他们离开的时候,所有的这一切也就全部没有了。所以应该马上做起来,尽可能地多做一些。

12 月 10 日

读着别人的年度回顾,想着自己这一年来所经历过的一切,很是感慨。人生其实是割裂不开的,"年"只不过是其中的一个分段,提醒我们应该另起一行了。这一段写得怎样已不重要,更多的心思应该用在下一段该怎么写在上面。明白不能修改只能回车是人生的定律,之后的一言一行自然就会格外谨慎,格外用心。

12月11日

意志的力量,是不可小觑的。意志薄弱的人,会将问题放得很大,不自信于自己的能力,久而久之,就会变得畏畏缩缩,懦弱悲观。意志坚强的人则不是这样,他们会冷静对待所面临的问题,并以充分的自信、顽强的态度和命运抗争,因为敢于直面人生的宿命,所以他们决不放弃,顽强坚持,尽力让生命焕发光彩。

12月12日

因为种种原因,必须要写一些不太好写或不太愿意写的文字,在我看来都属于强迫写作的范畴。这类文字的确不好写,但也的确锻炼人。在坚持底线的情况下,认真对待,用心去写,不但可以收获一篇过得去的文字,也可以增长一些本领。况且有些东西,原本就应该去了解、掌握和尝试的,因为文学从来是脱离不了生活的。

12月13日

尽管我们说做人还是宽厚一些好,但做起来还是不容易的,所以要给自己时间,然后在一定的节点实现自我超越。其实很多道理大家都明白,但事到临头却又控制不住自己。所以真的是要学会原谅,原谅别人也原谅你的亲人。让自己坚强起来,让自己宽厚起来,虽然我们不能总是如此,但我们可以努力去做、去挑战自己。

12月14日

岁末,难免要回顾小结一番,也难免要全力以赴冲击一把。似乎每年如此从来如此。也没有什么好羞愧的,因为其中不仅仅有懊悔,还有一份伤逝的情结在里面。岁月流水,暮色如盖,几多愁绪,无以释怀。这样的空虚在此时此刻集中爆发,其实也是一种释放,我们要背负的东西太多,适时适当地放下无疑是有益的。

12月15日

点拨就是在你陷入百思不得其解的境地的时候,别人把方向或途径告诉你,是你感觉自己好像已经接近答案或者结果的时候,别人帮你捅开那层薄薄的纸。当然,点拨需要基础也需要机会,否则再智慧的点拨也不过是耳边风,没有什么实际意义。所以一切还需要自己先做起来,如果一定要说所谓捷径,点拨可以算一个。

12月16日

我们不能放松自己,顺着自己的写作状态往下走,因为一旦如此,就很难再回到原来的状态了。这是我今天听到的一句话的大意。其实人生也是如此,不过要做到一直保持某种比较好的状态,甚至使之变得更好,非常不容易。所以我们必须尽力去做,尽量延长它的长度和宽度。因为我们总会有顶不住而败下阵来的那一天。

12月17日

心绪不宁的时候,做什么事都会找不到感觉,这真是一件很糟糕的事情。忽然想到花钱消灾这一说,我倒是宁愿信其有,在没有办法的时候,我们往往会祈求旁门左道和所谓神奇的力量。人是微小脆弱的,一些偶然的因素都会对人造成巨大的伤害,甚至因此丢了性命,所以,日常小心,珍惜生命,的确是非常必要的。

12月18日

一些情绪在内心憋得太久,会寻找发泄的渠道,一些话因为没有办法说出来,会寻求其他表达方式,而把它们用文字记录下来无疑是一种很好的办法。所谓文字的力量,有时候表现是一种释放和记录,有时候它则能够引发共鸣,彰显真情的力量。这时候,所谓文体、风格什么的,都是次要的,把话说出来是第一要素。

12月19日

资料的收集和保管,是一件非常重要的事情。有的时候,我们司空见惯的东西转眼之间就寻觅不到踪影,而一些于别人无足轻重的东西,对自己却是至关重要的。我们在感叹资料缺乏宝贵的同时,又将手头大量珍贵的资料随意丢弃了。其实对于一个家庭来讲也是如此,一些物件,一些照片,其价值是不可估量的。

12月20日

理顺的意义在于为今后扫除障碍,当一件事情出现问题的时候,早解决比晚解决要好得多,况且到了一定时候基本上就是没办法解决了。生活中我们总是会选择拖延和回避,总希望时间会解决一切问题,即便明知道是不可能的事情,也会用这样的理由糊弄自己。而当一个人连自己也糊弄的时候,他的人生就很有问题了。

12 月 21 日

　　孤独的时候,周围安静了下来,我们思维会变得活跃而清晰,我们会想一些平时没有想过或者没有时间想的问题,我们会在思维里剔除一些非理性因素,而思考的结果无疑会对我们之后的生活产生或多或少的影响。所以不必恐惧孤独,让心灵适度放松,如同总是在奔跑的人们可以适当停一会儿,看看蓝天和脚下的土地。

12 月 22 日

　　"往往是到了年终的时候,我们会忽然感觉一年过得很快,一年将尽,只有几天的时候,则难免要想一想自己这一年是怎么过来的,人之常情,年年如此。"开始写《我这一年》,无非是一些回顾和感慨,想写出新意很难,如同我们的人生想活出一点个性和特色一般,太不容易。一年又一年,我们总是这样感叹再感叹。

12 月 23 日

　　当一件事情到了收官的时候,往往是千头万绪一下子堵到你的面前,需要定力,沉得住气;需要耐心,认真仔细。任何的心浮气躁、敷衍了事都将会成为日后懊悔的缘由。这好比我们的人生,到了一定的时候就要考虑,自己这一生大概是一种怎样的格局,往后应该做什么,还能再做些什么,然后奔着这个方向往前走。

12 月 24 日

　　我时常提醒自己,一定要有耐心,一定要锻炼自己的承受力,所有的丑陋和不堪,如果你无力去改变,那么你可以冷眼旁观,看他们会有怎样的手段,又会有怎样的下场。我们既然没有办法选择,又没有办法逃避,那么就做个看客吧,闹剧也好,荒诞剧也罢,权当是一场噩梦,醒来之时,一切都会改变,一片乾坤朗朗。

12 月 25 日

守住自己的心,不为外界因素左右,至关重要。不同的经历,不同的高度,决定了一个人的判断水平和结果,这是太正常不过的事情,没有必要因此郁闷、生气。当然,一定是有正义和良知的,但也一定是有很多人会偏离甚至与之背道而驰,因此,坚持自己的选择,朝着自己的方向,尽力做好自己的事情,就可以了。

12 月 26 日

明白,其实是一种很高的境界。有的人终其一生,也没有活明白,有的人在某些方面明白了,在另一些方面始终糊涂着。我等凡人,做不到事事明白,但愿在基本的事理上不致太偏差,尤其是对于自己要有个清醒的判断和定位,也就是所谓自知之明。明白,实际上是对自己的理解和爱,也会让别人有一种舒服的感觉。

12 月 27 日

或者,我们可以住在一个远离都市的地方,天很蓝,水很清,人也不多。最主要的是可以让我这样不自律的人少一些借口和理由。其实我很清楚,这种想法本身就是一个借口,缺乏毅力和自我约束的人是很难让自己安静下来做一点事情的。外界因素的确能够影响人,但这绝对不是问题的全部。这真是一个让人尴尬的现状。

12 月 28 日

人生总会有这样那样的不如意,微微一笑或许也就过去了。不过我们太平凡,不能够时时事事都如此,但我们可以努力,争取活得洒脱一些。看开一些事情后,不但心情不受影响,甚至还会有些乐趣,想想看世上居然就会有一些事情那么凑巧,那么让人不可思议,那么让人哭笑不得,心情没准会忽然变得轻松愉快起来。

12 月 29 日

一天之内三场活动,主题和形式虽不同,实质都是交流。回味一番,有的喧闹放松,有的热烈开心,有的则沉闷尴尬。其中关键因素是彼此有没有感觉,有感觉就会有热情,就会有精神和言语上的互动和呼应。没有感觉就是鸡同鸭讲,你说你的我做我的,大眼瞪小眼,大家都会觉得无趣。不是一路人最终是坐不到一起的。

12 月 30 日

忙忙碌碌,一年结束了,内心多少有些波澜,也会有一些所谓感慨。在这个时间节点,宜独处也宜群聚,最不适宜的是两三个人窝在家里。独处可以让自己清醒,回味喧嚷背后的滋味;群聚可以让自己放松,释放感怀伤逝的内心,两三个人窝在家里则容易重复日常,陷于沉闷。一年又一年,应该有一两天异于平常的日子。

12 月 31 日